悪食公爵は悪役令息の愛を食べたい

篠崎一夜

illustration: 香坂 透

悪食公爵は悪役令息の愛を食べたい

「ハーレイ侯爵が息子、オルテンセ。ヴィクトール王の名において、汝《なんじ》に極刑を申し渡す」

判決は石のように硬く、そして重く響いた。

胃を握り潰《つぶ》されるようなその衝撃に、喉《のど》の奥で息が詰まる。だがオルテンセは、顔色一つ変えようとはしなかった。

「私欲により毒を用い、無力なるアンジェリカ嬢を害せんとした罪は許されるものではない」

冤罪《えんざい》だ。

そう叫ぶことの無意味さを、オルテンセは嫌というほど知っていた。凍《い》てついた沈黙で応《こた》えたオルテンセの背に、厳格な声が続く。

「本来であれば縛り首とすべきところ、王のご厚情《こうじょう》により、刑は斬首を以《もっ》て執《と》り行われることとする」

声にならないどよめきが、広間に広がる。

王城の一角へと集まった貴族たちの視線が、オルテンセを刺していた。

膝《ひざ》を折られ、引き据《す》えられ、固い床に額《ぬか》ずかされた痩軀《そうく》をだ。

常には優雅に整えられた白金《はくきん》の髪が、今は乱れて床へと垂れている。手荒に扱われた際に、刻まれたものか。血の気を失った頰《ほお》には、赤と紫を斑《まだら》にした痣《あざ》が無惨に浮いていた。

だがそうした痛々しさまでもが、オルテンセの容貌《ようぼう》に凄絶な艶《つや》を加えている。

顔《かんばせ》は、花だ。

白百合《しらゆり》の姫と讃《たた》えられた母親の容貌を、オルテンセは男の身でありながら優美に受け継《つ》いでいた。むしろその美貌《びぼう》は母親をも凌《しの》ぐと、褒《ほ》めそやす者も多い。

真《ま》っ直《す》ぐに通った鼻筋は、さながらしおれることのない花弁だ。薄い瞼《まぶた》の奥で瞬《またた》く双眸《そうぼう》は、夜露を纏《まと》った紫陽花《あじさい》か。くすんだ若草色の虹彩《こうさい》に、明るい薄紫色が染みる色合いは稀有《けう》な蛋白石《オパール》を思わせた。血の気を失って尚、澄んだ瞳にも薄い唇にも、匂《にお》い立つような色香がある。

誰しもが、許されるなら両手を伸《の》ばし、オルテンセの頬に額《ひたい》を寄せてみたいと願うだろう。無垢な蕾《つぼみ》のような肌に鼻を押し当て、その匂いを直接味わうことができたなら。聖職に就《つ》く者までもが、そんな渇望を抱かずにはいられない。だがそうした不埒《ふらち》な幻想を拒む冷淡さが、オルテンセの横顔にはあった。

「王の寛大《かんだい》さに感謝し、深く自らの罪を悔い改めよ」

諭《さと》す声に応えたのは、やはり沈黙だけだ。申し開きの一つもないオルテンセに、貴族たちが低く囁《ささや》き合う。非難と嘲笑《ちょうしょう》の断片が耳に届いたが、彼は睫《まつげ》を揺らしもしなかった。

叡智《えいち》を凝《こ》らせた紫陽花色の瞳《ひとみ》は、こんな場面でなくとも朗《ほが》らかさからは縁遠い。練り絹の光沢を持つ肌は冷たく、花弁どころか大理石でできているのではと疑いたくなるほどだ。

ひんやりとした、氷の花。貴族たちの間で流行する遊戯盤《ゆうぎばん》に用いられる駒《こま》になぞらえ、オルテンセを悪役令息と渾名《あだな》する者もいる。血の通わない冷たい石の駒と同じく、オルテンセは引き据えられて尚、残酷なうつくしさを纏って咲き誇っていた。

「神のお慈悲が、あらんことを」

形ばかりの祈りが、白い首筋へと降る。

物見高い貴族たちの耳には、もうそんなものは届いていないに違いない。捕らえられたオルテンセがどんな最期《さいご》を迎えるのか。彼らの関心事は、そこにしかないのだ。

早ければ明日の朝焼けを目にすることなく、オルテンセは死ぬ。

迫り来る運命を前に、その身に必要なのは貴族たちの憐憫《れんびん》でも、気紛《きまぐ》れな神の慈悲でもない。

求むべきは、ただ一つ。貪欲な悪魔の加護を思い、オルテンセは静かに瞬いた。


植物の匂いがする。

あるいは、雪か。

鼻腔《びくう》の奥がつんとするような、澄んだ香りだ。

先程までこの身に絡みついていた、酷《ひど》い匂いとは違う。

饐《す》えて濁った、あの匂い。

呻《うめ》いたオルテンセの痩躯に、がたがたと揺れが伝わる。頑丈な車輪が小石を蹴《け》散《ち》らして進む、その振動だ。

体を預けた座席には、やわらかな革が張られている。大型の馬車は堅牢で、扉は言うに及ばず天井に至るまで、見事な彫刻によって飾られていた。精巧なそれらは、腕の立つ職人が技術の粋《すい》を集めて彫り上げたものだろう。

まるで、夢のなかにいるかのようだ。

痩躯に巻きつけられた外套《がいとう》のあたたかさが、とろりとした眠気を誘う。ここここそが天国だと言われれば、頷《うなず》かざるを得ない。

だが、オルテンセは知っていた。ここが天国などではないことを。

贅沢《ぜいたく》に飾られた馬車も、焚《た》きしめられた高価な香りも、天上のそれではない。

地獄。

そう懼《おそ》れる者こそが、多いだろう。

オルテンセのような立場であれば、尚更だ。

その事実を思い描くと、口元が苦く解《ほど》けた。

「っ…」

思いがけない痛みに、息が尖《とが》る。唇にできた傷口が、ちいさく引きつれたのだ。痛みよりも、血が滲《にじ》んだだろう事実に動揺する。それはオルテンセにとって、禁忌《きんき》に等しい。咄嗟《とっさ》に唇に触れようとして、オルテンセは動きを止めた。

「あ…」

頭上を、黒い影が覆《おお》う。

真横に座る男が、オルテンセの肩を抱き寄せたのだ。

「こ、う…」

公爵、と呼びかけたつもりだが、上手《うま》く声にできない。逞《たくま》しい右手が隣《となり》から伸びて、慎重にオルテンセの顎《あご》を掬《すく》った。

「っ…」

「痛むか?」

額へと注《そそ》がれた声は、ひどく落ち着いている。

巨《おお》きな器の内側で反響し、朗々とあふれ出るかのような声だ。腹の底を脅《おびや》かすほどに低いのに、滑舌に曇りはない。

大丈夫だと応えたくとも、やはり声は出なかった。自分の体にそんな機能が備わっていることすら、忘れてしまったかのようだ。

生きて、いる。

いまだその実感さえ、薄いのだ。

今は沈んだ太陽がまだ高い位置にあった頃、オルテンセは斬首による死刑を言い渡された。王の命《めい》からは、何人《なんぴと》たりとも逃れがたい。明日の日の出を待つことなく、この首と胴は泣き別れるだろう。

揺るがしがたい運命を前に、オルテンセはその結末を覚悟した。

だが今、自分はこうして疾走する馬車に揺られている。

全ては、隣に座る男の力によるものだ。

「無理に喋る必要はない。楽にしていなさい」

宥《なだ》めた男の容貌を、窓から差し込む月明かりが斜《なな》めに照らす。

王城を飾る英雄の像が、生命を得たのではないか。そう疑いたくなるほど、男は精悍《せいかん》な容貌をしている。いや、名工が鑿《のみ》を振るった彫像であっても、この男を前にすれば恥じ入るしかないだろう。迷いなく描かれた眉《まゆ》は力強く、深い眼窩《がんか》をより際立たせている。歪《ゆが》みのない左右の頬骨も、引き締まった顎の形も見惚《みほ》れるほどだ。

だがいかに端整であろうとも、それは見る者に安寧を与える顔貌とは言いがたい。むしろ隙のない厳格さは、対峙《たいじ》する者を気後れさせずにはおかないものだ。

「館に戻ったら、すぐに手当てをさせる」

約束した男の指が、そっとオルテンセの下唇を撫《な》でた。

血を拭《ぬぐ》った手が戦場に立つ者のそれであることは、オルテンセにさえ分かる。ごつごつとした指は節《ふし》が高く、男らしく骨張っていた。力を入れて拳《こぶし》を握れば、きっと岩のように硬く恐ろしい凶器となるだろう。そう想像せずにはおられない指が、傷を確かめるよう口端へと動いた。

その仕種《しぐさ》に、粗暴さはない。むしろ慎重な手つきこそが意外で、睫がふるえた。

どうして、と問いそうになる。唇を開くと、硬い親指の腹が上唇に当たった。

「ん…」

まるでオルテンセから、男の指に口づけでもしたかのようだ。あるいは、男の指を口へ招き入れようというのか。無論そんな意図はない。そう思うのに、上下の唇に男の指の太さを感じると、口蓋《こうがい》がぞわりと痺《しび》れた。

「っ、ふ…」

覚えのない、感覚だ。

何故。戸惑いはあるが、唇を閉じることはできない。肩に預けた体を起こす力もなく、オルテンセはただ男を見上げた。

「オ…」

月明かりを受ける男の双眸が、わずかに見開かれる。そこに浮かぶのは、驚きだ。同時に、灰色の眼の奥に散るものがあった。

欲望か。

獲物を見出した瞬間の、獣の瞳孔《どうこう》が収斂《しゅうれん》する様にも似ている。

尤《もっと》もこの国において、男の身に流れる血ほど尊いものは他にない。現国王ヴィクトールの実弟にして、セブールを始めとした広大な領地を所有する公爵。それが、ヴァンヘルムだ。

そんな男を獣に例えるなど、不敬極まりないだろう。だがぎら、と光った公爵の眼は、紛れもなく獣のそれだった。

「…ヴァンヘルム、様…」

呻いたオルテンセの上唇を、硬い指の腹がそっと辿《たど》る。

「苦しいのか？」

返す言葉も選べず、ただ浅く息を啜《すす》ることしかできない。

冷たい石の牢獄に繋《つな》がれていた体は、軋《きし》むように痛み続けている。卑劣な罪に問われたオルテンセを、牢番たちは露骨に嫌悪した。無実だとの訴えを、信じてくれた者はいない。だが身分の高さから、他の囚人たちと同じ房《ぼう》に放り込まれなかったことは幸いだ。それでも尋問に引き出されるたび、気紛れな拳がオルテンセを撲《う》った。

唇だけでなく、腹や背を覗き込めばそこにも無惨な痣を見つけることができるだろう。しかし今この瞬間オルテンセを苛《さいな》むのは、拳によって刻まれた痛みではない。もっと重苦しく、肌に貼りつくような違和感だ。

「…すまない。私のせいだ」

公爵の双眸が、苦く歪む。

何故ヴァンヘルムが、そんな声を出すのか。そんな、苦しげな声を。

公爵は、オルテンセを殴りなどしなかった。むしろ、彼は自分の命を助けた恩人だ。

そうだ。王弟であるヴァンヘルムだけが、あの冷たい牢獄からこの身を救い出してくれた。

「違い、ます…、あなたは…」

「私が、興奮しているからだ。だから甘露である君が、影響されている」

興奮という言葉の意味を、ヴァンヘルムは正しく理解しているのだろうか。そう疑いたくなるほど、男の声音《こわね》は平坦だ。だがこちらを見下ろす、その眼の色はどうか。

逸《そ》らすことなくオルテンセを映《うつ》す灰色の双眸は、底のない海のようにも、そこに映った月のようにも見えた。

「君の、血の匂いに」

低く声にした男が、自らの親指に視線を落とす。オルテンセの唇に触れ、滲んだ血を拭ったその指だ。

「ぁ…」

ぶる、とふるえた痩軀を、どう理解したのか。オルテンセの顎に触れていた右手を、そっと男が引いた。

「安心しなさい。これ以上、触れはしない」

約束した声音は、抑制が利《き》いている。我慢強くさえあるそれを、真正面から取り合う気持ちはなかった。

「館に戻るまで堪えてくれ。そうすれば…」

男の言葉を最後まで聞くことなく、オルテンセが唇を喘《あえ》がせる。口づけたと、言うべきか。大きく顎を持ち上げて、離れようとした手へと顔を擦《す》りつけたのだ。

「オル…」

先程以上にはっきりと、公爵が灰色の眼を瞠《みは》る。

驚いたのは、オルテンセも同じだ。自分は、なにをしているのか。愕然とする気持ちは確かにあったが、それ以上に衝動が勝《まさ》った。

「う、ぅ…」

湿った石の床で夜を明かし、気紛れな拳に晒《さら》された肉体は疲弊しきっている。懸命に意識を保とうにも、頭の芯《しん》が鈍く痺れた。その上ひどく、喉が渇くのだ。

「ヴァ…ヘル…」

名前を呼ぼうと動かした唇が、太い指の節にこすれる。公爵の皮膚をそこに感じると、舌のつけ根がじん、と甘く疼《うず》いた。我慢など、できない。操られでもするかのように、オルテンセは頑丈な親指へと前歯を当てていた。

「オルテンセ」

よせ、と諭す声にさえ、首筋の産毛が逆立つ。混乱と羞恥心に、喉の奥が熱く痛んだ。同時に、咎《とが》めるヴァンヘルムの声音が上辺だけのものであることにも、気づいていた。

オルテンセを押し止《とど》めることなど、男には簡単なことだ。白金色の髪を摑《つか》み、引き離せばいい。分かっていながら実行に移さないのは、ヴァンヘルム自身がそれを望んでいないからだ。

観察、している。

動揺も、確かにあるだろう。だがそれ以上に、不器用に額を擦りつけるオルテンセを、ヴァンヘルムは観察しているのだ。

目の前の肢体は、果たして自分の獲物となり得るのか。そうであるなら、いかにしてその喉笛に喰らいつくべきか。男の眼は、冷徹にそれを見極めようとしている。獣と同じだ。否《いな》、いかに尊い血を引いていようとも、目の前の男こそが獣なのだ。

「やめるんだ」

先程よりも強く、宥められる。

喉を焼く痛みが酷くなって、オルテンセは親指を咥《くわ》える顎に力を入れた。傷を残すほどの、強さではない。それにも拘《かか》わらず、ヴァンヘルムの眉間《みけん》が深い皺《しわ》を刻んだ。

「オルテンセ」

名前を呼んだ男の唇が、歪んで捲《めく》れる。わずかに覗いた歯の形から、目を逸らせない。

男臭いヴァンヘルムの口元には、知的な硬質さがあった。厳格さと、呼んでもいい。だが注意深く目を凝らせば、その奥に光る犬歯の鋭さに気づくことができた。

喰らう者。

飢えたる王、あるいは、貪る者。

特別な牙を持って生まれた高貴なる血の主《あるじ》を、人々は様々な名前で呼んだ。もっと単純に、牙を持つ獣と嘯《うそぶ》く者もいる。

人間の肉を着た、野獣。

ハールーンの王族の血のなかに、その徴《しるし》を持つ者は稀《まれ》に現れた。不思議なことに、親から子へ直接受け継がれた例は数えるほどしかない。兄弟が揃《そろ》って牙を得ることも、ほぼないと伝えられている。

ハールーン建国の神話に由来する徴は、この国の王族であることを体現する尊い証《あかし》だ。同時にそれは、呪《のろ》いでもある。

飢える、のだ。

ハールーンの歴史において政敵を一掃し、あるいは他国を征し、勇名を馳《は》せた王のほとんどは鋭利《えいり》な牙を携えていたとされる。殺戮《さつりく》の坩堝《るつぼ》と化した戦場にあってさえ、彼らは群を抜いて冷徹で、そして無慈悲だった。

さながら、血に飢えた獣が如《ごと》く。

それは比喩《ひゆ》ではない。呪われた牙の持ち主は、常に飢餓《きが》の炎に炙《あぶ》られていた。なにを食べても砂を嚙《か》むに等しく、満たされることがない。牙を持つ者は、舌を用いて楽園に近づく術《すべ》から見放されているのだ。

望めば飽食に溺《おぼ》れることができる身分でありながら、どんな食べ物も彼らを慰めることはできない。世俗の快楽から切り離された我が身を贈り物と呼び、禁欲の口々を歩めた王族は幸福だ。だが大多数の者が、永遠に満ちることのない焦燥に身を磨り減らした。民に背を向け、自らの食料庫を満たすことだけに拘泥《こうでい》した者もいる。あるいはより陰惨な方法で、飢えを慰めようとした王もいた。

この世で最も崇高で、おぞましい美味に救いを求めたのだ。

地を駆ける動物や、空を飛ぶ鳥、水のなかの魚よりもやわらかく、甘い肉。屍《しかばね》の王と懼れられたシェーン王は、夜ごと街を彷徨《さまよ》い若い娘を牙にかけたという。シェーン王に限らず、血の味に取り憑《つ》かれ、戦火を求め続けたとされる王族の伝承は多い。彼らは戦場で敵兵たちを震撼《しんかん》させたのと同様に、平時においては自国の民からも懼れられた。

目の前の王弟も、そうだ。

唇の奥に禍々《まがまが》しい牙を隠すヴァンヘルムもまた、癒《い》やされることのない飢餓を身の内に飼っている。

「…あ、僕、は…」

喘いだ唇に、硬い指がこすれた。逃げるべきだ。冷静に訴える声は、確かにある。だが逃げたいかと自問すれば、答えは否だ。

これが、供物《くもつ》の悦《よろこ》びなのか。

渇望の呪いを首に巻きつけて産み落とされた王族たちにも、一縷《いちる》の慰めは用意されていた。それが、供物だ。貴族たちを真似て、ハールーンの民の多くが彼女たちを甘露と呼んだ。

甘露として生を受ける者の数は、牙を持つ王族がそうであるように極めて少ない。彼女たちは、文字通り牙を持つ者にとって天上の糧《かて》となり得る存在だ。

爪の一欠片《かけら》、血の一滴に至るまで、甘露の肉体は呪われた者の舌を甘やかす。

無味な世界を生きる者にとって、甘露がもたらす美味は黄金にも勝った。甘露にとっても、牙を持つ者の抱擁は黄金だ。無論、それは偽りのものでしかない。

甘露は獣の餌《えさ》であると同時に、英雄となる獣を孕《はら》む唯一の胎とされる。牙を持つ子を宿すのも、また獣の餌となるのも、どちらも甘露にとっては安楽な道ではない。それにも拘わらず、牙を持つ者の興奮に触れると、餌となる甘露は甘くとろけた。

獣がもたらす苦痛と死をやわらげるための、慈悲なのか。あるいは単純に、稀少な存在同士が結びつくための機能なのかもしれない。

真偽は判じがたいが、確かにこの瞬間、どうしようもない熱がオルテンセの身の内を炙っていた。

「っ、んぅ…」

苦しくて、ヴァンヘルムの肩へと顳顬《こめかみ》を押しつける。

牢獄内でどれほど手酷く扱われた時でさえ、こんな媚びた真似などしたことはない。むしろどんな恐怖に晒されようと、自分を保ち続けることだけを考えていた。

だがヴァンヘルムの気配を間近に感じると、どうにもできない。どろりと思考が溶けて、手足が重くなる。

興奮していると、公爵は言った。それはきっと真実なのだろう。

オルテンセは、甘露だ。

それも極めて珍しいとされる、男の甘露だ。

牙を持つヴァンヘルムが自分を獲物と定めたならば、それを無視する術はなかった。

「オルテンセ」

そんな声で宥められ、やさしく引き剝がされるくらいなら、馬車から突き落とされた方がましだ。

唸《うな》りを上げる代わりに、オルテンセは大きく口を開いた。唇からこぼれた男の親指を追うことなく、伸び上がる。シャツを摑んで顎先に齧みつくと、ヴァンヘルムが短く息を呑《の》んだ。

その、眼の色。

焦点が合わないほどの間近から、灰色の眼が自分を映す。真っ直ぐに見返したのは、やはり甘露の性《さが》なのか。瞬きを挟むこともなく、ぐ、と灰色の瞳孔が収斂するのが分かった。

「ヴァ…」

それはもう、人間の持ち物ではない。

獲物を暴くと決めた、獣の眼だ。

「っ、あ…」

公爵の襟元《えりもと》を掻《か》き寄せ、組みつこうとしていたのはオルテンセだ。だがその腕を両手で摑んだヴァンヘルムこそが、薄い唇へと歯を立てた。

「あ…」

ぞわりと、首筋の産毛が逆立つ。

懼れではない。悦びで、だ。

重なった唇は、意外にもやわらかい。だがその感触を味わいつくすより先に、背筋を脅かす熱さにこそ気持ちが急《せ》いた。もがくように歯列を開いて、手を伸ばす。

「んぅ、う…」

水を求める、動物と同じだ。

浅ましいと、自らを省みることもできない。冷静さなど、最初からありはしないのだ。気がつけば溺れまいとするように、ヴァンヘルムへとしがみついていた。

「ふ、んぅ、あ…」

熱い舌が、ぬるりと入ってくる。

寒気に近い感触に、鳥肌が立った。口腔《こうくう》全体が痺れて、んぅ、と濁った息が鼻から抜ける。

「ヴァ…」

呼びかけた名が、その持ち主に噛み取られた。ぢゅ、と舌先に吸いつかれると、たまらない。やわらかく下唇を食《は》まれ、爪先《つまさき》が撥《は》ねる。思わず喘げば、今度は前歯とその奥を試すようにくすぐられた。

「…ん、あ…」

息が上がって、胸郭《きょうかく》の内側で痛いくらい心臓が脈打つ。苦しいのに、ヴァンヘルムの唇を、舌を、手放すことができない。

男が携える鋭利な牙は、オルテンセの皮膚を易々《やすやす》と裂《さ》くだろう。骨をも砕き、ばりばりと囓《かじ》るに違いない。それは、たまらなく恐ろしい想像だ。

与えられるだろう苦痛を思うと、背筋が凍《こお》る。だが同じだけ、奇妙な恍惚《こうこつ》が首筋を包んだ。

あり得ないほどの、陶酔感《とうすいかん》。

自分から舌を伸ばして唇を追いかけると、褒めるようにくにくにと器用な舌先でくすぐられた。

「っ、ん、ん…」

びりびりとした刺激に、脳味噌《みそ》が痺れる。甘露の唾液は、牙を持つ者にとっては蜜《みつ》に等しい。一度触れてしまえば、手放しがたくなるのはオルテンセだけではないはずだ。ぬぶ、と差し込まれる公爵の舌の深さにも、加減を求めることはできなかった。

「うぐ、んぅ…、公…」

いや、加減などしてほしくないのだ。懸命に口を開き、オルテンセはざらりとした舌の感触を自らの舌で味わった。

「オルテンセ…」

名前を呼ばれると、どろりと背骨が溶け落ちる心地がする。実際、もう体を起こしていられない。ヴァンヘルムにしがみつこうともがく瘦軀が、背凭《せもた》れ伝いに深く傾いた。

「は、っあ、あ…」

犬みたいに、息が上がる。人前でこんなふうに息を乱したことも、こんなふうになにかを欲しがったこともない。

いつだって、侯爵家の令息としてあるべき立ち居振る舞いを自身に課してきた。取り乱す姿を見せるなど、裸《はだか》を見せる以上に恥ずかしいことだ。そう思うのにこの瞬間、与えられる以上のものが欲しくて気が急いた。

「オルテンセ」

もっと強くヴァンヘルムにしがみつきたいのに、ずるずると視界が沈んでしまう。もうどちらが上で、どちらが下かも分からない。それでも舌を舌で追いかけると、またキスが始まった。

「…ん、んぅ…」

何度男の舌に吸いついても、全く足りない。んあ、と喉を鳴らすと、大きな掌《てのひら》に下腹を探られた。

「っぁ」

触られた下腹から、ぞわりとした痺れが二の腕にまで広がる。

なにかが爆《は》ぜるような衝撃に瞬くと、振動を伝える座席を背中に感じた。縺《もつ》れるまま崩れた体が、いつの間にか仰向けに座席へと落ちていたのだ。

そうだと分かっても、起き上がる力などない。座席へと膝で乗り上げたヴァンヘルムの重み以外、どうだっていいのだ。

そうだ、他のことがどうでもよくなるくらい、気持ちがいい。

自覚した途端、吸われた舌だけでなく下腹や足裏にまで甘い疼きが散った。

「公…」

ごつごつとした手が、脇腹《わき》から胸元までを撫で上げる。体の表面を、その下にある骨の形を、確かめるような動きだ。

牢を出る際に、ヴァンヘルムが着せかけてくれた外套がずる、と肘から落ちる。あたたかかったそれは、もう体を護《まも》る役には立っていない。辛うじて身に着けていた丈の長いシャツも、同じだ。斟酌《しんしゃく》なく剝ぎ取られれば、ヴァンヘルムの手が直《じか》に触れるだろう期待に喉が鳴った。

「…ん、ぅ…」

乾いた手の熱さが、皮膚を焼く。

気持ちがいい。ぐり、と硬い掌に左右の乳首を押し潰され、開きっぱなしの歯列の奥で舌がふるえた。

「あ、んぁ…」

潰されると感じるのは、乳首がぷっくりと立ち上がってしまっているからだ。乳首の硬さを試すように、乳輪ごと腫《は》れた肉をつまんで捻《ひね》られる。

「ひァ…」

射精、してしまうかと思った。

乳首をそんなふうにいじめられて、性感を覚えるなどあり得ない。そんな思考が追いつく余地もなく、爪先が悶《もだ》えた。

下腹に溜まる気持ちのよさをやりすごそうと、本能的に脹《ふく》ら脛《はぎ》が緊張する。いや、ぎゅうっと末端を強張《こわば》らせることで、性感を逃がすことなく凝らせようとしているのか。じんと痺れた下腹に追い打ちをかけるよう、大きな掌が性器を探った。

「あ、あぁ…」

ぺち、と腿《もも》に当たったオルテンセの陰茎は、射精どころか勃起すらしていない。手探りでそれを確かめた公爵が、紫陽花色の瞳を見下ろし低く笑った。

かわいい、と唇が動く。

最悪な褒め言葉だ。平素のオルテンセなら、冷淡な視線と共に一蹴《いっしゅう》できただろう。だがこの瞬間、脳味噌を染め上げたのは悦びだけだ。

「っあ、んぅ…」

主人に腹を撫でられて喜ぶ、犬にでもなったみたいだ。はっ、はっ、と息を切らすことしかできないオルテンセの臍《へそ》下を、無骨な指がさすった。

「あっ、ぁ…あー…、ひ…」

縦に動いた二本の指が、ぐぅ、と薄い腹を圧したにすぎない。たったそれだけのことなのに、指の圧が深い場所に響く。そんな所に、なにがあると言うのか。くに、と左右に転がされると、触れてもいない陰茎の先端がひくついた。

「やァ、駄目、や…」

逃れようとばたつかせた足が、馬車の壁に当たる。車輪がどれほどうるさい音を立てようと、きっと御者《ぎょしゃ》にはオルテンセの声が聞こえてしまっているはずだ。そうだと分かっていても、声を殺そうと考えることさえできなかった。

「本当に？」

深く伸しかかった男が、囁く。

なんて、眼だ。

暗く光る銀灰色の眼にはありありと、捕食の悦びがある。諭す声で、オルテンセに制止を求めたものと同じ男とは思えない。にたりと笑った公爵が、臍下を撫でた指でふるえる性器を転がした。

「っん…」

「嫌なのか？」

口づけの距離で、問われる。

キスがほしくて、操られるように唇が開いた。れ、と舌を伸ばした男が、そうしながら会陰《えいん》部を掻いてくる。あ、と声を上げた自分は、一体どんな顔をしていたのか。

笑《え》みを深くしたヴァンヘルムの指が、褒めるように尻《しり》の穴をいじった。

「ひ…」

「確かに、君ほど淑《しと》やかな甘露はいないだろうな」

「んぅ、…ぁ」

皺を寄せる穴に、くちゅ、と太い指がもぐる。

爪が埋まるほどの、わずかな深さだ。圧迫を伴って入り込んだ指が、つぷん、と呆気《あっけ》なく抜け出る。

「あ…」

思わず声をこぼした唇から、とろりと唾液が伝った。それは明らかな、落胆の声だ。恥ずかしさより驚きに、思わず広げられた股座《またぐら》へと視線が向いてしまう。

「こんなに涎《よだれ》を垂らしてるのに、まだ我慢ができるんだからな」

こんなに、と言葉の意味を教えるように、もう一度指が穴へともぐった。今度はつけ根近くまでを一息に埋められ、くぐもった声がもれる。

「っぁ…、ひ…」

引きつれる感触は、確かにあった。圧迫と、拡《ひろ》げられる違和感に頭のどこかで警鐘が鳴った。逃げなければ。それが無理なら、せめて体を丸めて、捕食者から急所を護るべきだ。

生存への本能が、懸命な声を上げる。それは確かに聞こえていたが、しかし従う力など残ってはいない。まるで他人のもののように、獣の腕のなかで肢体がどろりと重く弛緩《しかん》した。

「オルテンセ」

にゅぶ、と指を回され、爪先が撥ねる。

甘露の肉体は、どこまでも従順だ。

牙を持つ獣に伸しかかられれば、ぐずぐずと溶け落ちるしかない。本来は受け入れる機能を持たないはずの男であっても、それは同じだ。

性交時、男に生まれた甘露の肉体においては、排泄のための穴さえも性器になり得る。

この肉体に、本当にそんな機能が備わっているのか。心のどこかで、オルテンセはずっと懐疑的だった。だがこの瞬間、公爵の指を呑んだ穴は熱く潤《うる》んでしまっている。

「ん…ぁ、そん、な…」

ぐ、と鉤字《かぎ》に曲げられた指が、なにかを探すように穴で動いた。

くにくにと掻き回されると、もっと敏感な場所に指が当たりそうで怖い。腰を浮かせて逃げようとすれば、それがおかしかったのか。ぐにゅりともう一本、太い指が尻の穴へと割り込んだ。

「ひ、ァ、…待っ、急に…」

縦に並んだ指が、ぐぷぷ、と右に、そして左へと回される。圧迫感を増した指が過敏な場所を掠《かす》めて、初めて味わう刺激に鳥肌が立った。

「あっ、やぁ…」

「悪いな。あまり、待てそうにない」

悪いなどと、きっと微塵《みじん》も思っていないに違いない。形ばかりの謝罪を口にした男が、れろ、とオルテンセの唇を舐《な》めた。満足そうに味わうその舌遣いには、品位の欠片《かけら》も求められない。獣のように喉を鳴らした公爵が、穴の伸縮を試すように指を開いた。

「っ、ぁ…、駄目…」

くぷ、と鳴った音の生々しさと、粘膜が空気に晒される感覚に爪先が突っ張る。

心臓が、破裂してしまいそうに胸を叩《たた》いていた。決して、期待のせいではない。そう思いたいのに、穴のなかで指を揺すられると性器のつけ根までが熱くなる。

奥を探られるのも辛《つら》いが、ごつごつとした関節に入り口をこすられるのも耐えがたい。皮膚と粘膜が溶け合う場所がこんなにも敏感なのだと、初めて知った。皺を伸ばすように揉《も》まれるたび、窄《すぼ》まろうとする筋肉がぎゅうぎゅうと太い指を締めつけてしまう。

「君だって、もっと気持ちよくなりたいだろう?」

今すぐに。

耳穴へと吹き込まれる低音は、毒と同じだ。ぐらぐらと視界が回って、オルテンセは揺れる座席の上でのた打った。

いかに豪奢《ごうしゃ》な造りとはいえ、所詮は馬車の座席だ。大柄なヴァンヘルムに伸しかかられてしまえば、逃げ場などない。悶えるたびに撥ねた踵《かかと》が男を撲ったが、公爵は呻き一つもらしはしなかった。

「オルテンセ」

ぬぽ、と水っぽい音を立て、ようやく太い指が抜け出る。きっとその指は、オルテンセが垂らし続けたものでぐっしょりとぬれてしまっているに違いない。

「あ…」

喘いだオルテンセの視線の先で、男が自らの股座を手探りした。

見たくなどないはずなのに、視線を外すことができない。摑み出されたのは、ずっしりと重そうな肉だ。

「っ…、ぁ…無理…だ、そん、な…」

怖いと、そう思うのに、こくんと恥ずかしいほど喉が鳴ってしまう。

大きなヴァンヘルムの手のなかにあれば、大抵のものは相対的にちいさく映るものだ。それにも拘わらず、男が揺すった陰茎は太く、そして十分に長く見えた。

「安心しなさい。ちゃんと拡がっている」

「ア、待…!」

入らない。そんなもの。

車輪が立てる音のなかでも、オルテンセの訴えは十分に聞こえたはずだ。だがずり上がろうとした痩躯を真上から覗き込み、男がゆっくりと腰を落とした。

「ひくひくしているな」

それが、この体のどの部位を指すものなのか。

薄暗がりのなかでも、男の眼には拡げられた尻の全てが見えているのだろう。そうでなくても、ぺちょ、と密着した亀頭《きとう》には、なにもかもが直接伝わってしまうのだ。

「ひ、ァく…」

体重を載せて、押し広げられる。

顎を上げ、距離を取ろうともがいたが無駄だ。両手で膝裏を摑んで押さえつけられると、爪先を強張らせることしかできなくなる。張り詰めた亀頭がずるる、と進んで、目の前で光が爆ぜた。

「っんァ、あ…」

腹側にある弱い場所を、膨れた亀頭が圧迫している。

重く、内臓を押し上げられるような刺激だ。熱くて、苦しい。ごり、と内側から抉《えぐ》られると、開きっぱなしの唇から声が出た。

「公…、ア…」

襁褓《むつき》を替えられる赤子みたいに広げられた足の間に、屈強な体軀《たいく》がある。公爵はほとんど、着衣を乱してさえいない。それでも取り出され、突き入れられた陰茎の形ははっきりと目に映った。

血管を浮き立たせて勃起するペニスが、どんな形に自分の穴を拡げているのか。皺を失うほど引き伸ばされた入り口は、粘膜の色を濃くしててらついている。容赦ない視覚からの刺激に、ぐらぐらと脳味噌が煮えた。瞬きも忘れ見入ることしかできないオルテンセの真上で、ぐり、と大きく男が腰を回す。

「っ…ァ！　動か、な…」

「君が、手加減してくれないからだ」

ぬれて熱い息遣いが、はぁ、とオルテンセの瞼を舐める。掠れた低音は、ひどく機嫌がよさそうだ。牙を剝《む》き出しにした男が、無造作に乳首へと手を伸ばした。

「っぃ…」

ずっぷりと逞しい陰茎に串刺しにされていては、逃げる術などない。膨れて尖った乳首をぎゅうっとつままれ、鋭い痺れが下腹を刺した。

「ッあァ…、痛…」

「痛いから、こんなにぐにぐにと締めつけてしまうのか？」

動いている。

息だけで教えた男が、形が変わるほどきつく乳首を引っ張る。そうしながら腰を落とされると、一溜まりもない。乳首への刺激に、意識を引き摺《ず》られていたせいか。二度三度と浅く出し入れされたペニスを深く沈められ、先程までよりもずっと奥にまで亀頭が届いた。

「違ァ、あ…、駄目、ァ…」

重い衝撃が、ごりりと臍下を押し潰す。そんなふうに、捏《こ》ねては駄目だ。そう思えるほど深い場所

で腰を捻られると、生温かい性感がどっと掌や足裏を舐めた。

自分で性器をいじるのとは、比べものにならない。そもそもヴァンヘルムの動きは強さも角度も、オルテンセにはなんの制御もできないものだ。身構えることもできず陰茎で突き上げられ、目の奥がちかちかとした。

「っあ！　ひァ…」

「君の尻の穴は、まだ気持ちよさそうに動いてるぞ」

公爵が満足そうに笑う通り、小突かれ、掻き回されるたびに尻の穴がぎゅうっと締まる。止めるなんて、とてもできない。腸壁の圧迫を楽しむように腰を揺すられると、もっと欲しがるかのように狭い穴が陰茎へと吸いついていてしまうのだ。

「はっ、ぁ…、ふ…」

恐ろしい形をした鰓《えら》に、ぞりぞりと肉を削ぐよう掻き上げられると苦しくて足がばたつく。休む余地もなく注がれ続ける気持ちのよさに、脳味噌ごと背骨が溶け落ちそうだ。怖くて逃げ出したいのに、べちん、と腰をぶつけられると下腹がへこんだ。

「あ…」

何度目かの光が、目の奥で爆ぜる。

ぐら、と視界が回る錯覚があり、世界が翳《かげ》った。

今度こそ、本当に射精したのか。そうだとしても、もうどうでもよかった。とろ、と瞼が下がって、車輪の振動までもが遠くなる。

「オルテンセ」

低く唸った男の鼻筋から、玉を結んだ汗がぽつりと落ちた。

何故、こんな声で自分を呼ぶのか。

こんな、大切そうな声で。

ひく、と引きつった瞼に、荒い息が吐き散らされる。ぬれた舌で犬のように頬を舐められ、オルテンセは声も出せずに呻いた。

「オルテンセ」

甘露、だからだろう。

蜜の肉体を持つ甘露だから、公爵はきっとこんな声で自分を呼ぶのだ。

熱にとろけた頭でも、そんなことは理解できる。明解な真理は、いつだってオルテンセに安寧をもたらした。重みを増した瞼を、獣じみた舌が繰り返し舐める。

「…ぁ…」

尻の奥で動いたペニスの大きさに、踵が撥ねた。硬く脈動するそれは、いまだみっちりとオルテンセの穴を押し拡げている。

「奥は、まだ少し苦しいようだな」

大きな手が、ゆす、と白い腿を支え直した。

顔を歪め、首を横に振ろうとしたが動かせない。もう、これ以上は無理だ。ぐずるオルテンセの瞼に、笑う男が鼻面《はなづら》を擦り寄せる。

「や……」

「安心しなさい」

ひそめられた声の響きは、鳥肌が立つほど幸福そうだ。引き摺られるように腹の底がざわついて、口腔に新しい唾液があふれる。

「ゆっくり、楽しめるようにしてやろう」

私の、花嫁。

額へと落とされた口づけに、奥歯が鳴った。だが悲鳴は音にならない。れろりと唇を舐められ、オルテンセはふるえながら歯列を開いた。


願い事には、代償が必要だ。

それははるか昔、神話に近い時代においても変わりない。

一人の王子が、力を願った。

父である国王を殺され、母親を犯され、姉と共に奴隷とされた若い王子だ。

王子は、復讐《ふくしゅう》を誓った。生き残ったわずかな民と共に鎖に繋がれ、荒野を引き立てられながら、彼はただ一つの言葉を繰り返し続けた。

父上を殺し、母上を犯した敵の喉笛を裂いて、姉上を救う。

凍てつく雪を素足で掻き分ける朝も、飢えて眠る夜も、王子は同じ言葉を繰り返した。念願成就《じょうじゅ》の機会を得たのは、何年も後のことだ。辛苦の末、王子は獣と忌避される蛮族に拾われその一員として長じていた。彼らと同じく獣の皮を被り、雄叫びと共に敵を殺す戦士となったのだ。

ある年、王子の生存を知らないまま、今や王に成り代わった裏切り者が銀を用いてこの戦士たちを雇い入れた。

両親を殺した男のために、己が血を流すのか。

王子は怒りにふるえたが、同時に復讐の好機と考えた。辺境での戦いを制し、獣の皮を被った王子は王の元に轟《とどろ》くほどの手柄を積み上げたのだ。そしてついに、裏切り者である王に見《まみ》えるに至った。

仇《かたき》の首を両親に捧《ささ》げ、姉と生き残った民を自由の身にする。

王子は白刃《はくじん》を振り上げ王の首を落とそうとしたが、それを阻止する者があった。

犯され、死んだはずの母親だ。

妙《たえ》なる芳香《ほうこう》を纏う巫女《みこ》であった王妃《ひ》は生き延び、裏切り者の妻となっていた。獣の皮を被った王子の正体に母親だけが気づき、そして我が子に毒を盛ったのだ。

死に瀕した王子を、王妃は彼が率いてきた獣皮の戦士たちと共に穴へと棄《す》てた。死者の国の入り口とされるその深い深い穴の底は、生きる者の世界からははるかに遠い。屍となった獣皮の戦士たちの山の上で、王子は吠《ほ》えた。

その慟哭《どうこく》に、応えた者がいる。

同じく死者の穴に追放された呪《まじな》い師が、王子に覚悟を問うたのだ。

曰《いわ》く裏切り者の血を浴び、それを飲まんと欲するなら、大いなる代償と引き換えに、汝はこの世に地獄をもたらす力を得ることができる。だが復讐を捨てて母親の幸福を望むなら、汝は安らかな死に迎え入れられるだろう。

王子は、迷わなかった。

王冠を戴《いただ》く裏切り者、そして母親の顔をした魔女は、今回の一件で幼かった自分が生き延び、復讐に燃える姿を目《ま》の当たりにした。こうして死者の穴に王子を葬《ほうむ》ったとしても、民が、そして姉姫が生き残っている可能性がある限り、小心な罪人たちは安心して眠ることができない。王と王妃は、今度こそ草の根を分けてでも姉姫を捜し出し、この同じ深い穴に落とすだろう。

姉上を守るためにも、平穏な死を選ぶつもりはない。

王子の決意に、呪い師は頷いた。

そして王子は、牙を得たのだ。

その身は野獣となり、王子は咆吼《ほうこう》と共に深い穴を駆け上がった。夜が三度明けるのを待たず、裏切り者たちの首はことごとく食いちぎられたという。

斯《か》くして王子の復讐は果たされた。奪われた王冠はあるべき者の頭上に戻り、姉姫との再会も叶《かな》えられた。

だが王子の物語は、そこで終わりではない。彼は、代償を支払ったのだ。

力と引き換えに、王子は身の内に飢えた獣を宿すに至った。獣となった王子の舌に触れると、どんな食べ物も砂の味に変わる。

だが唯一裏切り者たちの血肉だけは、王子の舌を甘くとろけさせた。なかでも芳香の巫女であった母親の血肉は、獣と化した王子を陶然とさせた。

それこそが呪いか、あるいは罰《ばっ》か。

王子が産声を上げた時、王妃は自らの乳を含ませて彼を育てた。その女を手にかけた王子が、以来ただ一つ甘いと感じられるもの。母親がそうであったように、天上の芳香を纏って生まれた女たちの肉体のみが、味覚を失った王子の飢餓を癒やす術となったのだ。

王子は代償と引き換えに国を護り、姉姫と共にハールーン国の礎《いしずえ》を築いた。以来ハールーンの王族には、稀に牙を持つ男児が生まれた。ハールーンの祖たる、英雄の再来。国を危機から救い、繁栄へと導く王。彼らはそう尊ばれ崇拝されると同時に、懼れられた。

永遠の飢餓を抱く獣は、戦地においてはあらゆる敵を震撼させると同時に、民にさえ畏怖《いふ》されるのだ。

「ジェイ…」

知らず、唇からこぼれた名前にぎょっとする。

降りていた瞼を押し上げ、オルテンセは重い体を引き起こした。

窓辺に置かれた、長椅子《いす》の上だ。絹地が張られたそれはゆったりと大きく、手摺《てすり》には優雅な彫刻が施されている。厚みのある背凭れに体を預けるうちに、浅く眠ってしまっていたらしい。

遠くから犬の鳴き声が聞こえ、オルテンセは薄く唇を綻《ほころ》ばせた。だから、あんな夢を見ていたのか。

黒い愛犬を、抱き締める夢だ。

厚い被毛を持った体はあたたかく、力強い。ぬれて黒い鼻面がふんふんと頬を嗅《か》いでくる感触が蘇《よみがえ》り、胸の奥が熱く疼いた。

いい、夢だ。ゆっくりと起き上がろうとして、オルテンセは息を詰めた。

すぐ傍らに、黒い影が落ちている。言うまでもなく、それは愛犬のものではない。

いつから、そこにいたのか。

静かに立つ影は、まるで夜そのものが血肉を得たかのようだ。

開け放された窓の向こうから、居間へと真昼の陽光が注いでいる。穏やかな秋の日差しのなかにあって、男の影は一層重く、そして昏《くら》く目に映った。

「公爵…」

上擦ることなく、声にできただろうか。はっとして立ち上がろうとしたオルテンセを、ヴァンヘルムが視線で制した。

「寒くはないか?」

尋ねられ、わずかに意味を図りかねる。だがすぐに、それが開け放たれたままの窓を指すものだと気がついた。

「はい、ありがとうございます。先程犬の声が聞こえたので、それで…」

それで、窓を開けたのです。

そう応え、窓へと手を伸ばそうとしたオルテンセへと、厳《いか》つい手が触れた。

「犬が好きか?」

この国の貴族の多くは、猟犬の飼育に力を入れている。狩りの腕と同様に、所有する犬の血統やその容姿を競うのだ。オルテンセの父親もそうした貴族の例にもれず、屋敷に立派な犬舎を構えていた。

「え？　ええ、好きです」

頷いた白い顎先を、乾いた男の指が掬い上げる。

その指が、昨夜はどんなふうにぬれていたのか。蘇ろうとする記憶に、思わず薄い背がふるえそうになった。

走る馬車のなかで、性交したのだ。

奪われたのではない。甘露の本能に突き動かされ、自分こそが目の前の男をほしがった。暴力が横行する獄中で憔悴《しょうすい》した肉体に、正常な判断能力が残っていたはずもない。その上で、呪われた牙を持つ公爵の興奮に引き摺られたのだ。

だがそんな言い訳は、なんの役にも立たない。経緯がどうであれ、犬のように涎を垂らして強請《ねだ》ったのは、他でもないオルテンセ自身なのだ。

忘れられるものなら、そうしたい。だが夜闇を縫って馬車がこの館へと辿り着いたことも、ヴァンヘルムの手によって寝台まで運ばれたことも、覚えている。それだけでなく、自分がどうやって公爵を欲しがったかまでも、拭いがたく脳裏に焼きついていた。

「庭にいるのは私の犬たちだ。野犬ではないから安心しろ。大方栗鼠《りす》でも追っていたんだろう」

それよりも、と公爵がオルテンセの口元を覗き込む。

唇にできた傷を、検《あらた》められているのだ。もう血の味のしないそれを、灰色の眼がまじまじと確かめた。

「薬を用意させた。痕《あと》が残るほどではないだろうが、使うといい」

示されたのは、卓《テーブル》に置かれた硝子《ガラス》の容器だ。掌に載るほどのそれには、おそらく軟膏《なんこう》が詰められているのだろう。そんなものを、まさか王弟である男が手ずから届けに来てくれたのか。

「どうした？」

自分はいくらか、不思議そうな顔をしていたらしい。窓を閉じた男に尋ねられ、オルテンセは慌てて首を横に振った。

「いえ…、お心遣い、ありがとうございます」

「いや、私こそ気が利かなかったな」

何事かに気づいた様子で、ヴァンヘルムが軟膏を手に取ろうとする。その眼が、再びオルテンセを覗き込んだ。

「…牢番たちか？　それとも役人が？」

オルテンセが身に着けているのは、公爵が用意してくれた平服だ。真新しい絹のシャツは、緻密《ちみつ》な貝釦《ボタン》で飾られている。くつろげていた襟元から、紫色に変じた痣が覗いてしまったのだろう。自分の失敗を悟り、オルテンセはそっと艶やかな釦を留《と》めた。

「…頂戴した薬を塗れば、すぐによくなる傷です」

「告げ口を嫌うのか？」

誰に、撲たれたのか。明言を避けたオルテンセに、ヴァンヘルムが眉を引き上げた。

「まさか。ご存知の通り、僕はそれほど殊勝ではありません。ただ誰もが僕を罰したいと考えていたなかで、この程度ですんだのは幸いだったと思うだけです」

湿って黴臭《かび》い牢のなかにあって、無実を訴えるオルテンセの言葉を信じてくれる者は誰もいなかった。処刑が決まって以降は、身分に応じた厚遇を期待することも難しかったのだ。それを思えば、この程度の扱いですんだことはむしろ幸運だったのだろう。

「…君は寛大だな。自分自身に対する扱いが、粗雑すぎるとも思えるが」

果たしてそれは、どんな意味か。苦々しく唸った公爵が、オルテンセの顎へと指を伸ばした。

「いずれにせよ私には、我が花嫁を傷つけた輩《やから》を許す寛大さはないがな」

花嫁。

その言葉が誰を指すものかは、問うまでもない。

オルテンセは、男だ。母親譲りの美貌を讃えられようとも、その肉体が男性であることに変わりはない。だが同時に、甘露でもある。

貴重な甘露は、時代によっては信仰の対象ともされてきた。仇の妻となった伝説の王妃も、彼女が産んだ姉姫も、元はそうした巫女の一人だと言われている。

裏切り者の王妃は、許されざる存在だ。だが同時に、牙を持つ英雄を産んだ女神として崇《あが》められてもいた。

今でもハールーンの王族は、甘露を娶《めと》ることを好んだ。男であっても、変わりない。英雄に憧れる者たちは、英雄が求める甘露を欲しがった。その香りに包まれ、甘い肉体を抱けば生きながらにして楽園に至れる。そう語られる甘露たちは、稀有な美貌も相まって、いつの時代も権力者たちにより珍重されてきた。

オルテンセもまた、同じだ。身分ある令嬢を毒殺しようとした罪で斬首を言い渡された自分が、生きてここにいる理由はただ一つ。

この国で最も高貴で、そして呪われた血を引く王弟、ヴァンヘルムに嫁《か》すこと。その条件と引き換えに、オルテンセは刑場での死を免れた。

「…改めて、お礼を申し上げます。傷がこの程度ですんだのも、なによりこうして生きてここにあるのも、全てはヴァンヘルム様のお蔭《かげ》です」

刑場に引き立てられ、汚れた石の上で首を刎《はね》られる。昨日までのオルテンセにとって、それは翻《ひるがえ》りようのない最期のはずだった。

だが今、自分は生きてここにいる。

たとえ王弟といえど、王の判決を覆すことが簡単だったとは思えない。公爵が当時、王都の屋敷を空けていたことを考えれば尚更だ。

「礼を言うのは私の方だ」

迷いなく応えた男が、オルテンセの手を取る。そのまま深く膝を折られ、オルテンセは紫陽花色の目を瞬かせた。

「公…」

大柄な王弟が長椅子にかけたオルテンセと視線を合わせるためには、深く体を屈《かが》めなければならない。だからといって、公爵の地位にある男が膝を折る必要がどこにあるのか。押し止めようとしたオルテンセの手を、ヴァンヘルムがそっと額へと押し当てた。

「っ……」

「君が私を思い出してくれて、本当によかった」

この、私を。

それは、オルテンセに聞かせるための声ではなかったのかもしれない。低く絞り出した男が、甘露の指先へと唇を寄せる。

確かめるような、祈りにも似た仕種だ。

戦場においては死の化身と懼れられる男が、なにに祈るというのか。驚くと同時に、やわらかな唇の感触に鳥肌が立った。その奥に隠されたものの存在を、忘れることはできないのだ。

「おやめ下さい、公爵様。…僕はお礼どころか、お詫《わ》びしなければいけない立場です」

何故あの地下牢で他の誰でもなく、オルテンセがヴァンヘルムに助けを求めたのか。

王弟という立場は、無論理由の一つだ。だが決して、オルテンセはヴァンヘルムと親しかったわけではない。むしろ、その逆だ。

昨夜まで、オルテンセは数えるほどしか公爵と言葉を交わしたことがなかった。それどころかヴァンヘルムと初めて会ったあの夜、自分は男になんと言ったのか。それを王弟が忘れているとは、とても思えなかった。

「詫び？」

不思議そうに瞬いた公爵が、オルテンセの膝へと唇を落とす。思わず踵を引くと膝がゆるんで、男の双眸が近くなった。

「そうです、僕は…」

「昨夜散々私の髪を引っ張って、早く出せと怒っていたことをか？」

非礼を詫びるより先に、にやりと笑った男がオルテンセの腿へと額を寄せた。犬がそうするように鼻面を擦りつけられ、高い声がこぼれそうになる。

「な…！」

「もしくはあんなに厳しく私を搾り取っておきながら、いざ出したら出したで、もう疲れたとぐずってまた怒り出したことだろうか」

「なななななに、を…ッ！」

なにを、言っているのか。

確かに昨夜、自分は馬車の座席で懸命にヴァンヘルムにしがみついた。逃げ場を失い、ぎゅうぎゅうとその黒髪を摑んでいたのも事実だ。それだけでなく、混乱のまま罵倒《ばとう》した気もする。

公爵との性交は長く、一度の射精で終わりにはならなかった。終わりたくもなかった。気持ちのよさをぱんぱんに詰め込まれた体を、どれくらい揺すられ続けたのか。欲しくて欲しくて気が急いていたはずなのに、それでも終いには際限のなさが怖くなった。

「冗談だ」

今こそ再びヴァンヘルムの髪を摑んで、その口を塞《ふさ》ぐべきではないのか。乱暴な衝動を押し殺すより先に、男が鷹揚《おうよう》に笑った。

「謝る必要はない。あれはあれで、大変興奮した」

「か、勝手に興奮なさらないで下さい…！　僕が言いたいのは…」

「実際、君に非はない。謝る必要があるのは、やはり私の方だ」

身を乗り出したオルテンセに眼を細め、男がその膝に、そして手首へと唇を押し当てた。

「なにを…」

「婚礼に、君の父君が参列することは難しいだろう」

婚礼とは、自分と公爵のか。

分かってはいても、いまだそれを現実のこととは受け止めがたい。だがそれ以上に疑問を覚え、オルテンセは短く瞬いた。

「式は、挙げないという意味でしょうか」

当然だろう。オルテンセはヴァンヘルムに嫁すことを条件に挙げて牢を出たが、それはあくまでも形だけのものだ。

呪われた牙を持つ者にとって、結婚は隠喩でしかない。相手が甘露か否かに拘わらず、結果として何人もの妻を娶る獣は少なくなかった。獣における花嫁とは、餌の美称にすぎないからだ。

「まさか。盛大に挙げるに決まっている」

即座に否定され、オルテンセは紫陽花色の目を瞬《しばた》かせた。

契約を取り交わせばすむだけの話なのに、盛大な式を挙げる必要がどこにある。オルテンセの驚きを、どう理解したのか。眉間を歪めた男が、白い手首の内側をちいさく吸った。

「勿論《もちろん》、君が父君の参列を望むならどんな手段を使ってでも…」

「いえ、そのようなことは。そもそも、式を挙げるとは考えていませんでした」

王弟の婚姻《こんいん》となれば、国を挙げての一大事だ。しかし相手が一度は斬首を言い渡された甘露とあっては、表立って祝えるものではないだろう。正直に応えたオルテンセの膝を、大きな掌が丸く撫でた。

「そんなわけがあるか。…ただもう一つ、式に関しては謝らなければならないことがある」

許しを請《こ》うかのように指先を吸われ、ぴくりと痩《や》せた肘がふるえてしまう。

「婚儀は早くとも秋の終わりか、悪くすると春になるだろう」

蒼天に恵まれたこの季節は、まだ秋の入り口だ。冬の訪れは比較的駆け足とはいえ、それは一月近く先のことになるだろう。春となれば、更に遠い。

「時期など、いつでも…」

挙式に関して、オルテンセは口を差し挟める立場になどない。しかし首を横に振ろうとして、合点した。

王弟であるヴァンヘルムが、何故挙式のために春を待たなければいけないのか。それはこの秋には、式を挙げがたい理由があるからだ。

「…もしかしてエド王子のご婚約…、あるいはご成婚が関係しておいでなのでしょうか」

言葉を濁すことは、いくらでもできた。だがそうすることは、悪手だろう。

真正面から尋ねたオルテンセに、公爵が眉間の皺を深くした。その渋面を見れば、答えは明白だ。

「…申し訳ありません。僕の事情で、公爵様に無用なお心遣いを頂戴してしまいました。ですが、僕は王子のご成婚を喜びこそすれ…」

「無用なものか」

獣が、唸ったのかと思った。

きっぱりと一喝され、オルテンセがちいさく息を詰める。明らかになった自らの牙の形に、思い至ったのか。己の失敗を悔やむように、ヴァンヘルムが顔を顰《しか》めた。

「…本来であれば我々の…いや、こと君の問題に対して、エドの都合を優先させるべきではない」

エドは、このハールーンの第一王子だ。彼の都合以上に優先されるものなど、なにがある。率直にそう思うが、目の前の王弟は誤りだとそう断じるのだ。

「そんなことは…」

王子であるエドが、近々婚約を発表する。その噂《うわさ》は、以前からあった。

収穫の季節である秋は、賑やかな祭事も多い。今年は王の在位十年を祝うため、特に大規模な武芸大会やいくつもの宴《うたげ》の開催が予定されている。国内外から多くの来賓が集う機会に、めでたい報《しら》せがあるのではないか。

それが根拠のない憶測とは違うことを、オルテンセは知っていた。ほんの数ヶ月前まで、その席でエドの結婚相手として紹介されるのは、他でもないオルテンセ自身だと目されていたからだ。

「分かっている。現実として、エドの慶事を押し退《の》けるべきではない。だからといって、君に全てを呑み込めと言うのは間違いだ。そうと分かっていながら、君に我慢を強《し》いる結果となった。…すまない」

逸らすことなく謝罪され、言葉に窮する。

エドが王子であるように、膝を折るヴァンヘルムもまた王弟だ。娶る相手が大国の姫ならばともかく、餌である甘露の心情を汲《く》む必要がどこにある。挙式の有無や日取りどころか、公爵はオルテンセの生殺与奪の権利すら握るのだ。

「おやめ下さい。僕は公爵様にお助け頂いた身です。どうかお気遣いなく、お取り計らい下さい」

「そんなわけにはいくか。望みを言ってくれ。日取りの選定は難しくとも、他に希望があるなら可能な限り叶えると約束する」

実際のところ、婚礼の日取りが遅いと嘆く理由はないのだ。王子が自分以外の誰かを娶ると聞いても、それを落胆する気持ちもなかった。

むしろ婚礼が年を跨《また》ぐ場合、それはヴァンヘルムにこそ不利に働くのではないか。本当に式を挙げるのであれば、挙式より以前にオルテンセを食いつくすことはできない。婚礼を待つまでの間は、生き延びていられる可能性が増すということだ。

「言ってくれ、なにが希望だ」

あたたかな掌が、腿の側面を辿って腰へと動く。大きな掌で背中を引き寄せられると、操られるように視線が下がった。

「もし…」

切り出したオルテンセを、銀灰色の双眸が間近から映す。明るい日差しの下にあっても、それはやはり昏い水面《みなも》のように見えた。

「もし、お許し頂けるなら…、婚礼の夜までは、今のまま寝所を分けて頂けませんか」

昨夜オルテンセが運ばれたのは、ヴァンヘルムの寝台ではない。普段は使われていない、客室の一つなのだろう。あるいは女主人のための部屋なのかもしれない。いずれにせよ生活の息吹に欠けた寝台で、オルテンセは一人目を覚ました。

「寝室のベッド以外で性交したい、という意味か？」

オルテンセの要望は、全く予想し得ないものだったのだろう。床に膝を突いた男が、真顔で首を捻った。

「違います」

「同じ寝台ではなく、私が君の元へ通うということにこそ興奮すると？」

先程までだって、そんなに深い皺を眉間に刻んでいなかったでしょう。そう窘めたくなるほど真剣に、ヴァンヘルムが首を捻った。

「全く違います」

では、と顎に手を当てた男が重く唸る。

「では、君から夜這いをかけたいのか？　刺激が必要なら、同じ部屋で暮らしても十分対応できると思うが」

「違います…！　婚礼までは身を清くして、公爵様にお仕えしたいと申し上げているんです」

王弟を相手に、自分は何故こんな大声を上げているのか。疑問に思わずにはいられないが、しかしヴァンヘルムを前にするとどうにも調子が狂ってしまう。

「身を清く…？」

公爵が訝《いぶか》るのも無理はない。昨夜の自分を振り返れば、貞節さなど冗談にしか聞こえないだろう。

むしろ諫《いさ》めたヴァンヘルムを黙らせ、もっとくれと駄々を捏ねたのだ。

「一度は斬首の判決を受けた身で、公爵様のご恩情によりここに置いて頂くことができたのです。せめてこれ以上公爵様の名を汚すことがないよう、折り目正しく…」

「君と性交することで汚れるような名誉なら、いくら汚れても構わない」

王弟たる人が、なにを真顔で口にしているのか。咎めようとしたオルテンセに、しかし、とヴァンヘルムが唇を引き結んだ。

「しかし君の意志を尊重し、君に寛大な夫だと思われたいのも事実だ」

これ以上なく深い皺を眉間に刻み、公爵がオルテンセの手首へと歯を当てる。痛みはないが、牙の鋭さを想像するとぞわりと背筋がふるえた。

「…実際ヴァンヘルム様ほど寛大なお方はいらっしゃいません。ですから…」

「二度目の初夜を存分に楽しみたいと言われてしまえば、君の希望を無碍《むげ》にはできない」

そんなこと、言ってはいない。勝手に納得などしないで下さい。

込み上げた抗議を呑み込めた自分は、賞賛に値するだろう。オルテンセの脇腹へと鼻面を擦りつけた男が、深い皺をそこに刻んだ。

「そうだとしても、あんな美味いものを味わってしまった以上、これから婚礼の夜まで我慢できるかは、正直なところ自信がない」

それに、と言葉を継いだ男が、ちら、と分かりやすい上目でオルテンセを捉《とら》えた。

「それにあまり我慢しすぎた場合、お互い二度目の初夜を待てず暴発に至る可能性もある」

「…涙を」

それは決して、苦し紛れに出た言葉ではない。ここに至るまでに、心に決めてきたことだ。喘ぐように肺を膨らませ、オルテンセは厚い男の肩へと手を置いた。

「僕の我が儘をお許し頂けるのであれば、涙を…、涙だけなら、全てヴァンヘルム様に差し上げるとお約束します」

公爵にとって、それもまた意外な提案であったらしい。当然だろう。冷血と名高いオルテンセに、涙脆さを期待しろと言うのだ。鼻先がぶつかりそうな位置で、銀灰色の眼が瞬いた。

「涙、だけなのか？」

強欲だとは、公爵を責められない。

だが引き結んだ下唇を、ぐ、と尖らせてみせるのは反則だろう。こちらの罪悪感に針を刺す不満気な声は、なかなかの交渉上手だ。そうとは言え、オルテンセとしても引き下がることはできない。

「…お受け取り頂けないのであれば、婚礼の夜までお顔を合わせることも避け…」

「分かった。涙を与えてくれる君の寛大さに、感謝しよう」

渋々頷いた男が、巨軀《きょく》を引き上げる。それだけで、視界が翳る錯覚があった。逞しい腕が左右から伸びて、低い位置にあったはずの双眸に見下ろされる。

「交渉上手な花嫁を得られて、私は幸せ者だ。だがもし涙以外のものを与えたくなったら、いつだろうと私の部屋を訪ねてくれ」

笑った男が、オルテンセの鼻先へと深く沈んだ。

口づけられるのか。真っ直ぐに降りてきた唇を、オルテンセは右の掌で遮《さえぎ》った。

「…なんだ」

不服そうな声が、薄い掌を舐める。

「差し上げられるのは、涙だけです」

「挨拶のキスは、必要だろう?」

あなたのキスが、挨拶程度で終わるとは限らないじゃないですか。真っ当な反論を、オルテンセは危ういところで呑み込んだ。それこそ、公爵の思う壺《つぼ》なのだろう。

「公爵様ともあろうお方が、僕を困らせて泣かせよう、だなんて魂胆ではないでしょう?」

我ながら、生意気なことこの上ない。だがぴしゃりと鼻面を制すると、男が声を上げて笑った。

「それでは花嫁殿が困らない程度に、挨拶について協議しよう」

牙を隠す唇が、瞼に落ちる。

それを押し返す術はなく、オルテンセは白い瞼を閉じた。


華やかな音楽が、光に満ちた広間を彩る。

今から遡《さかのぼ》って、一年と少し前の出来事だ。夏の始まりを待つ夜のざわめきを、思い出す。

ロジャー卿《きょう》の館を訪れたのは、久し振りのことだった。広い屋敷は、彼の権力を誇示するに相応《ふさわ》しいものだ。

廊下には厚い絨毯《じゅうたん》が敷かれ、磨き上げられた美術品がこれ見よがしに並べられている。一際目を惹《ひ》くのは、白磁《はくじ》で作られた猛禽《もうきん》たちか。溜《た》め息《いき》がもれそうなほど高価なそれらは、館の主の豊かさを雄弁に物語っていた。

通された広間も、同様だ。背の高い窓が巡らされた広間には、煌々と輝くシャンデリアが吊されている。四季を現す精霊たちが描かれた天井画の下で、着飾った男女が歓談を楽しんでいた。

「…すっげえな、こいつは」

素直な感嘆が、背後でこぼれる。従者として同行を買って出てくれたトマスが、思わず呻きをこぼしたのだ。

トマスが圧倒されるのも、無理はない。長い歴史を誇るロジャー家は、ハールーンでも屈指の貴族だ。その館で開催される今夜の舞踏会は、オルテンセの目から見ても贅沢なものだった。

揃いの衣装に身を包んだ楽士たちが、広間の奥で客たちのために音楽を奏でている。右手側の間は、食事のための部屋か。大きく開かれた扉の向こうに、色鮮《あざ》やかな果実の山が見えた。円卓からこぼれそうに積まれたそれらは、帆船の形を模して飾りつけられている。その周囲では、珍しい肉の詰め物やこんがりと焼かれた家禽《かきん》が香ばしい匂いを漂わせていた。

今夜は、ロジャー卿にとっても特別な夜なのだろう。賑やかな広間に視線を巡らせ、オルテンセは寄せ木細工の床を踏んだ。

「おい、待てよオルテンセ」

我に返ったトマスが、慌てて後を追ってくる。

今夜初めて袖《そで》を通した絹の上着は、トマスにとてもよく似合っていた。半年しか早く生まれていないにも拘わらず、トマスの体格はオルテンセのそれよりはるかに勝《まさ》る。きちんと筋肉がついた体軀は逞しく、しなやかな手足はいかにも機敏そうだ。男らしく整った容貌には、貴族的な甘さがあった。

実際トマスは、その身に半分貴族の血を受け継いでいる。彼はオルテンセの父であるハーレイ侯爵が、使用人に産ませた子供の一人だ。快活なトマスの青い目の色は、彼の母親によく似ているらしい。朗らかで聡明《そうめい》だったというトマスの母親は、ハーレイ侯爵のお気に入りの女性だった。そのため彼女と子供たちは、特別にハーレイ侯爵の館で暮らすことを許されていた。平素は妹の世話や犬舎での仕事を任されているが、今日はオルテンセのため慣れない夜会に同行してくれたのだ。

「やっぱり無茶だったんじゃないのか？　もっと、他の方法を考えた方が…」

いくつかの視線が、オルテンセに気づいて振り返る。金糸《きんし》で飾られた上着を身に着けたオルテンセは、特別派手な身なりをしているわけではない。それでもその美貌に目を留めた者たちが、思わずといった様子で視線を向けてくるのだ。それらが一様に驚きを露《あら》わにする様子に、トマスがひそめた声で訴えた。

大丈夫だ。そう異母兄に伝えるより先に、トマスが短く息を呑む。

「な…」

青褪《あおざ》めた異母兄の視線の先に、なにがあるのか。それが目的のものであることは、すぐに分かった。

不吉な影が、落ちている。

まるで夜の深淵《しんえん》を切り取り、人の形に凝らせたかのようだ。

楽団たちは、相変わらず華やかな音色を奏でている。だがオルテンセが目を向けた一角には、静寂があった。

水面に横たわる、穏やかな静けさとは違う。タペストリーの前に立つその男が纏うのは、張り詰めたような静謐《せいひつ》さだ。迂闊《うかつ》に覗き込めば、底のない夜へと真っ逆さまに墜落する。そう確信させられる不穏さが、男にはあった。

「オ、オルテンセ…」

トマスが上げた警戒の唸りに、不意にちいさな悲鳴が重なる。

談笑していた令嬢の一人が、立ち上がった拍子に足元をふらつかせたのだ。大きく傾いだ体が、運悪くタペストリーの前に立つ男へとぶつかる。

「あ…」

転ぶまいとして、自分が誰に取り縋ってしまったのか。それを悟った令嬢の顔から、血の気が失《う》せた。

周囲も、同じだ。広間に集う誰もが、その男の存在に気づいていた。だが決して彼の関心を引くまいと、努めていたのだろう。平静を装《よそお》っていた客たちまでもが、ぎょっと息を呑むのが分かった。

「っ、あ…、こ、公爵様…、わ、私…」

公爵、と呼びかけられた男が、自分を摑んだ令嬢へと向き直る。

屈強な体軀を持つ、背の高い男だ。銀灰色の眼に見下ろされ、令嬢の奥歯がかちかちと音を立てる。

突き飛ばそうとしたのか、あるいは支えようとしたのか。伸ばされた公爵の腕に、令嬢が悲鳴の形に唇を歪ませた。

「ひ…」

逃げようと暴れた彼女を、他方から伸びた腕が支える。そうされてようやく、令嬢は自分の過ちに気づいたのだろう。誰の腕を、打ち払おうとしていたのか。我に返って崩れ落ちた令嬢を、オルテンセが助け起こした。

「大丈夫ですか？　眩暈《めまい》がひどいご様子ですが」

ざわりと、広間を包む空気が揺れる。

公爵と少女の間に割って入る愚か者など、いるはずがない。そう確信していたのだろう。注視する貴族たちが、動揺を露わにした。そのうちのいくつかは、オルテンセの容貌に息を呑むものだったかもしれない。戸惑う貴族たちに頓着せず、オルテンセはロジャー卿の使用人たちへと目配せした。

「誰か、こちらのご令嬢に気つけ薬を」

淀《よど》みのない指示に、我に返った使用人が駆けつける。へたり込んでしまった令嬢は、ただ夢でも見るかのようにオルテンセを見上げるだけだ。とても一人では立ち上がれそうにない少女を、男たちが抱えるように広間から連れ出した。

「…ねえ、あのお方って…」

「あれは、ハーレイ侯爵の…」

令嬢を目で追った客たちが、新しい驚きに声をもらす。

無謀にも少女を助けたのが、何者なのか。それに気づいたらしい貴族たちが、互いに顔を見合わせた。

「おい、オルテンセ…」

質を変えたざわめきに、トマスが低く注意を促す。身構えた異母兄の気配を背後に感じ、オルテンセは薄い背を伸ばした。

にっこりと微笑《ほほえ》むのは、造作もない。たとえそれが、どんな状況下であってもだ。自分を見下ろす銀灰色の双眸を真正面から受け止めながら、オルテンセは男へと優雅に一礼した。

「一曲、お相手頂けるか？」

響きのよい声が、オルテンセに問う。

どよめきが、悲鳴のように広間を包んだ。

公爵が、同性であるオルテンセにダンスを申し込んだこと自体は驚きに値しない。踊る相手は、必ずしも異性である必要はないのだ。男であっても同性に嫁すこともある甘露は勿論、未婚の貴族のなかには夜会ごとに衣装を替え、時には男の、時には女の姿で楽しむ者もいる。だが目の前の男の存在は、また別だ。

「はい、喜んで」

笑みを深くして、オルテンセが手を差し伸べる。一際大きな動揺が、客たちの間に広がった。

公爵の手を、取る者がいるのか。

しかも、甘露であるオルテンセが。

息を呑み、食い入るように見つめてくる貴族たちの視線は痛みを覚えるほどだ。だがそんなものも、今のオルテンセにはどうでもよかった。

目の前に立つ男の、威圧感はどうだ。

公爵の手に指先を掬われた瞬間、心臓に鈍い痛みを感じた。喉の奥に、飲み下せない氷の柱を突き立てられたかのようだ。本能からふるえてしまいそうな手を、オルテンセは懸命に押し止めた。

怖い。

甘露ではない令嬢でさえ、卒倒したほどだ。牙を持つ獣の気配は、誰にとっても容易《たやす》く受け流せるものではない。甘露であるオルテンセには、尚更だ。

甘露にとって、獣の抱擁は黄金だと言われている。だが捕食の恐怖をやわらげるためのそれも、平時には恐怖の対象でしかない。

獣の興奮に吞み込まれ、我を忘れるなど想像するだに恐ろしいことだ。

首筋に冷たい汗が噴き出して、今すぐにでも叫び出したくなる。だが決して笑みを曇らせることなく、オルテンセは男に手を委ねた。

「侯爵家のオルテンセ様が、何故こんな所に？」

朗らかな音楽が終わりを告げて、新しく始まったのは華やかな弦楽だ。速い調《しらべ》に、オルテンセは爪先を弾ませた。

「僕をご存知でいて下さったとは、光栄です」

ヴィクトール王の宮廷において、オルテンセを知らない貴族などいない。オルテンセ自身も、それは自覚している。だがヴィクトール王の弟である公爵は、兄の宮廷に足繁く出入りしているとは言いがたかった。

軽やかに床を蹴ったオルテンセに、ほう、と周囲から嘆息《たんそく》がもれる。

伸びやかなオルテンセの肢体は、男にしては華奢《きゃしゃ》だ。だが令嬢たちに比べれば、背丈で勝る。周囲に臆することなく身を翻せば、その華やかさに尚更視線が集まった。

「今夜、ロジャー卿の夜会にヴァンヘルム様がご出席と聞き、馳せ参じました。この機会を逃しては、お会いできないかと思い」

「私に会うために？」

不思議そうに、公爵が眉を引き上げる。

彫りの深い男の容貌は、ヴィクトール王とはあまり似ていない。性格も大きく違うと聞くが、意外にも王と王弟の間柄は良好だとされていた。快活でよく笑うヴィクトール王に対して、ヴァンヘルムの双眸は静まり返っている。口元には薄い笑みがあるが、柔和さというよりも飄々《ひょうひょう》とした摑みどころのなさこそが際立った。まるで、底の見えない海のようだ。

「はい。お礼を申し上げたくて」

「妹君との縁談を断った男にか？」

ハーレイ侯爵の娘の一人であるエリースと、目の前の男とに縁談が持ち上がったのは二ヶ月ほど前のことだ。

王の弟である公爵の元に、娘が嫁ぐ。ヴァンヘルムとの縁組みを、オルテンセの父であるハーレイ侯爵は大いに歓迎した。だがそれも、今となっては過去の話だ。不幸なことに、二人の縁談はつい先日事実上の破談となった。

「あのような姿の妹をご覧になった上で、尚も娶りたいとおっしゃる方はどこにもおいでではないでしょう」

旋律を辿りながら、オルテンセが声を落とす。

エリースは病《やまい》を得た。それも、重篤《じゅうとく》な病を。

報せを受け、ヴァンヘルムが寄越した使者がエリースを見舞った翌日、二人の縁談はなかったことにされたのだ。

「だからといって、礼を言われる道理がどこにある」

「ヴァンヘルム様の、沈黙に」

深く一歩、オルテンセが公爵の胸元へと踏み込む。大胆だが正確なステップに、ヴァンヘルムの双眸がわずかに見開かれた。

「今日に至るまで、公爵様は破談となった経緯や妹の病状について、どなたにも吹聴なさらなかった」

ハールーンの貴族たちは、なにより体面を重んじる。宮中において、噂は蜜である以前に刃《やいば》だ。

侯爵令嬢であるエリースが恐ろしい病を受け、生きながらにして地獄の炎に炙られている。その姿は大の男が目を背《そむ》けるほどおぞましく、もし運よく生き延びたとしても、二目と見られたものではなくなるだろう。あんな娘を娶るなど、願い下げた。貪欲な獣たるヴァンヘルムからさえ、そう吐き捨てられている。

そんな噂が面白《おもしろ》おかしく、今夜この夜会で語られていたとしても不思議はなかった。

だが今日に至るまで、エリースに関する醜聞《しゅうぶん》は一つも耳に届いていない。それどころか、最初から縁談そのものがなかったかのように静まり返っていた。

「ヴァンヘルム様のお心遣いに、感謝申し上げます」

「…その後、エリース嬢はいかがおすごしか？」

オルテンセが惜しげもなく微笑めば、老若男女を問わず誰もが相好《そうごう》を崩した。その効果を、自分は十分に心得ている。だが華奢な腰へと腕を回す公爵は、オルテンセの笑みにもわずかに眼を瞠っただけだった。

「ヴァンヘルム様がご手配下さった薬のお蔭でしょう。随分気分がよくなってきたようです。妹に代わり、お礼申し上げます」

後ろに下がる動きに併せ、オルテンセが深く体を折る。見下ろす公爵の唇が、笑みを深くするのが分かった。

「…公爵様？」

「牙を持つ私なら、屍肉《しにく》であっても喜ぶだろうから、病になど怯《ひる》まず今からでも妹君を娶れ」

抑揚なく告げた男が、ぐ、とオルテンセの腕を引く。上体が密着しそうなほど距離が近くなり、オルテンセはちいさく息を呑んだ。

「な…」

「てっきり、そう私を説得しに来たのかと思ったが、どうやら違うようだな」

牙を持つ者は、自らの快楽以外に興味を持たない。そう振る舞えるだけの地位の高さと、何人をも嚙み砕く牙を持つからだ。だからこそ高い知能を備えていながら、短慮で粗雑な行いに走る者が多い。

世間ではそう理解されているが、しかし目の前の男はどうか。

端的な物言いは、想像以上に怜悧《れいり》だ。貴族たちの噂とは違い、公爵はただ偏屈で粗暴な獣ではないらしい。笑みを深くし、オルテンセはくるりと淀みないターンをした。

「父は、今でもそう望んでいるでしょう」

娘を、公爵に嫁がせたい。そう望むハーレイ侯爵にとって、病による破談など喜べるものではないだろう。

「君はどうだ？」

間を置かない問いは、やはり的確だ。薄い背へと掌を当てられ、オルテンセは臆することなく上体を預けた。

「僕は、今後父がいかに働きかけようとも、公爵様にはエリースとの縁談をお断り頂きたく存じます」

きっぱりと告げたオルテンセに、ヴァンヘルムの双眸が驚きを映す。だがそれも、一瞬のことだ。甘露の右手を取った公爵が、声には出さず笑った。

「随分と妹君を大切にされているのだな」

呪われた牙を持つ獣に、嫁ぎたがる娘などいない。嫁すどころか、皆こうして踊ることからさえ逃げ出した。先程の令嬢が、いい例だろう。民は言うに及ばず、貴族たちですらヴァンヘルムの関心を引くことを懼れるのだ。

牙を持つ者に目をつけられたら、どうなるか。

不興を買えば、即座に命を落とす。一夜の相手に見初められても同じだ。例外として、婚姻後すぐに身籠《みご》もった花嫁のなかには、数年を生き延びた者もいたと聞く。だが大半の娘が、子供をなすことなく姿を消した。

理由は、明白だ。

呪われた牙を持つ者が、花嫁をどう扱うか。特別な甘露でなくとも、辿る運命は似たようなものだ。寝台で虐げられ、無惨に食われると分かっていながら獣の妻になりたがる者などいない。

親にとっても同じだ。

王の実弟であるヴァンヘルムは、潤沢な資産と王に次ぐ権力を持っている。先の戦ではいくつもの戦地を転戦し、英雄と呼ばれるに相応しい功績を残した。本来であれば数多《あまた》の王侯貴族が、その妻の座を射とめようと競い合ったことだろう。

だが、男は永遠の飢餓に苛まれる獣だ。

どれほど美々しい肩書きを持とうとも、宮廷の内外においてヴァンヘルムは不吉な禁忌の一つとして扱われた。

「しかしいかに大切な妹君のためとはいえ、オルテンセ殿自身がこうして直談判に来るとは驚きだ」

この私を相手に。

愉快そうに肩を揺らした男が、にたりと笑う。その唇から覗いた犬歯の鋭さに、ぞわりと背筋が冷えた。だが、目を逸らすことはできない。口元に掃《は》いた笑みをそのままに、オルテンセは灰色の双眸に自分を映した。

「勇猛《ゆうもう》果敢《かかん》で知られるヴァンヘルム様に、僕は不意打ちを加えることに成功した、ということでしょうか」

「父上の意向に逆らってまで君がここに来るのだから、確かに随分な不意打ちだ」

オルテンセは、父親であるハーレイ侯爵のお気に入りだ。

父親の政治的な立場を理解し、その利益となるよう行動する。オルテンセの忠実さは、宮廷の誰もが知るところだ。その姿を遊戯盤の駒にたとえ、悪役令息と揶揄《やゆ》する者までいた。

「いつかは、父もこれが正しい選択だったと理解してくれることでしょう。エリースは未熟な身。病を得なかったとしても、あなた様の妻には相応しくありませんでした」

妹との破談は、公爵は無論、ゆくゆくは父親であるハーレイ侯爵の利益にも適《かな》うものだ。その言葉を、ヴァンヘルムが信じたか否かは分からない。だがオルテンセはそれが本心であるかのように、もし、と言葉を続けた。

「もし幸運にも病から持ち直すことがあるならば、その時はあなたと神に感謝し、残りの生涯を祈りに捧げたいとエリースも申しております」

運よく命を拾ったとしても、エリースは他の誰かに嫁ぐことはない。暗にそう約束したオルテンセの言葉に、男が肩を揺らした。

「私に言わせれば、神も怪物も似たようなものだが…。だがそうだとしても、妹君は神の手を選ぶというわけだな」

笑う男の声は、意外にも快活だ。

その思いがけなさに、オルテンセがちいさく目を瞠る。

「君の思惑通りお父上の希望を突っぱねて独り寝を守ったとして、それで私にどんな利益がある？」

それは予測し得た指摘だ。花のように微笑み、オルテンセは厚い胸板へと肩を寄せた。

「僕ら甘露の血肉には、至上の幸福が約束されていると聞きます。…味わわれたことは、おありですか？」

誰もが不意打ちを食らうことを嫌うのは、それがどんな場面でも有効だからだ。

自分自身の肉体の有用性について、話題にしたがる甘露などいない。捕食者たる獣に対しては、殊更そうだろう。

ヴァンヘルムの眼に、剣呑《けんのん》な光が走る。それに、呑まれてはいけない。懸命に自制を呼びかけるオルテンセを、ぎら、と光る双眸が見下ろした。

「何故、それを私に聞く？」

「エリースは僕の妹ではありますが、甘露ではありません」

牙を持って生まれる王族が極めて珍しいように、甘露として産まれる者もまた稀だ。そしてその大半が、女性だと言われている。オルテンセのように、男でありながら甘露として生を受ける例はほとんどない。

そんな稀少なオルテンセの妹が、甘露でないわけがあるだろうか。いかに否定しようとも、そんな期待を抱いてエリースに近づく貴族は少なくなかった。

「無論そんなことは、公爵様は重々ご承知でしょう。ですが今回、そして今後も永久に妹の存在をお忘れ頂けるのであれば、稀少な血を差し上げげます」

灰色の双眸が、訝しげに瞬く。

険しさを増した公爵の眼光にも、オルテンセは怯みはしなかった。

「誰の血だ」

「私の血を。妹が持参する予定だった宝石と同じ重さだけ、この血でお支払いします」

左手を上げた動きに併せ、レースで飾られた袖が揺れる。その奥に白い包帯が覗いたことを、公爵は見逃さなかったはずだ。

「…何故そこまでする？」

問いに、皮肉は交じらない。初めて興味を引かれたと言いたげに、男の眼がオルテンセを映した。

「他の誰かではなく、君自身の血で贖《あがな》う理由はなんだ」

妹をそれほどまでに大切に思っているのか。あるいはそうまでして、ヴァンヘルムと関わることを忌避したいのか。尤もな疑問に、オルテンセは笑いながら床を踏んだ。

「僕はただ、神に仕えたいという妹の望みを叶えてやりたいだけです」

その言葉に、嘘《うそ》はない。それがオルテンセの真意でなかったとしても、悟らせる気はなかった。

「幸せな妹君だな」

「全ては病から回復できれば、ですが」

「信心深い妹君のことだ。不幸にも今は全身が爛《ただ》れておいでだと聞いたが、必ず回復されることだろう。…それこそ、傷一つなく」

ひやりと、胸の中心が冷える。

抜き身の刃を、突きつけられたのと同じだ。男の言葉に鋭い含みを感じたのは、オルテンセ自身の疑心のせいかもしれない。笑みを絶やすことなく、オルテンセは公爵の左手を取った。

「ヴァンヘルム様にそうおっしゃって頂けるほど、心強いことはありません。私もエリースと共に、神の加護を請いたいと思います」

「…神といえば、オルテンセ様は魔女の噂をご存知か？　ラゴールの果て、西の地に棲《す》む魔女と呼ばれる女たちのなかには、不可思議な毒を使う者がいるという」

唐突な問いに、今度こそ睫が揺れそうになる。大袈裟に目を見開くことだけを自分に許し、オルテンセは華奢な首を傾《かし》げた。

「ラゴール？　それはまた、随分と遠い…」

「捜せば神とは違い、この都のどこかにも彼女たちは棲み、呪いと薬を売って暮らしていると聞く。一口含めば舌諸共体中が腫れ上がり、蛙《かえる》のように膨らんで死ぬ薬。あるいは煙を嗅いだだけで、昏倒する眠り薬。一日中嘔吐《おうと》を繰り返すが、命を奪うことなく苦しみだけを長引かせる薬…」

淀みなく挙げた男が、オルテンセの歩幅に合わせて腕を巡らせる。その動きに合わせ、オルテンセは逸らすことなく男を見上げた。

今夜ヴァンヘルムがこの夜会を訪れたのは、断り切れない事情があるためだとオルテンセは聞いていた。そうでもなければ、公爵は滅多なことでは夜会になど顔を出さない。

獣であるヴァンヘルムは、賑やかな社交の場より血腥《ちなまぐさ》い戦場こそを好む。冷徹に敵を引き裂く術には長《た》けていても、舞踏は不得手に違いない。

貴族たちが揶揄するように、オルテンセ自身もそう想像していた。だが実際のヴァンヘルムはどうだ。淀みなく床を踏む公爵の足取りは、オルテンセがこれまで踊ったどの相手よりも大胆で優雅だった。

「他にも肌に塗れば死人のように紫の鬱血《うっけつ》を生じるもの、醜い爛れを生じさせるが命には障《さわ》りがない薬、様々あると聞いた」

最後のそれは、きっとどろりと重い黒炭色をした軟膏のことだ。

饐えて苦い草の匂いが、鼻腔の奥に蘇る。ヴァンヘルムが口にした薬は、まさにオルテンセがエリースに塗り与えたものだった。

「随分と、毒にお詳しいのですね」

感心してみせた声に、硬さやふるえは生じさせない。同じく驚きも苛立《いらだ》ちも差し挟むことなく、ヴァンヘルムが頷いた。

「戦場にいた頃に聞いた、真偽も定かではない噂にすぎない」

だが、と声を落とした男が、オルテンセの腰にもう一度手を添えた。

「だがもし仮に、死者の肌を装える薬が存在するとして、それを自らに用いるのは毒を呷《あお》るのと同等の覚悟が必要だと思わないか？」

この軟膏を塗れば、化け物さえ顔を背《そむ》けて逃げて行く。

左の眼窩に義眼を光らせた老女は、そう言ってオルテンセに小瓶を差し出した。薄汚れた瓶に詰められた軟膏の、あの恐ろしげな匂い。怯《おび》えきったエリースの容貌が、まざまざと脳裏に浮かんだ。

「命に障りはない。日が経てばいずれ元に戻ると約束されようと、怪しげな魔女の言葉などどうして信用できる？　いかに必要に迫られようと、そんな得体の知れない代物《しろもの》を我が身に塗りたがる者はいないだろう」

灰色の眼が、ちら、とオルテンセの袖口へと視線を落とす。先程包帯が覗いた、左の袖だ。

「…なにをおっしゃりたいので？」

今夜、オルテンセは交渉のためにここに来た。一方的にヴァンヘルムを煙に巻き、目的を達することが可能なら駆け引きなど必要ない。だがそれが適わない相手であるからこそ、相応の代償を支払う覚悟でこの館を訪れた。

「怪物を出し抜くつもりなら、私であれば不確かな神の慈悲になど縋《すが》らない」

「血を差し出す以上の覚悟が必要だと？」

オルテンセが病を装ってまで妹と公爵家との婚姻を避けようとしている事実を、自分は知っている。男は、そう言いたいのか。

企《たくら》みを認めることは、決してできない。だが、ヴァンヘルムが指摘する通りだ。

王都の最下層、貧民窟《ひんみんくつ》の奥に棲む魔女と呼ばれる女たちは、貴族たちの噂になど上《のぼ》ることはない。万が一にも露見する恐れがない道を選んだつもりだが、この男には適わなかったということだ。だからといって、平伏して終われるはずもない。そんなことをしたところで、自分もエリースも許されるわけはないのだ。

そうであれば、ただ易々と食われるつもりもない。

獣が熱望してやまないものは、オルテンセの手にこそある。身を削る覚悟さえ決めれば、この状況から脱する術はあるはずだ。

「まさか。このロジャー卿の館でこうして私と踊るだけで、君は十分その身を削った」

それは、どういう意味か。

血の贖いは不要だと、ヴァンヘルムはそう言うのか。訝しむ色を隠さなかったオルテンセに、男が愉快そうに肩を揺らした。

「…ヴァンヘルム様は、随分と宮廷の事情にお詳しいのですね」

苦い皮肉は、オルテンセ自身に向けられたものだ。笑みの代わりに眉間へと落ちた皺を、ヴァンヘルムが興味深そうに見下ろした。

「ただの醜聞ではなく、君の噂話だからこそ聞こえてくるのかもしれないな」

過日、オルテンセはロジャー卿の長男であるフィリップと諍《いさか》いを起こした。理由は、至って下らないものだ。フィリップとの間に持ち上がりかけていた婚約を、オルテンセ側が一方的に白紙に戻した。

何故唐突に。理由を知りたがったフィリップがオルテンセにつき纏い、結果宮廷内であわや刃傷《にんじょう》沙汰となりかけた。幸い怪我《けが》を負ったのはフィリップ一人で、厳しい叱責《しっせき》の上謹慎処分となったのだ。

フィリップの行いだけを挙げれば、怪我をしたとはいえ謹慎程度ですんだのは幸運といえる。だが宮廷内では、何故フィリップがそれほどの暴挙に出たのか、その原因こそが面白おかしく語られた。

オルテンセが、いかに残酷にフィリップを袖にしたのか。フィリップの父であり、事情を知るロジャー卿は当然怒り狂った。オルテンセにとってロジャー卿の館を訪れるのは、虎の巣に踏み入るのと同じことだ。

「君は他の誰かに肩代わりさせることなく、その身を晒して私に会うためここに来た。それが徒労だったとは言わない。だがエリース嬢との縁談は、元より断るつもりでいた」

エリースが、病を得なかったとしても。そう続けた男に、オルテンセは切れ長の目を瞬かせた。

「何故、とお聞きしても？」

王弟という立場を思えば、エリースとの結婚はヴァンヘルムにとって破格の縁組みとは言いがたい。むしろその逆だ。

だが牙を持つ獣には、婚姻などあくまでも名目にすぎなかった。エリースは花嫁という名で公爵へと差し出された、餌でしかないのだ。エリースであろうとなかろうと、娘を寄越すと言うならヴァンヘルムに断る理由があるとは思えなかった。

「エリース嬢とは別に、私には娶りたい相手がいる」

「それでは、確かに…」

全ては、父であるハーレイ侯爵の独り相撲だったということか。

これまで、ヴァンヘルムがどこかの姫君を狙っているという噂は聞いたことはない。だがすでに目当ての令嬢がいるのならば、今エリースを娶る必要がないのは合点がいく。

果たして、公爵はどこの姫君を欲しがっているのか。それを疑問に思わなかったわけではない。だが問いを口にするより先に、低い声が額を撫でた。

「君だ、オルテンセ」

「…え？」

忠実に旋律を辿り続けていた爪先が、動きを止める。宙を滑ったオルテンセの右手を取り、ヴァンヘルムがその巨軀を折った。

「公…」

「私の、妻になってはくれないか」

楽の音は、途切れることなく続いている。だが静寂こそが、耳を貫いた。

オルテンセたちを盗み見ていた貴族たちにとっても同じだろう。なにが、起きているのか。迷いなく跪《ひざまず》いたヴァンヘルムを目の当たりにした誰一人、理解できなかったに違いない。

「オルテンセ」

見上げていたはずの双眸が、今は低い位置から自分を仰ぎ見ている。自分の名を呼んだ唇が、そっと手の甲へと押し当てられた。

恭《うやうや》しく捧げられた口づけに、どよめきがもれる。いくつかは、悲鳴に近かったかもしれない。当然だ。あのヴァンヘルムが、ハーレイ侯爵の愛息に膝を折ったのだ。それも、求婚のために。

広間に集う誰もが、目を疑っただろう。オルテンセもまた、その一人だ。唇を寄せられた右手が、ぞわりと冷たく痺れた。

「…っ、光栄です、ヴァンヘルム様」

叫びを上げ、逃げ出してしまいたい。ぐらぐらと揺れそうな視界を押し止め、オルテンセは微笑んだ。

大輪の花を思わせる笑みに、周囲から思わずといった息がもれるのが分かった。

「ですが、さすがにこれはご冗談がすぎます」

殊更明るく告げて、オルテンセもまた膝を折る。令嬢を助け起こすよりも慇懃《いんぎん》に、オルテンセは芝居がかった仕種でヴァンヘルムの両手を取った。

そうだ。これは芝居だ。

ヴァンヘルムもオルテンセも、決して本気で求婚と拒絶を口にしたわけではない。

貴族たちの目にもそう映るよう、オルテンセはにこやかにヴァンヘルムを引き上げた。

「私は冗談で求婚など…」

「お断りします」

言い募《つの》ろうとした公爵の唇へと、そっと人差し指を翳《かざ》す。

男が持つ牙は、痩せた指など簡単に食いちぎるだろう。首筋の産毛が逆立ったが、唇には十分な笑みが浮かんだ。

「僕がロジャー卿に恨まれていることをご存知なら、そうなった理由も勿論知っておいででしょう?」

何故オルテンセとフィリップとの縁談が、なかったことになったのか。血筋の古さを誇るフィリップとの婚姻は、ハーレイ侯爵にとって利益となるものだった。だがそれ以上の良縁が舞い込んだとしたら、どうか。答えは単純にして、明解だった。

「エドか」

「本当にお詳しいんですね」

宮廷と距離を置く堅物のような顔をして、ヴァンヘルムは貴族たちの醜聞にもしっかりと通じているらしい。当然だろう。戦場でも宮廷でも、刃は正面からだけ飛んでくるとは限らない。まだ続いている旋律に併せ、ヴァンヘルムがオルテンセを引き寄せた。

「君はエド王子の婚約者候補だと聞くが、王子を愛しているのか？」

「当然でしょう。エド様を愛さない者など、この国におりません。僕も、そしてあなたも」

手本通りの返答に、ヴァンヘルムが納得したとは思えない。だがそもそも嘘つきなオルテンセとの議論などなんの無意味も持たないことは、公爵もよく分かっているはずだ。

「ご冗談とはいえ、あなた様に望まれたことは光栄です。しかしやはり、僕がお渡しできるのはこの血以外にありません」

それ以上は、何一つ明け渡すつもりはない。

唯々諾々《いいだくだく》と、獣の餌になりはしないのだ。

にこやかな笑みで飾ったその本心を、公爵は正しく理解したに違いない。紫陽花色の双眸を覗き込んだ男が、もう一度オルテンセの手に唇を押し当てた。

「ますます、君が欲しくなった」

にた、と笑った唇から、太く鋭い牙が覗く。残酷なそれはオルテンセの手に傷をつける代わりに、焼けるような疼きを残した。

「ハーレイ侯爵には、私から改めて断りの連絡を入れておこう」

いかに催促されようと、妹君との縁談は必ずやなかったものとする。そう約束した男に、オルテンセは深い息を吐いた。

「感謝申し上げます」

「それと…」

続けた男が、広間の一角へと視線を投げる。その先にフィリップの姿を見つけ、オルテンセは唇を引き結んだ。フィリップの隣では、怒りに顔を歪めたロジャー卿が男たちに指示を与えている。

「妹君のためとはいえ、君は本当に無茶をする。この屋敷を無事に出られるよう、私の供をつけよう。連れて行きなさい」

扉へと促され、オルテンセは弾《はじ》かれたように首を横に振った。

「いえ、そこまでお世話にはなれません。それよりお礼を…」

甘露のものであることを証明するには、ヴァンヘルムの前で血を流して見せるのが一番だろう。迷いのないオルテンセに、男が唇を引き結んだ。

「必要ない。君を傷つける者は、たとえそれが君自身であっても歓迎できんな」

「ですが…」

そうであれば、縁談を断る公爵の利益とはなんだ。

甘露の血以上の、なにを望むのか。問おうとしたオルテンセの指先へ、ヴァンヘルムがもう一度、音の鳴る口づけを落とした。

「夜会など退屈なだけだと思っていたが、君のお蔭で思いがけず楽しい夜になった。礼を言う」

高貴な令嬢を娶るより、あるいは喉から手が出るほどの美味である甘露の血以上に、オルテンセと踊った一曲には価値がある。そう笑った男が、オルテンセの背を押した。

「また会おう、オルテンセ」

精悍な唇から、鋭利な牙が覗く。応える代わりに礼を残し、オルテンセは広間を後にした。

「オルテンセ様、お加減が優れないんじゃないですか…？」

気遣わしげな声に、はっとする。

物思いに沈んでいた自分に気づき、オルテンセは馬車の車窓から視線を戻した。

「まさか。楽しみすぎてわくわくしています」

「…それもいかがなものかと思いますが…。でもさすが、ハールーン一の悪役令息と呼び名も高いオルテンセ様。断罪エンドも見事回避と申し上げたいところですが、あまり無茶をされるのは…」

「なにか、おっしゃいましたか？」

もごもごと呟《つぶや》いた従者に、オルテンセが首を傾げる。

「いえ、我が主ヴァンヘルム様が既定路線《ルート》ガン無視で花嫁に、と切望されたのも納得です」

オルテンセはにっこりと笑って見せたが、向かいに座る従者こそ浮かない顔だ。

深い息を絞ったアレンの目元で、明るい茶色の髪が揺れる。年齢は、オルテンセより一つか二つ年長だろうか。生真面目《きまじめ》そうに整った容貌には、人好きのする愛嬌がある。意外なことに、目の前の青年はヴァンヘルムの遠縁に当たるらしい。だがヴァンヘルムが泰然とした獣であれば、アレンは若くて誠実な使役犬だ。猟犬ほど攻撃的でもなければ、貴族らしい傲慢《ごうまん》さも見受けられない。

オルテンセの従者に就く前は、ヴァンヘルムの身の回りの世話をしていたそうだ。牙を持つ王弟を主に頂くというのは、当然苦労も多いのだろう。誠実そうなアレンの眉間には、いつでも同情すべき皺が刻まれていた。

「お心の準備が必要そうであれば、馬の速度をもう少し落とさせることもできますが…」

「いえ、大丈夫です。少し、考えごとをしていただけですから」

オルテンセがアレンと最初に会ったのも、思い起こせばあのロジャー卿の館でのことだった。一年ほど前の夜、目の前の従者が公爵の指示によりオルテンセとトマスをロジャー卿の館から連れ出してくれたのだ。あの時は名前も知らなかったが、無害そうな外見とは異なり、オルテンセたちを誘導する手際は見事なものだった。実際のところ、アレンは無害な青年などではないのだろう。

「考えごとですか…。それはまあ、この状況であれば当然ですが…」

深く息を絞ったアレンに、では具体的になにを考えていたのかと尋ねられなかったのは幸いだ。

ヴァンヘルムと、初めて会話を交わした夜の記憶。それはオルテンセにとって、これ以上なく苦い思い出だ。

あの夜起きた最も驚くべきことは、公爵がオルテンセの愚かな企《くわだ》てを叩き潰さなかった点だろう。それどころか約束通り、父であるハーレイ侯爵にエリースとは結婚できないと改めて申し入れてくれたのだ。

その上見舞いの名目で、少なくない金品を寄越してくれた。それはエリースが持たされるはずだった持参金を大きく上回り、ハーレイ侯爵の面子《めんつ》と懐《ふところ》を潤すに十分なものだった。父にとって、病に斃《たお》れたエリースなど縁談の駒にもならない役立たずだ。早々に死者の家へと送られる危惧《きぐ》があったが、これにもヴァンヘルムの口添えがありエリースは無事屋敷で回復を待つことができた。

なんという有り様だ。

公爵は、自らを欺《あざむ》こうとしたオルテンセとエリースに情けをかけた。それから一年後に、オルテンセはかつて自身が騙《だま》そうとし、逆に借りを作った相手に縋り、刑死を免れたというわけだ。

貴族たちの面前で自分を袖にしたオルテンセが助命を求めた時、ヴァンヘルムはどう思ったのか。公爵も、自分ほどの恥《はじ》知らずに出会ったのは初めてだろう。

「まさか公爵様が、急なご用件でご一緒できなくなるなんて…。本当に、お一人で大丈夫ですか？」

馬車が止まった気配に、従者がおずおずと念を押した。やめておけばいいのにと、その顔にははっきりと書いてある。

「勿論です。公爵様にもご心配頂いてしまいましたが、無理はいたしません。それよりヴァンヘルム様の代わりは務まらないまでも、少しでもお役に立てるよう頑張ります」

「大変ご立派なお心がけです。あの社交性皆無の公爵に代わり、婚約者であるオルテンセ様にこうした場にお運び頂けるのは本当にありがたいことです。でもやはりご無理は…」

アレンの気苦労が絶えないのは、主人がヴァンヘルムであるからだけではないだろう。外聞の悪い甘露の世話をするのも、彼にとっては災難なことだ。だからといって引き返すつもりはなく、オルテンセは馬車の扉へと手をかけた。

「ありがとうございます。言ったでしょう？　久しぶりに外出できてわくわくしている、って」

本音を言えば、楽しめる理由など一つもない。

当然だろう。一度は斬首を言い渡された自分が、人前に出ることがなにを意味しているか。だが同時に、外に出たい理由があるのも確かだった。

にっこりと微笑んだオルテンセの美貌から、そうした本心の全てを読み取るのは困難に違いない。嘘をつくことにも心の内を隠すことにも、自分は慣れているのだ。

「くれぐれも…。くれぐれも、無茶はなさらないで下さいね」

「勿論です。僕が槍を手に、出場するわけじゃないですから」

馬車を降りたオルテンセの耳に、遠い歓声《かんせい》が届く。

大きな広場の、入り口だ。王都の中心に位置するそこには、古い時代の競技場が聳《そび》え立っている。摺鉢《すりばち》状の客席を持つ競技場は広く、今でも堅牢な姿を誇っていた。

見上げれば、今日はその大理石の壁にいくつもの旗がはためいている。色鮮やかなそれらは、武芸大会に参加している騎士たちの紋章だ。競技場の外にも天蓋《てんがい》を張った露店が並び、広場の周辺はさながら祭りの賑わいを見せている。

年に何度もない催《もよお》しであることに加え、今回の武芸大会はヴィクトール王の在位十年を祝う大規模なものだ。競技場の脇には宴席《えんせき》が設けられ、広場のあちらこちらで男たちが酒を酌《く》み交わしていた。

そうした賑やかな空気が、ふと翳る。

馬車から降り立った貴族が、何者か。供を連れたオルテンセを目にした者たちの唇から、低いざわめきが広場に落ちた。

「…ヴァンヘルム様のお供でこういうのには慣れてるつもりでしたけど、今日はまた一段と…」

何度目かの溜め息を絞ったアレンが、つい嘆きたくなるのも無理はない。酒杯を手にした男たちだけでなく、露店を冷やかしていた男女やその店主たちまでもがオルテンセを振り返った。

まるで、墓場から蘇った死者でも見るかのようだ。いや、死を振りまく災厄そのものに映るのか。唾棄《だき》すべき罪に問われた甘露が、牙を持つ怪物の手を取って刑を免れた。なんと破廉恥《はれんち》で、罪深い。

悲鳴じみた囁きが、喧噪《けんそう》に交じるのが分かる。

貴族の風上どころか、動物にも劣る所業だ。恥知らずめ。

そう吐き捨て、唾《つば》を吐く者もいた。

声をひそめた罵《ののし》りと、刃のような視線がオルテンセの肌を刺す。だがそのどれにも顔色を変えることなく、オルテンセは競技場へと足を向けた。

武芸大会の見物に誘われていたのは、ヴァンヘルムだ。だが急な用件によって外出せざるを得なくなった公爵に代わり、オルテンセが一人で見物に訪れることになった。

短い石段を踏んだオルテンセの耳に、わっと華やかな歓声が届く。試合に出場する騎士の何人かが、競技場の露台を通りかかったらしい。騎士を讃える声に視線を上げると、彼らが身につけた甲冑《かっちゅう》が陽光を弾くのが見えた。

「オルテンセ！」

歩を進めようとしたオルテンセの耳に、左手から覚えのある声が届く。こんな響きで自分を呼ぶ者は、一人だけだ。通りの向こうから投げられた声に、オルテンセははっと視線を巡らせた。

「トマス……！」

軒を連ねる露店の前に、しなやかな体軀の青年が立っている。余程驚いているのだろう。目と口を大きく見開いていても、青年が誰かを見間違えるはずはない。立ちつくす異母兄の姿に、オルテンセは安堵《あんど》の声をこぼした。

「嘘だろう、オルテンセ！　よく無事で……！」

まじまじとオルテンセを見つめたトマスが、弾かれたように駆け寄ってくる。まさかこんな場所でオルテンセに会えるとは。歓喜の声を上げるトマスの目には、涙が浮かんで見えた。

「トマスこそ、怪我は…」

最後に異母兄の姿を見たのは、毒を用いた嫌疑で自分が捕らえられた夜のことだ。屋敷において拉《ら》致《ち》同然に拘束されようとしたオルテンセを、トマスは懸命に逃がそうとしてくれた。だが不可能と悟ったオルテンセが、妹を連れて隠れるようトマスを促したのだ。

彼らは無事難を逃れたのか。妹が逃げ延びたことだけは、牢番たちの噂話に混じり耳へと届いていた。だがトマスの安否や詳しい状況は今日まで伝わっておらず、気にかかっていたのだ。

「俺は大丈夫だ。…お前が受けた仕打ちに比べれば、こんなもの」

異母兄の右腕には、痛々しい包帯が巻かれている。あの夜オルテンセに異変を知らせようとして、屋敷で負った怪我だ。平気だと右腕を叩いて見せるトマスを、傍らに控えた従者がじっと窺《うかが》った。

「大丈夫だアレン。彼はハーレイ侯爵家の者だ。トマス、エリースは？　彼女も怪我を？」

「あいつは無事だ。オルテンセが言った通り、お前が捕らえられた後すぐに、侯爵様がエリースを正式に屋敷に住まわせると言い出されて…」

　傷を負いはしたが、エリースやトマスが自分の巻き添えで命を落とすことはなかったのだ。改めて安堵の息をもらしたオルテンセに、トマスが周囲を見回した。

「そうだ！　今日はエリースもここに来ている。すぐに連れて…」

「ここに？　もしかして父上も一緒にいらしているのか」

　貴族たちが集う大規模な催しならば、見知った貴族たちに会えるのではないか。そうすれば、妹の安否を含め外界の情報を得られるかもしれない。それこそを目的に、オルテンセはこの競技大会へと足を運んだのだ。

「まさか！　おいでにはなるとは聞いているが、あの方がエリースと一緒に来るはずがないだろう」

「それじゃあ、エリースは一人で？」

「そのことで、話が…」

　わずかに躊躇《ちゅうちょ》を見せたトマスが、声を落とす。ちら、と従者へと目を向けようとしたトマスが、次の瞬間驚きに肩を揺らした。

「まあ、なんてこと…！」

　伸びやかな声が、広場に響く。

　聡明さが滲む、真っ直ぐな声だ。芝居がかった響きは、欠片もない。本物の驚きに声をふるわせ、少女が大粒の目を見開いていた。

　明るい亜麻《あま》色の髪が、秋の日差しを浴びて輝く。快活そうに整った容貌は、まるで太陽に向かって咲き誇る向日葵《ひまわり》のようだ。

驚きに凍りついていた少女が、次の瞬間人目を憚《はばか》ることなくオルテンセへと駆け寄った。

「ああ、オルテンセ様、酷いお怪我で…」

オルテンセの体に浮いていた鬱血は、手厚い治療のお蔭で随分と薄れ始めている。それでも色の白い顔や手足には、いまだ生々しい怪我の痕跡《こんせき》が残っていた。それらをまじまじと確かめた少女が、痛ましさに顔を歪める。

まるで、自分自身が傷を受けたかのようだ。だがすぐに、ここがどこかを思い出したのだろう。我に返った様子で、少女が深くお辞儀をした。

「失礼いたしました。まさか、ここでお会いできるとは思っておらず…」

動揺を拭いきれない声には、やはりどんな悪意も混ざらない。そこにあるのは冷笑や当てこすりではなく、真にオルテンセを気遣う響きだ。

「僕こそ、アンジェリカ様にお会いできて嬉《うれ》しく思います」

アンジェリカ。

それはこの瞬間、最も王太子妃に近いと目されている少女の名だ。そしてその席には、ほんの少し前までオルテンセ自身が座っていた。

「あれから、ご体調はいかがですか。お見舞いにも参上できず、申し訳ありませんでした」

一月ほど前、アンジェリカは倒れた。

毒を盛られたのだ。

健やかに輝いていた肌は土気色に濁り、吐瀉物《としゃ》には血が混じった。死の入り口に立った彼女の苦痛は、いかほどのものであったか。そしてその毒を盛ったとされたのが、他でもないオルテンセだった。

「そんな、おやめ下さい…！　もうすっかり、元気にしております」

アンジェリカが大きく首を横に振る通り、その肌艶にくすみはない。だが橙色《だいだいいろ》のドレスに包まれた体は、以前に比べ薄く痩せてしまっていた。

「随分、お加減が悪かったと聞きました」

「確かに最初の四日近くは、まともに身を起こすこともできませんでしたが…。それでも幸い、医師の処方がよかったのだと思います。お蔭でもう、この通り」

率直なアンジェリカの物言いには、朗らかな聡明さがある。政治的な事情が優先されるとはいえ、それでも彼女が王子の妃《きさき》にと推される理由はよく分かった。オルテンセに対してもわずかな含みすら覗かせないアンジェリカは、しかし無邪気なだけの仔犬ではあり得なかった。

例えるなら、彼女は猟犬だ。遮二無二《しゃにむに》獲物へ突進し、喉笛に噛みつくそれとは違う。風を読み、どこまでも対象を追跡する我慢強さを持った犬だ。

そうでなければ生死の境を彷徨った身で、こうして犯人と名指しされた自分に声をかけるなどできまい。オルテンセの無実を強く信じていたとしても、今日この場で向かい会うなど並の胆力ではできないことだ。

そのアンジェリカの傍らに、ふるえる息が落ちる。

声を上げることもできないまま、彼女の隣に立ちつくしているのが誰か。覗き込んで、確かめるまでもなかった。

「元気を取り戻されたとはいえ、無理は禁物です。…今日はもしや、アンジェリカ様がエリースを連れてきて下さったのですか？」

アンジェリカの傍らにひっそりと立つ少女もまた、驚きに体を強張らせている。ただオルテンセを見上げることしかできないエリースを、アンジェリカが振り返った。

「ええ、そうです。実は以前、馬車が轍《わだち》に嵌《は》まって難儀しているところを、トマス様にお助け頂いたことがあるのです。その時からお話は聞いていましたが、先日の王の夜会でようやくエリース様とお会いすることができ、お友だちになって頂いたんです」

「そんな！　お友だちになって頂いたのは、私の方です」

澄んだ声が、慌てて否定する。

控え目なその響きは、まるで愛らしい鈴の音のようだ。か細い声と同じく、エリースの容貌に人目を惹く派手さはまるでない。だがじっと覗き込めば、淡い金髪に縁《ふち》取られた顔立ちが人形のように整ったものであることが分かる。練り絹のような、青みを帯びた肌の白さはオルテンセとよく似たものだ。懸命に自分を見上げる青い瞳に、ほっとオルテンセが息を吐く。先のトマスの言葉通り、彼女は大きな怪我などは負わずにすんだらしい。

「アンジェリカ様の慈悲深さに、心から感謝いたします。大きすぎる禍《わざわい》をその身に受けられたにも拘わらず、我が妹にまでお心を砕いて下さるとは」

「本当に、アンジェリカ様はお人が好《よ》すぎる」

礼を取ったオルテンセの背を、不意に乱暴な響きが撲つ。

辺りを憚らない大声に、ぎょっと妹たちが視線を振り向けた。

「ロバート様…」

表情を曇らせたアンジェリカへと、ひょろりと背の高い貴族が慇懃な仕種で頭を下げた。

「ご自身を傷つけた大罪人やその妹までを気にかけるなど、アンジェリカ様は寛大すぎる」

芝居がかった口調で告げたのは、オルテンセより五歳ほど年長の男だ。

知らない顔ではない。むしろロバートは、オルテンセがよく知る人物の一人だ。だが、再会を喜ぶ気持ちがないのは、お互い様だろう。

先程まで武芸大会に参加していたのか。兜《かぶと》こそ外しているが、身に着けた鎖帷子《くさりかたびら》がじゃらりとロバートの腕で重たげな音を立てた。

「その通りです、アンジェリカ様。忘れたわけじゃないでしょう？　病よりも恐ろしい毒に、三日三晩苦しめられたのはアンジェリカ様ご自身なんですから」

ロバートと肩を並べた男が、鹿爪《しかつめ》らしく頷いて見せる。神経質そうな面立ちをしたジェイムスも、オルテンセはよく知っていた。二十代半ばのジェイムスは、親の代からハーレイ侯爵と親交を持つ貴族の子弟だ。その隣でにやにやと笑うベレヤも、他の二人と同じようなものだった。

「おやめ下さい、ロバート様。あれが毒に因《よ》るものだと、確かめられたわけではありません」

男たちに抗弁したのは、他でもないアンジェリカだ。

アンジェリカを診察した主治医を始め、王子が遣わした典医は口を揃えてアンジェリカが毒を盛られたと診断した。だがその結論に至ったのは、アンジェリカが体調を崩した数日後のことだ。すでにアンジェリカが食べた食事は処分されており、本当に毒が入っていたかを検証する術はなかった。

それでも侍女たちの証言から、アンジェリカは毒入りの菓子を口にしたと考えられた。その菓子の送り主とされたのが、オルテンセだった。

「まだそんなことを。あれがただの食あたりだったわけがないじゃないですか」

菓子が残っていない以上、アンジェリカを見舞った苦痛が病や事故であった可能性も否定はできない。だが服毒を疑うほどの病状があったからこそ、オルテンセに嫌疑がかかったのも事実だ。

「しかしさすがはアンジェリカ様。天使のようにおやさしい。ですがそんな寛大さも、悪魔の前では無益です」

「悪魔だなんて、オルテンセ様になんてことを……！」

色をなしたのは、やはりアンジェリカだ。おろおろと顔色を失うエリースを、トマスが背後に庇《かば》った。

「紛れもなく悪魔でしょう。一度は判決が下ったというのに……。まさか甘露が持つ魔力で、刑を逃れるなど」

オルテンセは決して、嫌疑を晴らして牢を出たわけではない。正当に罪を償わないまま減刑され、ヴァンヘルムの権力を利用し生き延びただけだ。

卑劣にも無力な令嬢に毒を盛り、甘露の肉体を用いて獣を操るなどどこまで恥知らずなのか。

被害者であるアンジェリカがいかに庇い立てようと、オルテンセを罵る声が止まないのは当然だった。

「ヴィクトール王にも申し上げた通り、オルテンセ様はそのようなことをなさるお方ではありません！　そのことは、あなた方こそよくご存知ではないのですか」

　アンジェリカの指摘に、ロバートたちが顔を見合わせる。

「俺たちが知る、オルテンセ様？」

　ロバートの声に嘲笑が混ざるのも、無理はない。彼らが知る自分が、どんな人物であるか。今更説明される必要がないほど、オルテンセ自身よく分かっていた。

「確かによく存じていますよ。オルテンセ様こそ、我らが宮廷の花。勉学に秀で、芸術に通じ、ダンスの名手でもあらせられる。ですがなにより驚くべきは、誰彼構わず踏みつけにして、王位に近い方々に取り入るその手腕！　王族のご威光を我が物として振る舞われる厚顔《こうがん》さは、ハールーン随一。アンジェリカ様もよくご存知でしょう？」

「な…！」

　ぎりぎりと、トマスが奥歯を嚙むのが分かる。だが異母兄の身分で、貴族の子弟に食ってかかることは許されない。彼自身は勿論、それは侯爵家の利益をも損なうものだ。

「我々も親たちに懇願《こんがん》され、致し方なくオルテンセ様と行動を共にしたこともありましたが…。ですが正直、目に余るとずっと思って参りました。いずれ馬脚を現し、天罰が下るだろうと」

「失礼でしょう！　そんな言い方！」

　男たちの罵詈雑言《ばりぞうごん》を撤回させようと、アンジェリカが詰め寄る。それを押し止めようとして、オルテンセははっと視線を巡らせた。

　なにかが、視界を過《よぎ》る。

目を凝らし、見定める猶予はない。咄嗟にアンジェリカを突き飛ばしたオルテンセの顳顬を、衝撃が撲った。

「オルテンセ様！」

悲鳴が、高く響く。遠巻きにこちらを窺っていた人々の口からも、どよめきと喚声が上がった。

「っ…」

どろりと、重い液体がオルテンセの額から滴《したた》る。この身から流れた、血ではない。柘榴《ざくろ》の実が顳顬を撲ち、石畳へと転がったのだ。

「だ、大丈夫ですか、オルテンセ様！」

よく熟れていたとはいえ、柘榴の実は重く外皮は固い。続けて投げつけられた柘榴が、オルテンセの頭を打ち、髪を汚した。

「誰だッ！　やめろ！」

肌が切れなかったのは、幸いだ。異母兄の怒声に、競技場の露台から走り去る男たちの姿が見える。

血相を変えたアレンが追おうとしたが、オルテンセを残しこの場を離れるべきではないと判断したのだろう。駆け寄った従者が、オルテンセを近くに用意された食卓の一つへと導いた。

「大丈夫ですか、オルテンセ様。今、拭くものを…」

「立場も弁《わきま》えず、こんな席に顔を出すからだ」

椅子へと促されたオルテンセへ、嘲笑が降る。声にしたのはロバートだが、この場にいる誰しもがそう考えていたに違いない。

柘榴の果肉にまみれたオルテンセは、さながら血を浴びたかのようだ。硬く拳を握って堪える異母兄に、オルテンセは汚れを拭うこともせず目配せをした。

「なんだ、アンジェリカ様たちに助けを呼ばせる気か？」

オルテンセの意図を察したトマスが、憤怒の表情を浮かべながらもエリースを促す。エリースはオルテンセを気遣い踏み止まろうとしたが、アンジェリカは異母兄同様事態の悪さを見て取ったのだろう。人を呼ぶのが賢明と判断したのか、エリースの手を引いて競技場へと踵《きびす》を返した。

「王子が助けに来て下さるとでも思っているのか？　この段に至っても、おめでたいことだ」

「そうだ。もうあんたは王子の一番のお気に入りでもなければ、その婚約者候補でもない」

ジェイムスの言葉に頷いたロバートが、オルテンセが座る長椅子を蹴り上げる。派手な音を立てた椅子を踏み、ロバートがどっかりと食卓へと腰を下ろした。

「無様なもんだな。嫉妬に狂ってか弱い天使に毒を盛るとは」

腕を伸ばしたロバートが、汚れた白金の髪に触れる。図々《ずうずう》しいその手を振り払うことなく、オルテンセは口元に笑みを溜めた。

「なにがおかしい」

「アンジェリカ嬢をか弱い天使と呼ぶ、君の変わり身の早さに感心しただけだ」

この状況下でオルテンセが皮肉を返すなど、考えてもみなかったのだろう。口元の笑みを深くすると、その不遜さにかっとジェイムスが顔に血の色を上らせた。

「こいつ…！」

色をなし摑みかかろうとしたジェイムスの腕を、ロバートが制する。

「相変わらず、口の減らないお方だ」

だが、とロバートが低く声を落とす。

「だが聡明なオルテンセ様なら、お分かりだろう？　ご自身が置かれた状況を」

ぐるりと、周囲に目を向けるまでもない。

酒杯を手に食卓を囲んでいた者たちの視線は、一様に騒ぎを注視していた。露店を覗くよりも多くの客たちが、遠巻きに成りゆきを見守っている。だがそのなかの誰一人として騒ぎに割って入り、オルテンセのために火の粉を被ろうとする者はいなかった。

「確かに、僕が少し宮廷を離れた間に、状況は変わったようですね。どうです？　アンジェリカ嬢は君たちに尻尾を振られ、喜んでくれていますか？」

羽根や宝石によって飾られたロバートたちに対し、オルテンセの髪は乱れ柘榴の汁に汚れている。それでも顔を伏せることもせず微笑んだオルテンセに、ジェイムスが眦《まなじり》を吊り上げた。

「我々の話ではない！　貴様だオルテンセ。知っているか？　今回の件でハーレイ侯爵がどれほど憔悴しておられるか。オルテンセなどという息子は最初からいなかったと、そう触れて回っておいでになるほどだ」

王子の寵愛《ちょうあい》と実家からの支援は、これまでオルテンセの絶大な後ろ盾となってきた。それらの全てを毟《むし》り取られた上、オルテンセは惨めにも汚れた姿を人目に晒している。これが金糸で身を飾り、宮廷を闊歩《かっぽ》していた生意気な甘露の末路だと思えば蔑まずにはいられないのだろう。声を上げて笑ったロバートが、酒杯を高く掲げた。

「惨めなものだな。父上のために今まで散々身を粉にしてきたのに、こうも呆気なく見捨てられるとは！」

「いや、ハーレイ侯爵にこそ同情すべきだろう。手塩にかけて育てたあなたが、恥ずべき罪を犯しただけでなく、自ら公爵の餌となると言い出したわけですから」

ジェイムスの手招きに応じて、給仕係の一人が皿を抱えて近づいてくる。

運ばれたのは、骨がついた大きな肉の塊《かたまり》だ。猪《いのしし》の肉だろう。こんがりと焼き上げられたそれは、猪ではないなにかを想像させるに十分なものだった。

「あの、公爵の」

厳《おごそ》かに繰り返したロバートが、取り出したナイフで猪肉を抉る。赤さを残す肉汁が、よく焼けた肉からじゅわりと滴った。

「…僕が減刑されることに、皆さんきっと反対されたのでしょうね」

オルテンセの言葉を、どう理解したのか。ロバートがはっ、と笑って猪肉を嚙んだ。

「俺は今でも反対だ。特にロジャー卿は、裏で糸を引いていたのが公爵様でさえなければ、絶対に減刑などさせなかっただろう。全く姑息《こそく》な甘露様だ。高貴な家名に泥を塗った上に、潔《いさぎよ》く死を賜る覚悟もないなど」

ハールーンの貴族にとって、体面ほど大切なものはない。その通りだと、ジェイムスが語気を強くした。

「あの夜我々の剣にかかって大人しく死んでおけば、ハーレイ侯爵を今ほど悲しませずにすんだものを」

「君たちは王に志願して僕の捕縛に加わったのか？　王子が特別に、君たちに声をかけたとは思えないが」

言葉に針を仕込む術には、長けている。嘘をつくのと同じくらい、自分は人を苛立たせることが得意なのだ。図星だろう問いを向けると、ジェイムスが分かりやすく顔を赤くした。

「貴様ッ、なにが言いたい…！」

「言わせておけ、ジェイムス。執行までの猶予がほんの少し伸びたにすぎない。甘露様の首には今も縄が巻きついてることに、変わりはないんだ」

牙を持つヴァンヘルムの花嫁になることがなにを意味するかを、知らない者などいない。結末を教えるように、ロバートがもう一欠片、猪肉を削ぎ落とした。

「大切な家名に泥を塗ってまで長らえた命だ。精々あの公爵様に媚びて生き延びるがいい。それこそ、犬のようにな」

犬、という言葉に、ロバートはなにかを思い出したのだろう。肉汁に汚れた口を、にやりと歪めた。

「犬といえば、甘露様のお屋敷には大きな老いぼれ犬がいたな。番犬がいると聞いていたから楽しみにしていたのに、俺たちが踏み込んだ時にはもう血を流して死にかけていやがった。拍子抜けにもほどがある。それに、あの妹君。犬の餌にもならなさそうな小娘じゃないか」

猪肉を咀嚼《そしゃく》したロバートが、エリーﾠスたちが去って行った競技場を振り返る。いやらしく目を光らせた男が、汚れた指をべろりと舐めた。

「だがさすがオルテンセ様の妹だ。随分上手くアンジェリカ様には尻尾を振っている様子だな。是非俺の前でもあの尻を犬みたいに振って楽しませて…」

なんと続けるつもりだったかは分からない。猥雑《わいざつ》な侮辱を、だん、と固い音が断ち切った。

「ッ、な…」

代わりにロバートたちの口からもれたのは、鋭い悲鳴だ。

卓に置かれたロバートの腕へと、オルテンセが躊躇なく振り下ろしたものはなにか。深々と突き立てられた銀のナイフに、男たちが転がるように卓から飛び退いた。

「き、貴様ッ…！」

力任せに切りつけられた右手を、ロバートが庇う。だが怒声を上げて初めて、男は血が流れていないことに気づいたのだろう。

切っ先が抉ったのは、ロバートの手ではない。その真横、固い木の卓へと食い込んだナイフを、オルテンセが平然と引き抜いた。

「失礼。手が滑りました」

謝意など、籠《こ》もるはずがない。むしろロバートの手に風穴を開けてやれなかったことを、惜しんでいるのだ。

我ながら、我慢が足りない。だがそうだとしても、鳩尾《みぞおち》を焼く怒りの炎を諫める術などなにもなかった。

冷徹なオルテンセの目の色に、男たちが息を呑む。だがすぐに、注がれる周囲の視線を思い出したのだろう。歯を剥き出しにしたロバートが、椅子を蹴り上げた。

「お、思い上がるのもいい加減にしろ！　家名と王子のご寵愛がなければ、お前自身にどんな価値がある！　ただの生意気な甘露の分際でッ」

「そうだ！　甘露なら甘露らしく、獣に尻尾を振って交尾をせがんでいればいいものを！」

乱暴な腕が、オルテンセの髪を鷲掴む。

痛みが火花のように散ったが、手中のナイフで切りつけるのは悪手だ。身を翻そうともがいたオルテンセへ、ジェイムスが組みつく。アレンが声を上げて割って入ったが、数ではロバートたちが勝る。なによりロバートたちの尻馬に乗る者はあっても、オルテンセに加勢しようという者などいないのだ。

「犬以下の淫売が！」

「っ…」

硬められたロバートの拳が、オルテンセの顳顬へと振り下ろされる。

鎖帷子を纏う男の拳は、重く強固だ。痛みを覚悟したオルテンセの頭上で、鈍い音が響いた。

「な…」

ロバートの拳が、骨を砕く音ではない。撲たれる衝撃の代わりに、息を呑む音が降る。

黒い影が、落ちていた。背筋が寒くなるようなそれは、ロバートのものとは違う。長身のロバートすら易々と呑み込む、大きく重い影だ。

「あ、あ…」

気がつけば、周囲には沈黙があった。水を打ったような静けさのなかで、ジェイムスが呻きをもらす。

「ヴァンヘルム、様…」

陽光を背にした容貌を仰ぎ見ても、俄《にわか》には信じられない。それは、こんな場所にいるはずのない男だった。

「これ、は…」

驚きは、ロバートたちにとっても同じだったのだろう。いや、彼らこそ己が目を疑ったに違いない。自らの腕を摑んだヴァンヘルムの巨軀を、ロバートがあんぐりと口を開いて仰ぎ見た。

茫然と瞬いた末、ようやく自分がオルテンセの髪を鷲摑んだままであることを思い出したのか。手のなかのそれが焼けた鉄にでも変じたかのように、ロバートが声を上げて白金の髪を突き放した。

「ご、ごご誤解です、俺たち、は…」

「オルテンセに、なにか用が？」

声を荒らげて取り囲み、男たちがオルテンセをどう扱っていたのか。そんなことは、ヴァンヘルムの眼にも明らかだ。それでも低く尋ねた公爵に、がち、とロバートが奥歯を鳴らした。

一体どれほどの握力が、加えられているのか。静かに握られたヴァンヘルムの手のなかで、ロバートの腕が真っ赤に血を濁らせてふるえていた。

「あ…、違、お、俺は…」

言い訳どころか、悲鳴さえ上げられないのだろう。ジェイムスたちも同じだ。凍りついたように立ちつくし、皆だらだらと流れる脂汗《あぶらあせ》に顔をぬらしている。

「……僕とヴァンヘルム様との婚約を喜び、祝福《しゅくふく》の言葉を頂戴しておりました」

沈黙を破ったのは、オルテンセだ。

わずかに掠れた声を咳《せき》で払い、オルテンセは石畳に立つヴァンヘルムを見上げた。

もしかしたら執務の途中で抜け出してきたのだろうか。飾り気のない黒い上着に袖を通した公爵は、陽光の下では一層黒々と、不吉な影のように映った。

「…君と私の婚約に、祝福を？」

「はい、心から」

そんなはずがないことは、この場にいる誰もが分かっているはずだ。

オルテンセの言葉は、真実からほど遠い。だが淀みなく頷いた甘露に、ヴァンヘルムが改めてロバートを見下ろした。

「…それは、痛み入る」

静かに、公爵が瞬く。その唇がわずかに笑みを掃いたかに見えたのは、錯覚か。

何故。

オルテンセの言葉が信じるに値しないものであることは、ヴァンヘルムにも分かっているはずだ。それでもオルテンセとの婚約、そして祝福という言葉が思いの外気に入ったのか。そんな的外れな想像を抱いた者さえ、いたかもしれない。

だが最も状況を呑み込めずにいたのは、ロバートだろう。オルテンセに、庇われた。その事実にも、またそれが意味するところにも目を凝らす余裕はないに違いない。摑まれていた腕を解放され、ロバートが何度も大きく首を縦に振った。

「そ、そその、通りです…！　お、お二人のご婚約を、こ、心よりお喜び申し上げます…！」

叫んだロバートに、ヴァンヘルムが鷹揚に頷く。その口元には、確かに薄い笑みがあった。

「レメク伯…、お父上からは、すでに参列の報せを受け取っている。よろしく伝えてくれ」

それは取りも直さず、ロバートが何者であるかを了解しているという意味だ。だらだらと冷たい汗を流し続けるロバートを、公爵はこれ以上相手にする気はないらしい。ジェイムスたちに一瞥《いちべつ》もくれることなく、男が真っ直ぐにオルテンセへと歩み寄った。

「着替えが必要だな」

低くこぼされた声に混じるものが、なにか。ヴァンヘルムの双眸に滲むそれが痛みであることは、オルテンセにも理解できた。

苦く引き結ばれた公爵の唇から、ちら、と発達した牙が覗く。

その鋭さにこそ左の胸が痺れるのを覚えながら、オルテンセはヴァンヘルムの手を取った。


「…ナイフをお貸し下さい」

絞り出した声に、公爵が視線を向ける。

「今から、あいつらを刺しにでも戻るのか？」

悪くはないが、と頷かれ、オルテンセの唇から呻きがもれた。

日差しが注ぐ、広い居間だ。武芸大会が行われている競技場に足を踏み入れることもなく、オルテンセは公爵の屋敷へと連れ帰られた。そしてそのまま、居間の長椅子に下ろされたのだ。

高い天井を持つ居間は、他の居室がそうであるように整然と保たれている。王弟の館であることを思えば、華美《かび》とは言えない。だが手入れが行き届いた部屋は、些細《ささい》な調度品一つに至るまで唸りがもれそうなほど重厚だ。

姿のよい大振りな花瓶や、緻密な細工で飾られた燭台《しょくだい》。艶やかな革が張られた長椅子のどれもが、主の審美眼に適ったものなのだろう。あるべき場所に収められたそれらには、静謐な館に相応しい凄《すご》みがあった。

「そんな顔をするな。冗談だ」

冗談という言葉の意味を、公爵は分かっているのだろうか。そう疑いたくなるほど、男の眼には笑みの欠片もない。だがますます眉根を寄せたオルテンセがおかしかったのか。ヴァンヘルムが、ちいさく肩を揺らした。

「…僕には罰が必要だと、お考えではないのですか？」

もう一度絞り出した声に、重い嘆息が混じる。苦さを隠さないオルテンセに、ヴァンヘルムが首を傾けた。

「私に罰せられたいのか？　誘ってくれるなら、もう少し穏当な方法でも十分興奮できるつもりだが」

「…叱られても、今は涙を流せそうにありませんから、お詫びに血をお渡しさせて下さい」

柘榴をぶつけられた額は、まだひりひりと痛んでいる。ロバートに摑まれ、引かれた頭皮もだ。だがそれらの苦痛がいかに肉体を苛もうとも、涙は流れそうにない。この瞬間も身を焦《こ》がし、鳩尾で暴れ回る怒りですら、オルテンセの涙腺《るいせん》を切り崩すことはできないのだ。

「どこに君を叱る理由がある」

驚きを示し、ヴァンヘルムが灰色の眼を瞠る。

そんなことよりも、と男が携えていた水桶《みずおけ》を円卓に置いた。その隣には、先日公爵が与えてくれた軟膏の小瓶や布が並べられている。

薬を用意してくれた使用人たちは、すでに部屋を辞していた。そもそもこの館は規模に比べ、使用人の数が多くはない。出入りする者の少なさも、この館とその主を底知れず、近寄りがたいものに見せているのだろう。

「ご忠告頂いていたにも拘わらず、不要な騒ぎで僕はあなたの名前に傷をつけました」

罪を逃れた自分がああした場所に一人で出向けば、なにが起こるか。それは公爵も、十分懸念していたことだろう。分かっていたが、外の状況を知りたいがため大丈夫だと請け合い屋敷を出たのだ。

成果は、十分あった。妹たちの無事を確かめられただけでなく、アンジェリカ嬢に直接会えたのだ。オルテンセにとっては得がたい収穫だったが、しかしそんなものは公爵には関係がない。身を低くして嵐をやりすごすべきところを、結局我慢が利かず騒ぎを大きくした。それこそ立場を弁えない甘露だと、腹を立てられて当然だろう。

「私の名、か」

おかしそうに、公爵が肩を揺らす。無骨な男の手が、慣れた動きで真新しい布を湯に浸した。戦場で、鍛えられたものなのだろうか。意外な手際のよさで、ヴァンヘルムが湯へと一滴香油《こうゆ》を垂らす。

「笑いごとではありません」

ハールーンの貴族にとって、名誉を守ることがいかに重要か。それはオルテンセ自身、嫌というほど身に染みていることだ。

「そうか？　むしろ高潔な花嫁を得られたのだと、皆に自慢するいい機会になった。尤も、だからといって、君を傷つけた者たちを許せはしないがな」

「……怒っておいでですか？　僕を」

逡巡《しゅんじゅん》の末、絞り出した声が低くなる。

我ながら、陳腐《ちんぷ》な問いだ。応えが分かりきった問いを口にするほど、無駄なことはない。

「確かに、君は君自身を大切にしなさすぎる」

「そうではなく…。僕は…、あなたとエリースの縁談を阻《はば》みました」

一年前の、夏のことだ。あのロジャー卿の夜会での行いを、オルテンセは後悔していない。もしもう一度同じ状況に置かれたなら、きっと同じようにヴァンヘルムの説得を試みるだろう。

「その上、公の場であなたを拒みさえした」

呪われた獣と懼れられることと、貴族たちの面前で求婚を退《しりぞ》けられるのとは全く意味が異なる。あの夜のことを、ヴァンヘルムが忘れているとは思えない。むしろ公爵にとってこそ、忘れがたい出来事であったはずだ。

「それにも拘わらず、僕は命惜しさにあなたを頼った」

ロバートはオルテンセを恥知らずと罵ったが、その通りだ。宮廷の最も華やかな頂《いただき》から蹴落とされて尚、おめおめと生きながらえている現実に対してではない。卑劣な策を巡らせた挙げ句、公衆の面前で恥をかかせたその相手に助けを求めた都合のよさこそを、責められるべきだろう。

本当の意味でオルテンセが高潔であったなら、ヴァンヘルムにだけは頼ってはいけなかった。だが斬首を逃れる唯一の術として、牢に囚われたオルテンセは牙を持つ男への面会を願い出たのだ。

「そして今日も、あなたとあなたの名前が僕を助けて下さった」

王弟といえど、ヴァンヘルムが減刑を捥《も》ぎ取ることが容易だったとは思えない。オルテンセが斬首を言い渡された際、ヴァンヘルムは王都を離れていた。そんな男の元に、オルテンセからの報せが届いたのは奇跡に近い。刑の執行が迫っていた点からも、ヴァンヘルムは相当な無理をして自分を牢から引き出してくれたはずだ。

「王の弟に生まれたことは、私に幸福だけをもたらしたとは言いがたい」

オルテンセの手の汚れを拭った公爵が、その顎先へと指を伸ばす。促されるまま顎を上げると、灰色の双眸が高い位置で瞬いた。

「私の血は、少々厄介だ。だが無論、悪いことばかりだと言うつもりはない。戦場ではこの血故に、多くの兵が私に命を預けてもくれた」

この、血。

ぎ、と引き上げられた唇の向こうに、鋭利な牙が覗く。てらてらとぬれて光るそれは、明らかに人間の持ち物ではない。

ぞわりと、首筋の産毛が逆立つ。奥歯が固い音を立てそうになるのは、オルテンセが甘露であるせいだけではないはずだ。

数年前まで断続的に続いていた国境での争いを、ヴァンヘルムがいかに征したか。その勇名は、宮廷にも頻々と轟いていた。だがそれも全て、血に飢えた獣であるが故だ、と。牙を持つ者は宮廷よりも血腥い戦場こそを住処《すみか》にすると、貴族たちは皆、陰口を叩いていた。

「それ以外にも、私がこの血に感謝したことが一つある」

君だ。

衒《てら》いなく口にした男が、オルテンセの額に貼りつく髪を指で払う。柘榴によって撲たれたそこは、果汁で汚れ赤く擦《す》り切れていた。

「…っ」

「この血のお蔭で、君を娶ることができた」

皮肉な話だ。ヴァンヘルムが王弟であると同時に獣であるからこそ、オルテンセは甘露たる自らを交渉の材料として男を頼ることができた。しかし牙を持って産まれてさえいなければ、ヴァンヘルムにはオルテンセを欲しがる理由などなかったのだ。

「…稀有な甘露が僕のような男で、がっかりされたでしょう」

長い睫を伏せたオルテンセに、公爵がうむ、と唸る。

「確かに、少々驚きはしたな」

素直に首肯《しゅこう》した男が、オルテンセの襟元へと指をかける。自分でできます、と首を横に振ろうとしたが許されない。器用な指がオルテンセのタイをゆるめ、上着を脱がせた。

「…申し訳ありませんでした」

「君を初めて見たのは、王城だった」

オルテンセの首元を検めたヴァンヘルムが、上着に続いてシャツの貝釦を外す。

初めて、聞く話だ。思えばオルテンセ自身、公爵を初めて目にしたのはヴィクトール王の王城でのことだった。

「甘露は隠されて育つ者が多い。人目を避けたいと思うのは致し方ないことだが、しかし君は堂々と視線の中心にいた」

どんな自分の姿を、思い出しているのか。眼を細めた公爵に、オルテンセは恥ずかしさを堪えて唇を引き結んだ。

人目に晒されることを厭《いと》わず、華やかな輪の中心で笑う。そうやって生きてきたのは、それがオルテンセに与えられた役割だったからだ。そしてそれを成し遂げるだけの能力が、自分には備わっていた。

多くの場合、甘露は人目を避けて育てられる。甘露であることを知られれば好奇の的《まと》となり、悪くすれば成人を待たず攫《さら》われた。衆目を集める存在である甘露のなかでも、オルテンセは特に珍しい男の甘露だ。たとえ侯爵家の令息とはいえ、身に危険がなかったわけではない。それにも拘わらず極めて幼い頃から、オルテンセは父に連れられ公衆の面前に立ってきた。

「噂には聞いていたが、実際君を目にした時には驚いた」

「…どのような噂かは、想像がつきます」

宮廷での自分が、どんなであったかもだ。

宮廷に咲く、冷血な毒花。

絢爛《けんらん》な宮廷を飾るのは、ただうつくしい花ばかりではない。毒花もまた、珍しくはなかった。だが甘い甘露の肉体を持ちながら、その血と心を氷に例えられるのはオルテンセ以外にはいないだろう。

挙げ句、遊戯盤の駒になぞらえて悪役令息とまで渾名されていたのだ。

「ハーレイ侯爵殿自慢の愛息で、エド王子の花嫁候補。ヴィクトール王の覚えもめでたく、将来を嘱《しょく》望《ぼう》される宮廷の花」

聞くに堪えないにもほどがある。

ヴァンヘルムが挙げた言葉はどれも、今のオルテンセからははるかに遠い。唸りをもらす代わりに、オルテンセはシャツへと散った柘榴の果汁を目で辿った。赤いそれは、あたかもオルテンセ自身が流した血のように胸元を汚している。

「優秀で冷徹な策士と噂される君が、妹のためとはいえ人を使うことをせず、自ら私に会いに来た時には正直真意を測りかねた。しかも、あの父親の意向に反してまで」

あの、父親。

宮廷において、オルテンセがどう立ち回ってきたのか。そしてそれが誰のためであったか。王弟であるヴァンヘルムは、十分に承知しているのだろう。

「…ヴァンヘルム様がお怒りになるのは、当然です。あの時も申し上げましたが、妹は…」

妹は公爵様を嫌い、婚姻を避けようとしたわけではない。そう続けようとしたオルテンセの顳顬へ、ヴァンヘルムが唇を寄せた。べろ、と果汁を舐め取られ、思わず肩がふるえる。

「っ…」

「言っただろう。妹君を娶るつもりのなかった私にとっても、あの病はむしろ幸運な口実だった」

平坦に告げた男が、オルテンセの肩からシャツを奪う。厳つい指が鎖骨を辿り、裸にされた左の肘までをするりと撫でた。

「怪物の牙から逃れた妹君は、傷痕一つ残すことなく病から回復した。まさに神の奇跡だ」

「あれは…」

「君は妹より先に、その奇跡を起こすための薬を自分に試した。違うか?」

あの夜腕に巻いていた包帯の下には、なにが隠されていたのか。

確信を込めて声にした男が、れろ、とオルテンセの頬骨を舐めた。そこもまた、血のように赤い飛沫《しぶき》で汚れている。

「ぁ…」

甘いはずの果汁も、ヴァンヘルムの舌にはなんの味も残さないはずだ。それにも拘わらず、男はそれがオルテンセが流した血でもあるかのようにじっくりと舌を使った。

「得体の知れない薬を顔に塗った、妹君の胆力にも感服する。だがそれも、君が先に自分で試してみせたからだろう? 使用人でも取り巻きでも、自分以外の誰かで試すことができただろうに」

そもそも、とヴァンヘルムはオルテンセの鼻先を唇で吸った。

「そもそも君は、あの薬を自ら買い求めたんじゃないのか? 誰の手も借りず、本物の病が蔓延《まんえん》する貧民窟を抜けて」

額を撫でた声に、初めて批難の響きが混じる。

男が、指摘する通りだ。あの時オルテンセは、自らの足で存在も不確かな薬を求めに出かけた。路地の暗がりから投げ出された、死者とも生者ともつかない子供たちの足が並ぶ光景が瞼に蘇る。子猫ほどもある鼠《ねずみ》が足元を駆け、真昼でも日の当たらない通りは不快に湿っていた。

「俄然《がぜん》、君に興味が湧《わ》いた」

「ヴァンヘルム様は…」

眉間を歪めたオルテンセに、公爵が首を傾げる。

睫が、触れてしまいそうな距離だ。間近からそっと首筋に触れられ、そんな場所に擦り傷ができていたことに初めて気がついた。

「なんだ？」

「ヴァンヘルムは、随分な悪食《あくじき》でいらっしゃるのですね」

恨み言など、もらしていい立場ではない。相手は公爵であり、いずれは自分を食い殺すだろう獣だ。

だが素直すぎるオルテンセの呻きに、鼻先にある唇が吹き出した。

「私は、私以上の美食家はいないと自負しているが」

笑い声は、思いがけず快活だ。差し込む陽光が銀灰色の眼の奥で閃《ひらめ》いて、不覚にもその色に視線を惹きつけられた。

「いずれにせよ、どうして君がそこまでするのか知りたくなった。…エリース嬢の母親は、使用人の一人だったと聞くが」

さすが、王弟と言うべきか。

宮廷とは距離を置いているとはいえ、ヴァンヘルムは決して貴族たちの事情に疎いわけではないのだ。むしろ必要な情報は、怠ることなく収集しているのだろう。

「おっしゃる通りです。父はエリースを侯爵家に迎え入れましたが、エリースを産んだのは正妻ではありません」

エリースを産んだのは使用人の一人であり、トマスの母でもある女性だ。

立場のある男性が、使用人に子供を産ませることは珍しくない。オルテンセの父親であるハーレイ侯爵も、正妻以外との間に何人かの子供をもうけた。だが同じ父親の血を引いていたとしても、子供たちが皆侯爵家に迎えられるわけでない。むしろそうされる者は稀だ。大抵の場合、正妻以外の腹から生まれた者は母親と同じ身分として扱われた。エリースの実兄であるトマスなどが、よい例だろう。

トマスは情に厚いだけでなく、容姿に恵まれ頭も切れた。他の嫡出子たちに引けを取らないどころか優れた点も多かったが、父はまるで彼に関心がない。エリースはその美貌故にいくらかの利用価値を認められているが、それでもオルテンセが投獄されるまで、父は彼女を家人として正式に迎え入れることをしなかった。

「使用人が産んだ子を兄弟と見做《みな》さない者は多い。それにも拘わらず、君は妹君のために私の前に立った」

慎重にオルテンセの顎を持ち上げた公爵が、頤《おとがい》に残った赤い滴《しずく》を舌で拭う。ざらりとした舌の感触と牙の気配を間近に感じ、二の腕に鳥肌が立った。

「冷血な、僕らしからぬと？」

自分に何人の異母兄弟がいるのか、正直なところオルテンセには分からなかった。きっと父自身、正しくは知らないのだろう。ヴァンヘルムが言う通り、そうした者たちを血縁者だと意識する機会は少ない。エリースやトマスのように、同じ両親から生まれても強い結びつきがあるとは限らないのだ。少なくとも父の屋敷で暮らし、そんな繋がりに意味があると感じたことはなかった。

「我々の婚礼にハーレイ侯爵が立ち会えないと聞いても、君は少しも落胆しなかったな」

「そう、でしたか？」

瞬いたオルテンセの瞼を、ちゅ、と音を立てて精悍な唇が吸う。不意打ちのようなやわらかさに、肩が竦《すく》みそうになる。

「そうだ。君のこれまでの貢献《こうけん》を思えば、ハーレイ侯爵は婚礼に参列するだけでなく、君を助け出すために死に物狂いで手をつくすべきだった」

「それは無理な話です」

思わず、息が爆ぜる。

それはどんな冗談か。ハーレイ侯爵が、オルテンセのために手をつくす。そんなことは、あり得ないのだ。

「何故笑う？」

「ヴァンヘルム様も、ご存知でしょう？　父は自分以外の何者にも興味はありません。それこそ僕が嫡出子か否かも、関係がない」

世間はハーレイ侯爵を、野心家と呼ぶだろう。

実際、父は野心的だ。自らの欲望を現実のものとするためには、どんな犠牲をも厭わない。だが犠牲を払うのは、父自身ではなかった。自分以外のなにもかもが、父には道具であり手段だ。いつでも躊躇なく他者を利用して、望む結果だけを欲しがった。

古くから仕える家臣も、親が用意した妻も、どこかの女に産ませた子供たちも、父には等しく同じ価値しかない。自分と、それ以外。それだけだ。

「父の体面に泥を塗った僕を責めこそすれ、助ける必要があるなどとは微塵も考えなかったはずです。僕は、失敗を犯した。幸運にも公爵家に嫁がせて頂けることになりましたが、僕とは二度と関わりを持ちたくない。それが父の本音でしょう」

見捨てられたのだ。

最初から、分かっていた。どんな些細なものであれ、一度でも失敗を犯せば全てを失う。家督《かとく》を巡って火花を散らす実兄たちの骨身にも、それは刻まれているはずだ。

「君はそれを許すのか」

抑制の利いた公爵の声は、しかし獣の唸りに似ている。れろ、と頰骨を斜めに舐められ、涙を拭おうとする黒い犬の仕種を思い出した。

「許すもなにも…」

正直に言えば、ほんのわずかな期待があったことは否定できない。

稀有な甘露に生まれたことで、長子でないにも拘わらずオルテンセは父の目を惹いた。飾り立てられ放り込まれた宮廷では、常に父が望む通りに振る舞ってきたのだ。多少なりとも、投獄された愛息を気にかけてくれるのではないか。父自身の、体面を守るためでいい。ヴィクトール王に嘆願《たんがん》してくれたら、この冷たい牢獄から出られるのではないか。

その期待は、空しいままに終わった。罪を犯した愚か者を勘当《かんどう》したと、ハーレイ侯爵が触れ回っている。そう牢番たちが笑うのを耳にしても、やはり涙は流れなかった。

「…お気づきだったのではありませんか？　先程顔を合わせたロバートたちは、投獄前までは僕に近い間柄だった者たちです」

言ってしまえば、彼らはオルテンセの取り巻きだ。

ヴィクトール王の覚えもめでたく、エド王子の花嫁候補でもあったオルテンセは、いつでも多くの貴族たちに囲まれていた。皆オルテンセに気に入られたいと、そう願っていたのだ。ロバートたちも、オルテンセが宮廷に出入りを始めた頃から後ろをついて回ってきた。だが友人のような顔をしていた彼らの誰一人、投獄されたオルテンセを見舞うことはなかった。

「正直に申し上げれば、ロバートたちの仕打ちには腹が立ちこそすれ、悲しいとは思いませんでした」

強がりであれば、まだましだっただろう。

怒りは、この瞬間もふつふつと鳩尾を焼いていた。だが悲しみはまるでない。涙の一粒すら滲ませることのないオルテンセの瞼を、熱い舌がぺろりと舐めた。

「悲しむほどの相手ではなかったということだ」

「…僕も、同じだということです。僕がロバートの立場でも、失脚した甘露に憐憫など向けはしなかったでしょう」

よく、知っている。それが自分という人間だ。

嫌になるほど、父親によく似ていた。

こんな自分に、果たして父や他の誰かを責める権利があるだろうか。

「だが君は、エリース嬢のためにその身を挺《てい》した。彼女を特別だと思う気持ちがあるからだろう？」

流れることのない涙を拭うように、あたたかな唇が頬骨を辿る。やわらかく顳顬へと歯を当てられ、びくりと薄い背中が引きつった。

「どう、でしょうか…。僕は、彼女をよく理解しているとは言いがたいですから」

それは、意外な応えだったらしい。ヴァンヘルムが、男らしい右の眉を引き上げた。

「親しくもない相手のために、君は私の前に立ったのか？」

「…七歳頃、だったと思います。それまでエリースたちとは同じ屋敷に暮らしても、まともに口を利いたことはありませんでした。でも、エリースは僕を助けた。事情があって彼女が保護した僕の大切なものを、彼女とその兄は疎《おろそ》かにすることなく、それこそ命がけで守ってくれた」

懐かしい、思い出だ。言葉にするのは、初めてなのではないか。

牙を持つ公爵を相手に、自分は一体なにを話しているのだろう。愚かしさに笑みがこぼれそうになったが、眦を辿ったヴァンヘルムの舌がそれを留めた。

「僕はその誠意に報いるため、彼女を庇護《ひご》下に置くと約束した」

「兄弟の情ではなく、対価にすぎないと？」

なるほど、それは的確な言葉だろう。今度こそ笑みをこぼしたオルテンセを、灰色の眼が睨《ね》めつけた。

「渾名の通りです。僕は…」

「妬《や》けるな」

がぶりと、並びのいい歯列が鼻筋を囓る。痛みはない。だががじがじと齧りつかれ、長椅子の上で上体が揺れた。

「ちょ、ヴァンヘルム、様…」

「今初めて、エリース嬢を娶らなかったことを後悔したぞ」

獣の喉音に近い唸りは、決して冗談には聞こえない。切れ長の目を瞬かせ、オルテンセは間近にある男の双眸を見返した。

「どうして、そうなるんですか」

「どれほど大きな恩か知らないが、疑り深い君が妹君のためにはその身を擲ったんだ。君の懇願を無視して彼女を娶り、世間が期待する通り骨も残さず彼女を喰らっておけばよかった」

ぎ、と分かりやすく牙を剝いて示され、背筋がふるえる。オルテンセの怯えを鼻先に眺め、ヴァンヘルムがべろりと瞼を舐めた。

「いや違うな。君は疑り深いわけじゃない。信じるに値する者が、側にいなかっただけだ」

度しがたい。

瞼に注ぐ唸りは、決して大きなものではない。だがそれは、雷鳴のように直截《ちょくせつ》だ。戦場においても、きっとこの男はこんな声で檄《げき》を飛ばすのだろう。

「…なんだ」

自分は余程、訝しげな顔をしていたらしい。思わず目を瞬かせたオルテンセを、公爵が睨めつけた。

「僕が冷血なのは、僕自身の責任ではないとおっしゃって下さるのですか？　それこそ本当の僕は、もっと違う人間だと」

それは、買い被りというものだ。こんな時に笑ってみせられる自分は、実際冷血なのだろう。一番の問題なのは、それをオルテンセ自身が嘆いていないことだ。

がるるる、と歯を剝きたそうに、公爵がオルテンセの額へと額を寄せる。ぶつかった鼻先を思いがけず冷たいものに感じ、オルテンセは長い睫を揺らした。

「本当に腐った輩は、恩義を恩義と感じず踏みつけるものだ」

犬以下だと、言いたいのか。いや、それにも遠く及ばないということだ。

「でしたら尚更、僕こそ腐りきり、信じるに値しない人間の一人だということです」

そうでなかったら、と、オルテンセは自分を見下ろす男の頰に触れた。

弛《たる》みとは無縁のヴァンヘルムの顔貌は、鋭さを感じるほど彫りが深い。精悍な頰骨を人差し指で辿ると、銀灰色の双眸が瞬くことなくオルテンセを映した。

「そうでなかったら…、本当の僕が信じるに値する人間だったら、今この時に我が身を恥じ、涙をこぼせていたはずです」

公爵様の、ご期待通りに。だが涙は、流れない。

泣きたくないと、自制しているわけではなかった。そう自制していたのは、もうずっと昔のことだ。貴重な甘露の涙を、無闇にこぼしてはいけない。父親に禁じられたことが始まりだが、しかしすぐにそれはオルテンセ自身の意志になった。

涙が交渉の糧となるなら、自分以外の何者にも利用させまい。

オルテンセ自身の利害によって閉ざされた涙腺は、今はもう感情に負けてゆるむことはなかった。涙を流すという機能そのものが、最初から備わっていなかったのではないか。そう思えるほど、涙腺は錆《さ》びつき涸《か》れ果てている。

そしてそれを分かった上で、自分は公爵に涙ならば与えると約束した。

全く、信用に値しない。その事実を恥じ、落涙する心もないのだ。

「…泣きたいのか?」

もしそう映ったのなら、牙を持つ獣はどこまでもやさしい。続く言葉を押し止めたくて、オルテンセは白い喉を反《そ》らせた。

「オル…」

牙を隠す唇に、自分の唇を重ねる。

ちゅ、と微《かす》かな音を鳴らして離れると、銀灰色の双眸のなかに自分が見えた。

「ナイフも涙も、必要ない方法にいたしましょう」

両腕を伸ばし、重い体を引き寄せる。

粘膜が重なる感触があり、低い唸りが直接下腹部へと伝わった。獣そっくりのそれが、なんと言葉になるはずだったのか。オルテンセに伝えずにいてくれる公爵は、やはりやさしい。

獰猛《どうもう》な牙の形を辿るように、オルテンセは甘い舌を伸ばした。


「…まずいですよ…。これ、非常にまずいやつじゃないですか」

溜め息混じりの唸りが、居間に落ちる。

明るい真昼の陽光には、不似合いな響きだ。尤もアレンが青息《あおいき》に溺れているのは、特別珍しいことではない。それでも今日の嘆きは、苦労性の従者をしても飛び抜けて悲愴《ひそう》なものだった。

「これって、やっぱり…」

「ヘザ産のルビーですね。それも、最高の品質の」

窓から注ぐ明かりを受けて、赤い宝石が輝く。

血よりも一色暗いそれは、永遠の命を持つ竜の眼のようだ。親指の爪ほどもある赤い宝石《いし》を、淡水で育まれた真珠が花弁のように取り巻いている。オルテンセの指にくぐらせれば、それはきっと幻の花のように、あるいは天上の星のようにうつくしく輝くに違いない。

「ヘザ産のルビー…。ああ、愛好家のお金持ちが、これを巡って刃傷沙汰を起こすこともあるっていう、あの…。確かにこの色、目が痛くなるくらいきれいで…って、いえいえ、そういう話じゃなくてですね、問題は紋章。この、紋章ですよ…！」

一頻《ひとしき》り深く頷いていたアレンが、はっと我に返った様子で小箱を示す。

指輪が収められていた、うつくしい箱だ。紫色の天鵞絨《ビロード》が張られたそれには、差出人の名前が添えられていない。だがリボンを留めた封蠟《ふうろう》には、高貴で緻密な紋章が見て取れた。

「二本の百合と、獅子《しし》の紋章。これを使うのは我が国の…」

「やめて下さい…！　駄目です！　聞きたくない…！　聞きたくない…ッ！」

紋章を話題に挙げたのは、当の従者だ。だがこの上なく面倒な現実を、彼が受け入れたくないのもよく分かる。両手で耳を塞いだアレンに、オルテンセは紫陽花色の瞳を向けた。

「受け取ってしまったものは仕方がないでしょう。使用人を責めても、始まりませんし」

「それはそうですが、でもなんだって今更、王子はこんなものを贈って…って、あ、駄目だ。自分で言っちゃった」

余程、混乱しているのだろう。自分の口からこぼれた名に、アレンが目を剝いた。

このハールーンに、二本の百合と獅子の紋章を使う者は一人しかいない。それはこの国の王子であり、ヴァンヘルムの甥に当たるエドその人だ。

「…昨日の騒ぎへのお見舞い、でしょうか」

顎に手をやったアレンが、オルテンセと眩《まぶ》しすぎる指輪とを見比べる。

「僕の怪我に対する？」

昨日競技場の前で、オルテンセは群衆から柘榴を投げつけられた。額に当たりはしたが、幸い大きな怪我には至っていない。突き飛ばされ、引き摺られた体はいまだに軋みを上げているが、こちらも何日かすればよくなることだろう。

「昨日の件は、早速王都中の話題になってるみたいですから…」

溜め息を重ねたアレンが、心配そうにオルテンセの額へと目を向ける。

昨日、競技場の前でオルテンセがどんな目にあったのか。

それは武芸大会の勝敗結果以上に、王都の話題を攫っているらしい。当然といえば、あまりに当然だろう。令嬢を毒殺しようとした甘露が、牙を持つ王弟の力を借りて罪を逃れた。それだけでもとんでもない醜聞なのに、事件の被害者であるアンジェリカ嬢と、加害者である甘露が鉢合《はちあ》わせたのだ。

勇気のある者が石を投げてアンジェリカ嬢に加勢したが、甘露は血を流しても不敵に笑っていた。あるいは騎士たちの決死の抗議に対し、呪いの言葉を吐いていた。そんな真偽不詳の尾鰭《おひれ》を纏いながら、噂は王都中を駆け巡っているらしい。

「王子の耳にも噂が届いたから、これが贈られてきたのでしょうが…」

従者はそう呻くが、事実は少し違うだろう。噂どころか、王子は昨日の現場を直接目にしているのだ。

アレンの言葉に頷くことなく、オルテンセはルビーが輝く指輪を手に取った。

競技場の露台に立っていた、騎士たちの姿が蘇る。甲冑を身に着けていても、その人物を見間違えることはない。真っ白な羽根飾りを刺し、自分を見下ろしていたのは紛うことなくエド王子だった。

「でもだからって、なんでまたこう厄介な品を…。オルテンセ様はヴァンヘルム様の花嫁になるって分かってるのに、よりによって指輪を寄越すだなんて」

オルテンセがエド王子の婚約者候補であったことは、当然アレンも知っているはずだ。アレンが言うように、これが昨日負った怪我に対する見舞いだとすればやりすぎだろう。

「他意など、本当にないかもしれませんよ？」

「またそんな心にもない顔をして。これがただの罪滅ぼしだなんて、あり得ます？」

罪滅ぼし。

毒を盛った犯人としてオルテンセが捕らえられた時、エド王子はなにかの間違いだと声を上げたりはしなかった。むしろアンジェリカ嬢に代わり、オルテンセの罪を指弾したのはエド王子だ。王子がオルテンセの弁護に回っていたら、下された判決は違ったかもしれない。

だがオルテンセが牢を出た今、王子の考えも変わり始めたのか。結果としてアンジェリカ嬢が生き残り、すっかり回復した姿を目の当たりにするなかで、感情的にオルテンセを断罪しすぎたと感じているのかもしれない。

「それとも、あれですかね…」

宝石の眩《まばゆ》さに顔を歪めたまま、アレンが低く声を落とす。

「いざオルテンセ様が公爵様に嫁ぐことが決まったら、惜しくなった、とか」

さすがにあの主に仕えるだけあると言うべきか。弱りきった口調ながら、従者の指摘には容赦がない。

「…あー。結構心当たりがあるんですね」

薄い笑みを掃いたオルテンセの唇を、従者は当然見逃さなかった。宝石の輝きにも劣らないその笑みを見やり、アレンが肺の奥から息を絞る。

「控え目に言っても、くっそ面倒なやつじゃないですか。エド王子ご自身、今回の武芸大会が終わったら最強ヒロインであるアンジェリカ嬢と婚約を発表するってお話なのに」

もうこのままよそ見なんかせず、本命同士ハッピーエンドルート一直線でいいじゃないですか。

アレンがそう罵りたくなるのも無理はない。

武芸大会では一対一での勝負だけでなく、複数人で競うものなど競技は多岐に亘った。それぞれが勝ち抜きの方式で対戦し、全ての勝敗が決するまでには数日を要する。王の在位十年を祝う今年は特に規模が大きく、優勝者が出揃った後は王城での祝賀会が予定されていた。

三日後に開かれるその祝宴では、エド王子の婚約もまた発表されるのではないか。甘露に纏わる噂で湧き上がる以前の王都は、その話題で持ちきりだったのだ。

「ヴァンヘルム様も、祝賀会にはご出席の予定と聞きましたが」

「王の在位を祝う会ですからさすがに顔を出してもらわないと…って、どうしてそうオルテンセ様は平然としていられるんです。こんなことくらい、面倒のうちにも入らないって言うんですか？」

策謀渦巻く宮廷では、この程度の駆け引きなど日常茶飯事なのか。今にも泣き出しそうに顔を歪めたアレンが、大きく体をふるわせた。

「面倒極まりないに決まっているだろう」

低い声音に、従者が鼬《いたち》のように跳ね上がる。振り返った視線の先に、黒々とした影が落ちていた。

「ヴァンヘルム様」

公爵家の屋敷は、建具一つを取っても重厚で大きい。しかし天井まである両開きの扉の下に立ってさえ、公爵の巨軀はまるで見劣りしなかった。

「捨てろ」

真っ直ぐに部屋の奥へと進んだ男が、オルテンセが手にした指輪に眼を落とす。揺るぎのない口吻《こうふん》に、慣れたと思い始めていたオルテンセでさえ背筋がふるえた。

「な…！　駄目ですよそんな！　このルビー、一体いくらすると思ってるんです⁉」

オルテンセより先に、アレンが割って入る。相変わらず泣きそうな顔をしているのに、真正面から公爵に食い下がるだけの胆力が従者にはあるのだ。

「知らん。高い宝石が必要なら、いくらだって用意させる」

ふん、と鼻を鳴らすヴァンヘルムは、どこまで本気なのか。舌打ちしたそうに捲れた唇から、発達した犬歯の先端がちらりと覗いた。

「公爵様が捨てろとおっしゃるなら、喜んでその通りにいたします」

迷いなく告げたオルテンセが、礼を取る。優雅な所作に、二対の目が甘露を見た。

「贈り主様にしてみれば、他意のない冗談のおつもりでしょう。でも僕は、ヴァンヘルム様以外からの贈り物を受け取りたいとは思いません」

「だ、だからって…」

捨てるなんてやめて下さい。懸命に訴えたアレンに、オルテンセは笑みを深くした。

「ですが確かにアレンが言う通り、贈り主がどなたであるかを考えると、軽々《けいけい》な取り扱いは無用な誤解を生みかねません。僕から直接贈り主にお返しできたら一番なのですが…」

注視してくる灰色の眼が、ぎらりと剣呑な光を宿す。獣が唸るのを待たず、オルテンセは手のなかの指輪をアレンへと手渡した。

「勿論それは望みようのないことです。そうであればヴァンヘルム様より贈り主様に、あるいはそのお父上様にお返し頂くのがよいかと思いますが、いかがでしょうか」

「それが一番です！　これは公爵様から王にお返し下さい！　しっかり王子に釘も刺して頂けるようお願いもして…。それまでこれは、ヴァンヘルム様の私室の鍵《かぎ》がかかる棚にしまっておきますが、くれぐれも、くれぐれも短気は起こさないで下さいよ…！」

絶対に捨てちゃ駄目ですからね、と念を押したアレンが、指輪を小箱に収める。早速、貴重品として片づけてしまおうというのか。リボンまでをも回収した従者が、早足に居間を後にした。

「エドの奴《やつ》、面倒をかけやがって…」

アレンの背を一瞥し、公爵が唸る。なんだか思いがけず汚い言葉を聞いた気がするが、これも錯覚だろうか。驚いて目を上げると、灰色の双眸が眼球の動きだけでオルテンセを見た。

「…ところで公爵様、今日はどこにお連れ頂けるのでしょう。どなたかのお祝いだと聞きましたが」

これ以上、王子や宝飾品を話題にするのは得策ではないだろう。にこやかな笑みを作ったオルテンセが、自らの着衣へと視線を向けた。

今日オルテンセが身に着けているのは、金糸で飾られた薄水色の上着だ。折り返された袖口にも刺《し》繍《しゅう》が施されたそれは、華やかな上に品がよい。

公爵が身に着ける礼服も、オルテンセ同様うつくしい刺繍で飾られたものだ。黒地に黒糸で刺された刺繍は艶やかで、男の容貌に常にも増して男臭い色香を加えていた。

「予定を変え、今日の武芸大会に加わるのはどうだ。王子の喉を突いてやるのも、悪くない気がしてきた」

「ッな……！」

全く、冗談に聞こえない。いや冗談ではないのかもしれない。扉へと促され、オルテンセは大きく首を横に振った。

「おやめ下さい、そんなこと……！　万が一にも、事故が起きたら……」

「そうだな。事故ついでに、昨日お前を侮辱したやつらも槍の錆《さび》にしてやろう」

うむ、と顎に手を当てた男が、その手を伸ばしてオルテンセの前髪を払う。公爵がなにを確かめたのか、それは問うまでもない。まだ痛々しい赤味を残す額に眼をやり、男が眉間の皺を深くした。

まるで公爵こそが、痛みを覚えているかのようだ。その眼の奥に再び剣呑な光が宿るのを認め、オルテンセは前髪を正した。

「ご観覧はともかく、試合へは出入りを禁止されておいでなのでは？」

戦場のみならず、過去においては武芸大会でヴァンヘルムがどれほどの勇名を馳せたのか。隣国にも轟いたそれはもはや美名を通り越し、一部の騎士にとっては悪夢に等しいと聞く。

「甲冑を被ればばれんだろう」

「甲冑で公爵様のなにが隠れると言うんです。出場すればぶっちぎりで優勝されることは間違いないでしょうが、とにかくおやめ下さい」

競技場に出向くこと自体は吝《やぶさ》かではないが、なんと言っても昨日の今日だ。万が一にも公爵が競技場に立つことがあれば、どんな騒ぎになるか。馬に跨がり武器を取る競技は、ただでさえ事故が多い。命を落とす者が出るかもしれない場に、こんな眼をした男を解き放ってよいとは思えなかった。

「泣いてしまいそうだからか？」

薄いオルテンセの瞼へと、精悍な唇が落ちてくる。その唇は、笑みの形とは無縁だ。だが、ぐ、と挑発の形に右の眉を引き上げられ、オルテンセは紫陽花色の目を瞬かせた。

「……ご安心下さい。今、引っ込みました」

指輪一つで、そこまで腹を立てるのか。牙を持つ獣は獲物に執着すると言われるが、ヴァンヘルムも例にもれないらしい。その上、なかなかの挑発上手だ。だがそんなものに、簡単に載せられる自分ではない。涙の兆しなど微塵もない瞳で睨めつけると、ヴァンヘルムこそがぱちぱちと灰色の眼を瞬かせた。

「さすが、冷血な花嫁殿だ」

生意気だと頭を囓られる代わりに、ちゅっと頬に口づけられる。声を上げて笑った男が、オルテンセを廊下へと導いた。

「安心しろ。誰の首も斬り落としたりはしない」

今日のところはな。そんな上品そうな顔で約束されても、安心などまるでできない。機嫌よく笑う男の唇の奥には、今この瞬間も鋭利な牙が潜むのだ。気紛れ一つでオルテンセの指が欠けたとしても、不思議はない。そんな男に手を引かれるまま、長い廊下を進む。

「今日のお祝いには、我々以外にどなたがご出席なのでしょうか」

武芸大会の開催に併せ、貴族たちの館では規模の差こそあれいくつもの宴が催されていた。再三招待されている競技場にさえ顔を出さない公爵が、こうして出向くほどなのだ。きっと名だたる賓客《ひんきゃく》が訪れる、重要な場なのだろう。

「気負う必要はない。面倒な連中ばかりだが、君なら私以上に上手くやれるだろう」

「大切な会ですから、昨日のような失態は決して犯さないとお約束いたします」

本来であれば、人が集まる社交の場こそオルテンセが得意とするところだ。だが罪人の烙印を押された今は、自分の存在自体が公爵の不利益となりかねない。今日は他の客たちにどんな視線を向けられようと、決して失敗を繰り返すわけにはいかなかった。

尤も王子の婚約者花嫁候補であった時でさえ、オルテンセの風評は聖人からはほど遠かったのだ。針の筵《むしろ》に座ることには、慣れている。短気を戒め、臆することなく立場に相応しい振る舞いに努めよう。覚悟を新たにし、オルテンセは薄い背を伸ばした。

「失態なものか。だが君に懸想する者がこれ以上増えるのも厄介だからな。ほどほどで頼む」

「全力をつくします」

深く頷いた甘露へ、男が右手を伸ばす。行儀よくその手を取って、オルテンセは馬車へと乗り込んだ。

「ここ、は…」

頭上には、澄み渡った秋の空がある。眼前に広がる光景に、オルテンセは紫陽花色の目を瞬かせた。

「思った以上に、盛況のようだな」

公爵が感心するのも、無理はない。二人が立つのは大きな森を抜け、傾斜のある道をいくつか上ったその先だ。想像していたより長く、馬車に揺られていた気がする。ようやく辿り着いた門扉をくぐり、オルテンセはそこに現れた来賓の数に目を剝いた。

「確かに恐ろしく盛況ですが…って、なんですかこれ！　羊しかいないじゃないですか…ッ！」

叫び声に、めぇぇぇ、と高い鳴き声が重なる。それも、一つではない。木で組まれた柵の向こうから、何頭もの羊たちがじっとオルテンセを注視していた。

「山羊《やぎ》もいるぞ」

でかいな、と指で示したヴァンヘルムは、平然としている。むしろオルテンセの驚きを、理解できないといった顔か。いや、そんなわけはあるまい。

「本当におっきい…って、違います！　今日は、大切な会だって…」

「いかにも、大切な会だ」

羊と山羊の会合が、か。問い質《ただ》そうとしたオルテンセの足に、なにかが突進する。あたたかな衝撃に、オルテンセはぎょっとして足元を見た。

「…ッ、犬…!!」

思わず、高い声が出る。

旋風のように駆けてオルテンセの足にぶつかったのは、栗毛《くりげ》の仔犬だ。

もこもことした毛玉の塊から、短い四足が申し訳程度に生えている。ずんぐりとした体つきがなんとも愛らしく、オルテンセは考えるより先に両手を伸ばしていた。

「マックス！　お前、なんてことを…！」

叫んだ男が、大慌てで駆け寄ってくる。

年の頃は、三十代半ばだろうか。ヴァンヘルムよりわずかに年長に見える男は、貴族らしからぬ出で立ちだ。黒い上着を身に着けてはいるが、世辞にも上等とは言いがたい。屈強そうな体格は騎士を思わせるが、武芸大会への出場を控えている様子でもなかった。

「お、お許し下さい！　こら、マックスお前オルテンセ様にそんな…」

オルテンセが抱き上げた仔犬の、飼い主なのか。べろべろとオルテンセの顔を舐め回す茶色い毛玉を、青褪めた男が叱りつけた。

「先日は世話になったな、レオ。招待に感謝する」

「公爵様…、よくおいで下さいました。まさかこのようにお忙しいなか、本当に来て頂けるなんて」

オルテンセの頬に鼻面を擦りつける仔犬を横目に、ヴァンヘルムが男へと手を差し出す。硬い握手を交わした男たちは、意外にも親しい間柄らしい。

「公爵様、これは一体…」

驚きつつもしっかりと仔犬を抱いたオルテンセを、公爵が促す。愛想よく顔を舐め続けてくれる仔犬を腕に進んだ先は、煉瓦《レンガ》造りの大きな作業場だ。農夫たちが葡萄《ぶどう》を納め、加工するための建物の裏手に、広い中庭が見えてくる。

「公爵様だ！」

わっと、歓声が上がった。

子供の声が混ざるそれに、オルテンセが改めて目を瞠る。

「婚礼の祝いだ。部下だった男のな」

酒杯を手に客たちに応えながら、ヴァンヘルムが耳打ちした。

確かに見事な枝振りを見せるオリーブの木の下には、いくつかの食卓が並べられている。近くの家々から、運び出されたものだろうか。どの卓も形や大きさは異なるが、それぞれに果物や酒杯、茹でた肉や野菜などが盛られていた。

それを囲むのは、レオと呼ばれた男とよく似た風体の者たちだ。年齢は様々だが、皆簡素ながら上着を身に着けている。半農の騎士なのだろうか。にぎやかな中庭の様子は、騎士の婚礼というよりまるで村の祭りだ。この作業場を抱える村の住人全てが、ここに集まっているのかもしれない。即席の楽団が笛や弦楽を鳴らすのに合わせ、子供たちが声を上げて飛び跳ねていた。

「これが、今日の訪問先、ですか…？」

外出も社交も嫌う公爵が、重い腰を上げて出向かなければいけないほどの重要事。その心構えで訪れたのが、この羊と山羊と犬の歓迎を受ける祝宴だというのか。

「宮廷の花には、少々刺激がすぎたか？」

新郎たちに祝福を伝えたヴァンヘルムが、仔犬を抱え立ちつくすオルテンセを覗き込む。

屋外での宴そのものは、珍しくはない。オルテンセが参加してきたそれらには天蓋が巡らされ、多くの場合石畳の上に食卓が並べられていた。だが今目の前にある宴席では、椅子にかけている者の方が少ない。芝に座って酒を飲む者もいれば、馬車の荷車に座って歌っている者もいる。平服の者が大半で、とてもではないが公爵の位にある男が足を運ぶべき宴には見えなかった。

「刺激もなにも…」

何故、こんな場所に。

やはり競技場前での失態を、怒っているのか。王弟の婚約者として、名家の集まりに連れて行くわけにはいかない。オルテンセにはこうした村の祭りこそが相応しいと、そういうことなのか。

「それとも、やはり武芸大会の方がよかったか？」

「確かに…。仔犬の歓迎で全て帳消し…と申し上げたいところですが、これ以上不意打ちをくらうと、僕こそ公爵を突き殺しそうな勢いです」

素直すぎる呻きをもらし、オルテンセが惜しみつつも芝へと仔犬を下ろす。

芝といっても、手入れされたそれではない。草叢《くさむら》のように背が高く伸びた場所もあれば、赤い土が剝き出しになっている場所もある。こんなことなら、上等な靴など履いてこなかったのに。そもそも金糸の刺繡が入った上着は、花婿より派手なのではないか。

オリーブの木の下では、花冠を載せた女性が顔全体で笑っている。濃い金髪をうつくしく編んだ彼女が、今日の花嫁だ。刺繡で飾られたヴェールを纏う彼女は、輝くようにうつくしかった。

「情熱的だな。では武芸大会の前哨戦として、一手お相手頂こうか」

優雅に一礼したヴァンヘルムが、右手を差し伸べる。

踊れというのか、こんな足場の悪い場所で。

折角の祝いの席を、自分への仕置きに利用する気なら尚一層感心しない。咎める言葉が込み上げるが、しかしここまで連れて来られ、尻尾を巻いて逃げられるだろうか。

客たちにとっても、オルテンセの訪れは思いがけないものだったらしい。王都中の噂の的である毒婦が、突然現れたのだ。男たちは勿論、女や子供たちに至るまで、好奇心に輝く眼でオルテンセを注視していた。

「…受けて立ちましょう」

こんな土が剝き出しの中庭で踊ったら、公爵から贈られた絹張りの靴がどうなるか。考えたくもなかったが、連れて来たのはその公爵だ。睨めつけてやりたい気持ちを堪え、オルテンセはするりと右手を差し出した。

恭しくそれを取った公爵に気づき、笛吹きが隣のリュート弾きを促す。目を見交わした楽士たちが呼吸を合わせると、中庭に華やかな音色が響いた。

「ここが不満か？」

完璧《かんぺき》な間合いで踏み出したオルテンセに、公爵が問う。指先にまで神経を張り巡らせ、オルテンセは軽やかに芝を蹴った。

「まさか。むしろここならエド王子と鉢合わせる恐れはないでしょうから、ほっといたしました」

手加減のない皮肉に、ヴァンヘルムが笑う。

「会いたかったか？」

にこやかに尋ねはするが、低音に滲む不機嫌さは微塵も隠れてはいない。豪胆な面構えをしているくせに、公爵はなかなかに根に持つ男のようだ。

「万が一お会いする場合に備え、贈り物の件にどう触れるかは考えておかなければいけませんから」

高い笛の音に新しい弦楽器の音が重なって、音楽が厚みを増す。品のよい夜会で奏でられるものよりも、曲調は明らかに早くて荒い。臆することなく旋律を辿ったオルテンセを、公爵が引き寄せた。

「そうだな。たとえそれが、婚約者殿の前であっても」

男の皮肉にも手加減はないが、しかしそれはオルテンセに向けられたものではない。エド王子だ。

「君に心動かされずにいろと言うのは、不可能な話だ」

だが、と言葉を継いだ公爵が、オルテンセの鼻先へと深く顔を寄せる。

「だがあいつは、王の息子だ。いくら魅力的だからといって、全てをほしがる強欲さは国を傾ける。立場というものを、もう少し自覚してくれればよいのだが」

ヴァンヘルムが、唸る通りだ。

エドは決して、暗君の相を持つ人物ではない。むしろ父王に似た、人懐っこく柔和な青年だった。性格も思慮深く、好戦的とは言えない。だが意志薄弱《はくじゃく》かといえば、そうではなかった。

近隣国の王家に繋がる姫君たちよりも、稀有な甘露であるオルテンセこそを花嫁にと望んだのは、他でもないエド自身だ。ロジャー卿の息子とオルテンセの縁談がまとまりそうだと知り、横槍を入れてきたのもエドだった。無論それは、ハーレイ侯爵が待ち望んできたことだ。求められるまま、オルテンセは王子の手を取ったが、しかし純粋で一途だった王子の愛情はある時ふと他へと逸れた。

人の気持ちとは、そうしたものだろう。婚姻が現実味を帯びた途端、飽《あ》きたのか。父親の傀儡《かいらい》でしかない甘露が、煩《わずら》わしくなったのか。純粋に、政治の問題だったのか。なんにせよ、そうした王子の移り気を、強欲と斬って捨てられるのは叔父《おじ》であるヴァンヘルムくらいだろう。

「明後日には嫌でも顔を合わせることになる。祝賀会が始まるまでには、私からヴィクトール王に事情を伝えて指輪を返しておこう」

王城で開催が予定されている祝賀行事には、当然ヴァンヘルムも招待されている。いくら関係が良好とはいえ、さすがに兄王の在位を祝う祝賀会は無視できない。オルテンセも公爵に伴われる形で、その祝宴への出席を予定していた。

「ご面倒をおかけいたしますが、よろしくお願いします」

右手が離れた動きに重ね、オルテンセが深く膝を折る。更に速度を上げた音楽に爪先を跳ね上げれば、おお、と周囲からどよめきがもれた。

「面倒をかけているのはエドの奴だ。…彼の婚約者殿、アンジェリカ嬢と君は親しかったのか？」

苦々しく鼻面に皺を寄せた公爵が、オルテンセの腰を支える。思いがけずアンジェリカ嬢の名を耳にし、オルテンセは紫陽花色の瞳を瞠った。

「いえ。親しいというほどには…。アンジェリカ様が王都に出てこられた直後から、存じ上げてはおりましたが」

アンジェリカ嬢は、王都から北に位置するイーサ領を治めるヘザ公の次女に当たる人物だ。ヘザ公は皇帝に繋がる血筋ながら王冠を持たず、山間の広大だが辺鄙《へんぴ》な土地で奥方と六人の子供を育ててきた。だが隣国フェナの王族である奥方は重篤な病を得て、子供の養育が困難となったらしい。人を雇い父親が面倒を見る道もあっただろうが、アンジェリカとすぐ下の双子たち三人が、王都に暮らす叔母の元へと預けられたのだ。

「どんな娘だ」

尋ねた公爵が、オルテンセの痩軀を受け止める。大きな手に背中から体を預けると、中庭のあちこちから口笛と手拍子が上がった。

「聡明な、方です」

そう、アンジェリカは聡明な女性だ。

森と山しかないと言われるイーサ領の出身ならば、山猿同然なのではないか。いかに血筋がよくとも、王都の言葉もまともに喋れないなら山に籠もったままでいればよかったものを。アンジェリカが王都へ移った直後は、そんな口さがない噂があちらこちらから聞こえていた。

だが実際、社交界に現れた彼女はどうだったか。三つの言語に堪能なだけでなく、冗談も上手いアンジェリカはダンスの名手でもある。なにより意地の悪い王都の貴族たちのなかにあって、彼女は身分の別なく誰にでもやさしかった。

「大変な努力家で、善良。いつでも朗らかで、勇気もある、そんな女性です」

亜麻色の髪や、わずかに雀斑《そばかす》が散った容貌は妖艶な美女とは言いがたい。だが顔全体で笑うアンジェリカは向日葵のようで、彼女がいるだけで場がぱっと明るくなった。

オルテンセとは、まるで正反対だ。エド王子も、きっとその気取らないうつくしさに惹かれたに違いない。

「自分で毒を呷って、君を陥《おとしい》れそうな人物か？」

「な…」

互いの胸がぶつかりそうな距離へと、ヴァンヘルムが深く踏み込む。あまりに直截な問いに、オルテンセはぎょっと息を詰めた。

「どうした？　疑いを持たなかったわけではないだろう？」

公爵には、オルテンセの驚きこそが意外だったらしい。不思議そうに瞬いた男の口を塞ぐべきか、オルテンセは真剣に躊躇した。

いかに音楽や手拍子、笑い声が響いているとはいえ、人が集まる祭りの直中《ただなか》だ。王子に対する批難は勿論、その花嫁になるだろうアンジェリカを疑うなど、誰かの耳に入ったらどうするのか。

「陥れるもなにも、彼女は…」

「君からエドを奪った立場なら、毒を呷る必要がないと？　だが結局エドは、この期《ご》に及んで君にあんな贈り物を寄越す男だぞ。君が生きている限り、安心できないと考えたかもしれない」

ヴァンヘルムが、低く声にした通りだ。

仔犬のように一途だったエドの気持ちがある日突然オルテンセから去ったように、アンジェリカにとってもエドの愛情が未来永劫不変のものだとは盲信しがたいだろう。そう理解できるだけの冷静さも聡明さも、彼女は持ち合わせているはずだ。

「それとも、彼女は決してそんなことはしない、と言い切れるだけの理由が君にはあるのか？」

昨日競技場の前で再会したアンジェリカ嬢は、真っ先にオルテンセの身の上を案じてくれた。辛《から》くも回復したとはいえ、生死を彷徨ったアンジェリカの苦痛は本物だろう。それにも拘わらず、思いやり深い彼女はオルテンセの苦境にこそ目を向けたのだ。

「……いえ…」

それでもアンジェリカ嬢がオルテンセを陥れる理由がないとは、断言できない。

オルテンセが知るのは、彼女のごく限られた一面だけだ。その人物が、真実いかなる存在であるのか。アンジェリカ嬢に限らず、それは簡単には分かり得ないことだ。

「アンジェリカ嬢には、少なくとも君を陥れることで得られる利益があった。同じように、彼女以外で君の失脚を望み、毒を盛ることが可能だった者は誰か。…心当たりはどうだ？」

「心、当たり…」

早い旋律を追いかけたせいばかりでなく、息が上がった。心当たりはと問われれば、疑念は確かに胸にある。喘ぎそうな息を抑え、オルテンセは芝を蹴った。

「…僕は、アンジェリカ嬢がなにをしたのか、なにをしなかったのか…、それは、分かりません」

ただ、と呻いたオルテンセを、逞しい腕が引き寄せる。

灰色の眼が、思いがけない近さから自分を映した。

「だけど、ヴァンヘルム様は、僕が…」

この瞬間、アンジェリカ嬢が自ら毒を呷った可能性を考えるのは、即ちオルテンセの冤罪を否定しないということだ。ヴァンヘルムは、無実だというオルテンセの訴えを信じてくれるのか。

戸惑いに瞬いたオルテンセの痩軀を、わっと歓声が包む。一際華やかな和音を奏で、音楽が終わったのだ。

「あ…」

一瞬の静けさを打ち消して、拍手と口笛が嵐のように注ぐ。

中庭の端で踊っていたはずなのに、いつの間にその中央へと押し上げられていたのか。歓声と共にリュート弾きが楽器の腹を叩き、男たちが鋭い口笛を吹いた。

夢中に、なりすぎていたらしい。それは他の客たちも同じだ。芝を踏みしだいて踊った二人に、客たちが惜しみない拍手を送る。

ダンスなんて、これまで何百曲踊ったか分からない。賛辞もまた数え切れないほど浴びてきたが、果たしてこれほど率直な喝采を送られたことはあっただろうか。

「わっ…」

茫然とするオルテンセの足に、なにかがぶつかる。

また、あのちいさな肉球を持つ栗毛の仔犬なのか。どきりとして見下ろした先に、茶色の瞳があった。

「君たちは…」

もこもこした被毛にこそ覆われてはいないが、しかしこちらも仔犬と呼んで差し支えないだろう。

十歳ほどの女児が二人、顔を真っ赤にして立っていた。

「我が花嫁に、贈り物か？」

生憎、ダンスの相手なら私がいるので間に合っているぞ。

真顔で告げたヴァンヘルムが、恐ろしかったのか。きゃん、とそれこそ仔犬のような声が上がる。大人げなさすぎではありませんか、公爵。そうオルテンセが男を窘めるより先に、仔犬の一人が勇敢にも手にしていたなにかを差し出した。

「これを僕に？　ありがとう、お嬢さん」

大人たちに持たされたのだろうか。寄越されたのは、よく熟れた蟠桃《ばんとう》だ。丁重に膝を折って礼を言うと、今度こそきゃああ、と悲鳴のような歓声が弾けた。

「…君は女の扱いも一流だな」

駆け戻って行く子供たちを眼で追って、ヴァンヘルムが鼻面に皺を寄せる。獲物に執着するだけでなく、幼子までを牽制《けんせい》するとは本当に大人げない公爵様だ。

「姫君には、それに相応しい扱いを心がけないと」

涼しい顔で笑ってやりたいが、さすがに踊りすぎて息が切れる。額に浮いた汗を拭うと、ふわりと蟠桃の香りが立ち上った。

木からもいだばかりなのだろうか。緑の葉が残るそれは、オルテンセが知るものよりずっと深く色づいている。その上形も、見慣れないほど歪《いびつ》だ。

傷《いた》んでいるわけでは、多分あるまい。だが汚れといい形といい、齧りつきたいかと言えばどうか。

「オルテンセ？」

はっとして顔を上げると、こちらを注視する影が目に映った。葛藤するオルテンセを、母親たちの元へと戻った少女たちがじっと見ている。その目がなにを期待しているかは、考えるまでもない。

逸れることなく注がれる視線を無視しきれず、オルテンセは意を決して桃に齧りついた。

「…ッ！」

「どうした？」

紫陽花色の目を剝いたオルテンセを、公爵が覗き込む。

淡い産毛に包まれた果皮に歯を立てれば、そこからじゅわりと濃い果汁があふれ出た。瑞々《みずみず》しいそれは、驚くほど甘い。舌だけでなく口腔全体に果汁が染みて、オルテンセは大きく喉を鳴らした。

「どうした。不味《まず》かったのか？」

なんて聞き方をするのか。違うと否定したいのに、声を出す余裕もない。ぶんぶんと足元が浮き上がりそうなほど大きく首を横に振る。それだけでは足りず、気がつけば公爵へと握った桃を突き出していた。

「すすすごいです、これ…！　甘くて…！　公爵様も是非美味しいので食べ…」

食べてみて下さい。

そう続けようとして、ぎょっとする。

駄目だ。

ヴァンヘルムは、何物の味も感じられない。牙を持つ者の舌の上では、全てが砂の味に変じる。唯一の例外は、オルテンセたち甘露の血肉だけだ。

そんな男に、自分はなんてことを。

自分の迂闊さを呪っても、すでに遅い。ぱちりと瞬いた公爵が、鼻先の蟠桃を見下ろした。

「公…」

お許し下さい。そう言って手を引っ込めるより早く、男ががばりと口を開く。発達した犬歯が眼前に迫り、オルテンセはちいさく息を呑んだ。

「っあ…！」

齧りつかれる。がぶり、と。

だがそれは、手や頭にではない。

差し出した蟠桃へと、鋭利な牙が食い込んだ。まさに、獣の如き所業か。健常な歯に囓り取られ、熟れた果肉が男の口へと消えた。

「…確かに、美味いな」

銀灰色の眼が、驚きを示して見開かれる。

高い位置で輝く陽光の加減だろうか。男の虹彩が一色《ひといろ》、ぱっと明るさを増して見えた。

果汁でぬれた唇を舌で拭い、ヴァンヘルムがもう一度大きく口を開く。むしゃりと囓りつかれ、蟠桃から甘い汁がこぼれた。

「ヴァンヘルム、様…」

オルテンセの手に垂れた汁を追いかけて、男が深く顔を傾ける。べろり、と指を舐められ、首筋にまで痺れが散る。

世辞にも、行儀のいい仕種とは言えない。だが豪快に歯を剝き、舌を伸ばす公爵の口元には男臭い色香が滲んだ。

「すまない。君も喉が渇いていたな」

動揺のあまり、じっと見つめすぎたらしい。大きく口を開いたヴァンヘルムが、視線に気づいて動きを止める。桃を支える腕に手を重ねられ、オルテンセははっと首を横に振った。

「違います…！」

確かに蟠桃は魅力的だ。たっぷりの果汁が喉を通る心地好さは、どんな高価な果実にも勝った。こんなに美味しい桃を食べたのは、初めてだ。

「どうした？」

食え、と、手にした蟠桃を示されても、動けない。戸惑い、オルテンセは柄にもなく視線を落とした。

「…申し訳ありません」

「なにがだ」

不思議そうに首を傾けられ、先程までとは違う意味で喉が渇いた。

「…甘いと、申し上げてしまって…」

ヴァンヘルムは、桃を甘いとは感じられない。もしも生まれてから死ぬまでの間に、一度も舌の悦びを得ることがなかったなら。もしも味覚が全く機能しないなら、牙を持つ者はその存在を意識する機会すらなかっただろう。

だが母である甘露の初乳を必要とする彼らは、産声と共に最も美味なるものを味わう。一度与えられた愉悦を奪われるのは、最初から目隠しをされてすごすよりもきっと辛い。舌の快楽に、あるいは人の血肉に対し、牙を持つ者が異様な執着を示すのはこのためだと言われる。

そんな公爵に、自分はどれほど無神経な行いをしてしまったのか。声を掠れさせたオルテンセの腕を、大きな手が摑んだ。

「わ…」

むしゃりと、齧りつかれる。今度もまた、指ではない。大きく口を開いたヴァンヘルムが、手のなかに残る蟠桃を囓った。

「公…」

「美味いぞ」

咀嚼して見せる口元に、皮肉はない。言葉通り美味そうに、公爵が果汁で汚れた下唇を舐めた。

「ほ、本当に…？」

そんなわけが、あるのか。

もしかしたら気づかない間に、自分の指の先でも囓られているのか。恐る恐る手を確かめるが、それは一欠片も欠けてはいなかった。

「信じられないか？」

にや、と笑った唇が、音を立ててオルテンセの人差し指に口づける。垂れた果汁を赤い舌で舐められ、ひゃ、と上擦った声がこぼれた。

「ちょ、ヴァンヘルム様、子供が見て…」

「君が、いるからだ」

果汁を味わった唇が、もう一度音を立ててオルテンセの小指を吸う。嚙むことは、決してない。だが丁寧に関節を舌で辿られ、オルテンセはちいさく息を詰めた。

「君と、こんなうつくしい場所で食えば、なんだって美味く感じられる」

その笑みに、駆け引きはない。

満ち足りた獣のように眼を細め、男が中庭を見回した。

「うつくしい…、ですか…」

短い休憩《きゅうけい》を終えた中庭には、新しい音楽が響き始めている。

陽気なそれに背を押され、花婿であるレオが花嫁の手を取った。客たちから、歓声と拍手が上がる。

二人を祝福する客たちもまた、笑い声を上げながら踊りの輪に加わった。

「私にとっては、なによりな」

賑やかな中庭の向こうには、山の斜面に造られた葡萄畑と、羊たちが暮らす草地が広がっている。

そこには珍しいものも、華美なものもなにもない。ただありふれた景色と、陽気な笑い声があるだけだ。

「レオたちは…、ここの連中の大半は、先の戦で私が世話になった傭兵たちだ。生まれた村を失った者の寄り合い所帯のようなものだが、縁があって、今はここの管理を任せている」

「公爵様が、自ら…？」

傭兵になる者の事情は、様々だ。戦場において、ヴァンヘルムが彼らの力を借りる場面もあったのだろう。だがいわば流れ者である彼らを、公爵である男が自ら領地に招き入れたと言うのか。

目を瞠ったオルテンセに、公爵が風の匂いを嗅ぐように顎を上げた。

「彼らは私を信じ、私につくした。金貨より子供と家畜《かちく》を育てるための土地がほしいと言われれば、応えない理由はない」

お蔭で随分、立派な村になった。

そう笑うヴァンヘルムは、ひどく満足そうだ。

彼らが移り住む以前、ここがどんな場所であったのか。オルテンセはそれを知らないが、ヴァンヘルムが眼を細める通り、今目に映る全てに翳りはなかった。

無論なにもかもが輝きに満ちるばかりではないだろう。苦楽は、どんな場面にも付随《ふずい》するものだ。

だがここは戦場の狂乱からも、宮廷の虚飾からもはるかに遠かった。

「君にとっては、なにもない退屈な場所だろうが…」

「お礼を、申し上げます」

公爵の言葉が終わるのを待たず声を上げた自分自身に、オルテンセこそが驚く。

「なにがだ」

「…お礼、申し上げます。ここに、連れて来て下さって…。こんなに特別な場所に」

ここには豪華な尖塔も、彫刻で飾られた屋敷もない。めえめえと鳴く羊たちのなかに、黄金の被毛のものを見つけることもできなかった。

だがこれほどまでにうつくしい場所を、オルテンセは他に見たことがない。

こんなにも気持ちのよい日差しのなかで、苦しいほど息を切らして踊ったことも、手放しの拍手を浴びたことだって初めてだった。

ここで食べれば、どんなものでも美味く感じる。ヴァンヘルムがそう言う通り、手を汚しながら食べた歪な蟠桃は、宮廷で饗されたどんな高価な菓子よりも甘く、美味しかった。

「公爵？」

眼を見開いている公爵に気づき、オルテンセが首を傾げる。

自分はなにか、誤ったことを口にしてしまっただろうか。あるいはもっと、蟠桃が食べたかったのか。まじまじと自分を見下ろしてくる男の眼が、見たこともない形に瞠られていた。

口までもが、ちょっと開いてしまっているのではないか。発達した犬歯がわずかに覗き、オルテンセはごくりと喉を鳴らした。

「も、もう一つ桃を…」

もらって、参りましょうか。そう尋ねようとした甘露の腕を、強い力が摑んだ。

「っ…」

今度こそ、齧りつかれるのか。悲鳴も上げられず身構えたオルテンセを、逞しい腕が抱き締めた。

「公…」

二本の腕に掻き寄せられ、厚い胸板で押し潰される。きゃああ、と、どこかで女たちの歓声が上がった気がしたが、それよりも明確に、ぎり、と奥歯が立てる軋みが耳へと届いた。

「くそ…ッ。エドの奴が、諦《あきら》めの悪い獣みたいに食い下がりたくなる気持ちも分かる」

なんだかとんでもなく、汚い罵りが聞こえた気がする。驚く痩軀を、力強い腕がぎゅうぎゅうと締め上げた。

「ちょ…、公爵…」

「礼を言うのは、私の方だ」

ぐり、とそれこそ犬のように鼻面を擦りつけられる。声と息とが直接顳顬を撫でて、オルテンセは薄い背筋をふるわせた。

「なに、を…」

「君のためではない」

オルテンセのために、ここに連れて来てやったわけではない。

はっきりとそう否定され、息が詰まる。やはり自分は、誤った言葉を選んでしまったのだ。いや、公爵を喜ばせるための応えを、自分は見極める努力すらしていなかった。衝動のままに礼を口にしてしまったが、それは恥ずべき思い上がりだったのだ。

「当然です。ヴァンヘルム様は…」

「私が、君と一緒に来たかったんだ」

私自身の、ために。

そう繰り返した男が、オルテンセの顳顬へと唇を押しつける。唇に触れたそうに、だがそうすることをせず、公爵の唇がオルテンセの瞼へと口づけた。

「…っ」

「君と一緒にここに来られて、よかった」

瞼へと注ぐそれは、偽りのない本心なのだろう。

部下だった者たちの笑い声と、祝いの日の喧噪。

ヴァンヘルムという男にとって、それがどれほどの価値を持つのか。

オルテンセの父親ならば、路傍《ろぼう》の石同然だと切って捨てるだろう。父以外の貴族たちにとっても、似たようなもののはずだ。彼らが関心を寄せるのは、部下の生活ではなく自らが誇示できる戦果の有無しかない。傭兵の生き死になど、戦場においてですら興味はないに違いなかった。

だが、ヴァンヘルムは違う。恩義には金貨で報い、それで支払いきれなければ自身と土地を削ることも厭わない。貴族の多くは、公爵を獣と懼れる。だが彼らの忠義心こそ、犬にも劣るものだ。

「桃は気に入ったか？」

尋ねられ、手のなかの蟠桃を見る。

ヴァンヘルムが囓ったそれは、まだ辛うじて果肉を残していた。

「はい…！　とっても、美味しかったです」

迷いなくあふれた言葉は、やはり公爵の歓心を買うためのものではない。歪な蟠桃は、嘘偽りなく美味しかった。残る果肉を差し出そうとしたオルテンセから、ヴァンヘルムが腕を解く。

「では、いくつか用意させてから戻ろう」

「戻る…？」

思いがけない言葉に、オルテンセは紫陽花色の目を瞬かせた。

「いくらここがうつくしくても、さすがにこれ以上は退屈だろう。君は十分つき合ってくれた。レオたちも、君が足を運んでくれたことに感謝している」

だから、と続けようとしたその先を聞くことなく、オルテンセが手のなかの桃に囓りつく。

瑞々しい果肉は、やはり舌が溶け落ちそうに甘い。ごくりと大きく喉を鳴らし、オルテンセは果汁に汚れた手を払った。

「オル…」

「参りましょう」

優雅に、手を差し出す。それを馬車へと促すものと、理解したのか。すぐさま伸ばされた公爵の右手こそを、オルテンセは摑んだ。

「っ、おい」

戦場では悪鬼と懼れられる男が、不意を突かれて眼を剝くなど滅多に見られるものではないだろう。堪えきれず吹き出して、オルテンセは優雅に芝を踏んだ。絹の靴はすっかり土で汚れてしまっているが、構うものか。

「武芸大会に行くのは、やはりやめておきましょう」

中庭には、新しい音楽が響き始めている。公爵を中央へと導くオルテンセに、気がついたのだろう。リュート弾きが旋律を速めると、口笛と手拍子が上がった。

ここが宮廷の広間ででもあるかのように、オルテンセが客たちにお辞儀で応える。洗練されたその仕種に、歓声が大きくなった。

「どうせ、僕が勝ちます」

挑発が、ヴァンヘルムだけの専売特許だと思うのは間違いだ。にっこりと笑ったオルテンセに、公爵が灰色の眼を瞠る。だが動きを止めていたのは、わずかな間だ。にやりと笑った男の口元で、鋭利な牙が光った。

「泣くことになるかもしれないぞ？」

　望むところだ。

　旋律に身を任せ、オルテンセは公爵の手を取った。


　調理場には、様々な匂いがある。

　鍋に残るスープや、火種を抱いた灰。壁に吊された野菜や、床に敷かれた藁。混ざり合い積み重なるそれらを、鮮やかな香りが押し退けた。

「すっごくいい匂いですね」

　従者が、感心する通りだ。解かれた包みから立ち上る香りは、指で触れて形を確かめられそうなほどはっきりしている。

「肉桂《ニッケイ》、生姜、オレンジ、クローブ…。さっき摘んできた香草は、ここに置きますね」

　広い調理台へと、アレンが香草で満たされた籠を置く。つい今し方、調理場の先にある薬草園から二人で摘んできたものだ。

「ありがとうございます。僕が自分で買いに行くつもりが、お手間をかけてしまって…」

　十分に乾燥された肉桂の一欠片を、オルテンセが指に取る。辛味のなかにわずかな甘さを感じるそれは、希望した通りの品だ。

「なにをおっしゃるんですか！　お礼を言うのはこちらですよ。大体これ、全部公爵のためのものじゃないですか」

肉桂を収める器を用意しながら、アレンが目を見開いてみせる。てきぱきと動く彼は、やはり若くて根気のある使役犬そのものだ。

「公爵のためになるかどうかは、分かりませんが…」

それには全く確証がない。苦く笑おうとしたオルテンセに、従者がもう一度大きく首を横に振った。

「なるに決まってます。って言うか、もう十分公爵のためになってます」

確信を込めたアレンが、先程下男が届けた籠の一つを引き寄せた。

「昨日オルテンセ様から、欲しいものがあるってお聞きした時、僕、てっきり靴かと思ったんです」

アレンがそう思ったのも、無理はない。

今日オルテンセの足元を飾るのは、紺色に金の金具が光るうつくしい靴だ。昨日履いていた靴が、どうなったか。

絹が張られた高価な靴は、すっかり土で汚れ擦り切れてしまった。

手入れされていない芝を踏み、土を蹴散らして踊ったせいだ。

蘇った記憶に、唇がちいさく綻ぶ。

贅の限りをつくした宴席に出席したことなど、何度もあった。磨き上げられた大理石の床に立ち、王子どころかヴィクトール王に手を取られて踊ったこともある。高名な楽士たちが奏でる音楽を楽しみ、甘い菓子を囓りながら明け方までカードに興じた夜だって数え切れない。

だが、あんなにも楽しい祝いの席に招かれたのは初めてだ。

結局昨日はヴァンヘルムの部下だった者たちが暮らす村落で、日が傾くまで踊り続けた。靴が汚れ、暑くて上着を着ていられなくなっても音楽を追いかけたのだ。

無論汗が流れても、ヴァンヘルムより先に音《ね》を上げるもりはなかった。面白がった客たちに囃《はや》し立てられ、息を切らしながら爪先を弾ませた。結果、先に力つきたのはどちらだったか。オルテンセでも公爵でもなく、楽器をかき鳴らしていた奏者たちこそが、もう休ませてくれと白旗を揚《あ》げた。その様子に男も女も腹を抱えて笑い、オルテンセたちへと惜しみない拍手を送ってくれたのだ。

「靴も結局、新しいものをご用意頂いてしまいました」

「そんなこと当然です！　むしろもっと、公爵様に強請って差し上げて下さい。オルテンセ様、ここにいらしてから一度だって、なにかがほしいなんておっしゃらないじゃないですか」

指摘され、オルテンセが紫陽花色の目を瞠る。

「そうでしたか？」

「そうですよ！　確かに公爵は、オルテンセ様をお迎えできるからって張り切って、あれこれ阿呆《あほ》みたいに貢《みつ》…失礼、節度を忘れて買い込んでいますが、それはそれ。オルテンセ様はお体一つでここに来て下さったんです。本当ならもっとご自身の好みで、なにが必要だとおっしゃって当然なのに」

従者が言う通り、オルテンセは靴どころかまともな服の一枚も持たずこの屋敷に来た。公爵は身の回りの品を潤沢に揃えてくれているが、より多くのものを欲しがる花嫁がいても不思議はないだろう。

これまでのオルテンセの素行を思えば、もっと贅沢を望むはずとアレンが考えるのも無理はなかった。

「輿《こし》入れ準備だとしても、もう十分すぎるほど頂戴しています。靴も、服も、宝石も…。第一、公爵様は僕をここへ連れてきて下さるために、沢山できないご無理をして下さったでしょうから」

昨日屋敷に戻ったのは、日が暮れた後のことだ。

駄目だと分かっていたのに、オルテンセは馬車のなかで眠ってしまったらしい。足が痛くなるまで踊り、その後たっぷりの食事を振る舞われたとはいえ、公爵の前でうたた寝するなどあり得ないことだ。屋敷の寝台で目を覚まして青褪めたが、ヴァンヘルムはまるで苦にした様子はなかった。それどころか機嫌のよい顔でオルテンセの額に口づけて、執務室へと消えたのだ。

今日も早い時刻から、思いがけない知らせが入ったらしく出かけている。同じ屋敷に暮らしているとよく分かるが、公爵は多忙な男だ。平素からそうなのだろうが、オルテンセをあの地下牢から出すために、面倒な借りを作らせてしまったのではないか。オルテンセはそう確信しているが、そんななかでも昨日は時間を割き、自分を村へと連れ出してくれたのだ。

「…アレン？」

公爵様には、感謝こそすれ今以上に望むものなどなにもない。

そう従者に告げようとして、オルテンセがはっと目を剝く。生姜を包み直そうとしていたはずの従者が、声もなく動きを止めていた。その目からは、透明な滴がこぼれている。

「な…っ、君、泣いて…？」

まさかナイフで、指でも切ったのか。あるいは肉桂が目に染みたのだろうか。慌てるオルテンセを手で制し、アレンが目頭を押さえた。

「違います。目から、汗が…」

それはどんな強がりだ。驚くオルテンセの視線の先で、アレンが両手で顔を覆った。

「オルテンセ様が、好感度零《ゼロ》スタートのあの公爵をそんなふうにお気遣い下さるなんて」

あの、と強調される必要が、公爵にはあるということか。あるいはオルテンセが誰かを気遣うなど、泣くほど意外だという意味なのか。いずれにしても、従者としてはいささか辛辣《しんらつ》すぎるだろう。

「気遣いなんかじゃありません。実際にヴァンヘルム様は、僕を助けて下さいました。それだけでなく、昨日は時間を割いて気晴らしにまで連れて行って下さって…」

公爵は、自分のためだと言った。ヴァンヘルム自身が、オルテンセを連れて来たかったのだ、と。

だが実際のところ、ヴァンヘルムはオルテンセのためにあの宴席を選んでくれたのだろう。

公爵の部下だった者たちは、踊る二人に屈託《くったく》のない歓声を送ってくれた。そこには獣を忌《い》み、恐怖におののく響きはない。戦地で命を預け合った者にとって、ヴァンヘルムは人を喰う獣である以前に心酔《しんすい》に値する指揮官だったのだろう。そして戦場を離れた今、公爵は忠誠をつくすに相応しい領主でもあるのだ。

喜びを以て公爵を迎えた彼らは、オルテンセに対しても物見高い目を向けることをしなかった。華やかな装いや、絵画から抜け出したような美貌に騒然となりはしたが、それだけだ。噂の的である毒婦を検分し陰口を叩こうという者は誰もいなかった。

前日に受けた、競技場の前での仕打ちとはまるで違う。

予《あらかじ》め、ヴァンヘルムが部下たちに言い含めてくれていた結果かもしれない。公爵という身分は、それだけのことを可能にするものだからだ。だが昨日会った者たちのおおらかさは、演じられたものとは思いがたかった。容赦なくオルテンセたちを囃し立てた粗雑さも含め、彼らはあるがままの姿でヴァンヘルムと彼が娶るだろう伴侶を迎えてくれたのだ。

そうなる確信があったからこそ、公爵はあの宴席にオルテンセを連れ出してくれたのではないか。このうつくしい場所で食べれば、なんだって美味く感じる。ヴァンヘルムがそう言った通り、あの中庭で食べた蟠桃はどんな高価な菓子よりも甘かった。

「だからって、こんなふうに公爵様のことを気遣って下さる方は滅多にいません。特に、ハールーンの貴族には」

アレンの言葉を、否定することは難しい。

戦時となれば、ハールーンの民は一も二もなくヴァンヘルムを頼りにした。だが男が流す血に、思いを馳せる者がどれほどいるのか。

王弟は常に、戦地では鬼か神が如き強さを示した。貴族たちはその戦果に熱狂し、公爵の牙を讃えながらこうも囁くのだ。

高貴な血を引く、厄介な獣。制御を欠いた、恐るべき人食い。

英雄としてのヴァンヘルムを必要としながら、誰もが不吉な獣からは距離を置くことを望む。生身の人間としてヴァンヘルムを捉える者など、ハールーンの貴族には数えるほどしかいないのだ。

「公爵様のことを、心のない獣と同じだと思っている方々も多いんでしょう。なんの痛みも感じない、魔物だって。そりゃああの方の圧はすごいし、口を開いたと思ったら今度は減らないし、喋るくせに腹のなかは見えないし、おまけに牙は呪われているしで本当に扱いづらい方なんですけど…」

大概な物言いだが、誇張とは窘められない。容赦なく主人の特徴を並べた従者が、でも、と大きく息を吐いた。

「でも、他の誰でもないオルテンセ様が、公爵様を思いやって下さって、本当に嬉しいです」

思いやる。

果たして、自分にそんなことができているだろうか。謙遜《けんそん》とはほど遠い気持ちで、オルテンセは静かに首を横に振った。

「やめて下さい。僕ほど、ヴァンヘルム様からの恩義に報いられていない者もいないのに」

公爵は、オルテンセの命を助けた。

代償は、オルテンセ自身だ。だが公爵が支払ってくれただろうものを思えば、果たしてそれしきで足りるのか。あるいはこの肉体が救出の対価となり得たとしても、昨日の外出に対してはどうだ。

あんな素晴らしい場所での気晴らしを与えてくれたにも拘わらず、ヴァンヘルムはなんの見返りも求めなかった。それどころか、一緒に来てくれて嬉しいと、礼まで口にしてくれたのだ。

気遣いや思いやりという言葉は、自分などではなく公爵にこそ相応しい。

そんな男に、自分は差し出せる財産の一つとてなかった。もしあったとしても、そんなもので公爵を喜ばせられるとも思えない。

では、なにを。

従者がそうしたように、ヴァンヘルムのために涙を流せれば一番なのだろう。血や、それ以外のものだっていい。

だがオルテンセが身を削ることには、限りがあった。自分の肉体がつきたその後でも、公爵を慰めることができるものはなにか。考えた結果、オルテンセはまず従者に肉桂を買いに行きたいと相談した。

「ご安心下さい。オルテンセ様が手ずから香草を摘んで下さったと知ったら、それだけで絶対公爵様、泣いちゃいますから」

年を取ると涙脆《もろ》くなるって、言うじゃないですか。手厳しさを隠さないアレンが、頬に残る涙の跡《あと》をごしごしと拭った。

「不味すぎて泣かせてしまわないよう、頑張ります」

「それはそれでちょっと面白そうですが…。これ、お茶にするんでしたっけ」

「ええ。あたためると、香りも立ちやすいでしょうし」

牙を持つ者の舌に触れると、全ては砂の味に変じる。それが正確にどんな感覚であるのか、オルテンセには知りようがない。

昨日あの中庭で食べた桃は、とろけるように美味しかった。ヴァンヘルムもそう感じると言ってくれたが、しかし毎日あそこに出向いて食事をするわけにもいかない。

よく熟した蟠桃からは、今まで味わったことがないほど濃い香りがした。口に含むより先に芳香が鼻腔を満たし、果肉を飲み下すと瑞々しいそれが鼻から抜けたのだ。

味は、舌のみで感じるものではないのではないか。

無論舌も重要だが、香りも不可欠であるはずだ。父の機嫌を損ねて暖炉《だんろ》の火を奪われると、体調が崩れて鼻が利かなくなった。そうなると、投げるようにして与えられたパンの味も分からなくなる。ヴァンヘルムが、嗅覚の鈍った自分と同じ状態だとは思わない。むしろ公爵には、人一倍鼻が利いている様子もある。

オルテンセと顔を合わせるたび、男はすんすんと鼻を鳴らしその肌や髪の匂いを嗅ぎ回った。そこに混ざる花や香油の匂いに言及する様子からも、嗅覚は十分に優れているのだろう。では食事の匂いに対しては、どうなのか。

食べ物の匂いは認識できても、口に入れた途端消えてなくなる。そうであるなら、ヴァンヘルムが味わう空しさは想像以上だ。

だがもし、わずかでも食事中に匂いを認知できるなら。

香りの強いものや、舌に軽い刺激を残すものなら、公爵もいくらかは楽しめるのではないか。

無論その程度のことを、王家の料理人たちが試みてこなかったとは思えない。すでに失敗した手段だったとしても、所詮は薬草茶だ。公爵を慰める役に立たなかったとしても、害にもならないだろう。

「美味しそうですね。公爵様、面倒事なんか誰かに押しつけて、早くお帰りになればいいのに…」

深くオレンジの香りを吸い込んだ従者が、はっと目を見開く。

「どうかしましたか？」

「いけない！　誰かに押しつける、で思い出しました。一件、お使いに出なきゃいけないんでした」

「間に合いますか？」

公爵の急な外出により、アレンの予定も狂っていたのだろう。尋ねたオルテンセに、従者が慌てながらも頷いた。

「大丈夫です。でも、お茶の試作のお手伝いが…」

「僕こそ一人でも大丈夫です。湯も、誰かに頼んで湧かしてもらいますから。それより早く、出かける準備を」

公爵の屋敷は規模の大きさに比べ、使用人たちの数は多くはない。特に厨房は、主であるヴァンヘルムが美食に情熱を傾けることも、客をもてなすことも少ないせいだろう。オルテンセが育った屋敷に比べても、出入りする者の数は少なかった。

香草茶を試すためだけに、そうした使用人たちの手を借りるのは忍びない。そう思いアレンと二人で厨房に立ったが、彼が出かけるとなれば致し方ないだろう。厨房を飛び出そうとした従者が、あ、と声を上げて足を止めた。

「できる限り早く帰って来ますから、もし…、もしお願いできるなら、試作で淹れたお茶、僕にも一口残しておいてもらえませんか…?」

「一口と言わず、喜んで」

笑顔で頷いたオルテンセに、ぱっとアレンの目が輝く。

いつだって気苦労が絶えない様子の従者が、こんな顔で笑うのは珍しい。ありがとうございます、と大きな声を残し、足音が遠ざかった。

「飲んでくれるのであれば、いくらでも」

そっとこぼした呟きが、厨房に落ちる。

アレンは、本当に自分が淹れた茶を飲んでくれるのだろうか。それは、公爵にも言えることだ。

オルテンセは、毒を用いた罪に問われた。妹の病を偽装するために、自分が魔女と呼ばれる者たちから怪しげな薬を買った事実を、公爵にはよく知られている。

オルテンセには毒を手に入れる機会も、手段もあった。それを理解しながらも、ヴァンヘルムは毒殺未遂がアンジェリカ嬢の狂言である可能性について口にしたのだ。

従者もまた、オルテンセの罪を確信していれば、それが淹れた茶を飲みたいなどとは口にできないだろう。その上行きがかり上とはいえ、こうしてオルテンセを一人で厨房に残しはしないはずだ。

「…一人で出かけて、確かめたいと思っていることはあるけれど…」

ひっそりと唇の奥で呟いて、肉桂を器に取り分ける。

実際のところ、ヴァンヘルムがどう考えているか、それは分からない。

それでもオルテンセの冤罪に言及し、自分を罪人と指弾する者のないあの中庭へ連れ出してくれたことは事実だ。昨日屋敷へと戻る馬車に揺られながら、自分がどれほど深く眠ったことか。

投獄された夜から昨日のあの時まで、あれほどぐっすり眠ったのは初めてだ。それこそ、なにを食べても美味しいなどと感じなかった。だが昨日は舌が溶けるほど甘い桃を食べ、ヴァンヘルムの隣で泥のように深い眠りに落ちることができたのだ。

その一事だけでも、自分は公爵に十分な恩を受けたと言えるだろう。借りは残すことなく、返さなければいけない。

いや、違う。ヴァンヘルムという男のために、なにかを差し出したいのだ。

可能なら、それは与えてもらった以上のものがいい。

自分自身の胸を叩く衝動に、正直に言えば少し戸惑う。これはきっと、危険な兆候だ。自分を冷徹で計算高い毒婦と評してきた連中が知れば、驚くだろう。オルテンセ自身、愚かな考えだと知っていた。

「取り敢えず、まずは試しに生姜から…」

瑞々しい生姜を切ろうとして、裏口の気配に気づく。

廊下に繋がるものではなく、それはつい先程薬草園から戻るためにくぐった扉だ。食材を届けに来た下男が、難儀でもしているのか。明かり取りの窓から見えた人影のために、オルテンセは扉を開いた。

「荷物なら、そこに…」

置いてくれ、と声をかけようとして、動きを止める。

扉の前に立つのは、下男ではない。擦り切れた頭巾《フード》を目深に被った、小柄な女性だ。一見すると、その服装から年老いた物乞いのように見える。だが汚れた頭巾の奥で瞬く目には、見覚えがあった。

「オルテンセ兄様…」

泣き声に近い声が、ふるえながら落ちる。頭巾の奥で、はらりと眩い金髪が揺れるのが分かった。

「エリース…」

それは、ここにいるはずのない異母妹の名だ。

遠くで、犬の声がする。啓示のようなそれを聞きながら、オルテンセは妹の肩へと腕を伸ばした。

記憶のなかの手触りは、鮮明だ。

深く息を吸えば、匂いまでもが蘇る心地がする。黒い被毛から香る、太陽みたいなあの匂い。目を閉じるまでもなく、幼い日の妹の姿が脳裏に浮かんだ。薄汚れた服に身を包んでいても、エリースはいつだって輝くように愛らしかった。その腕が、抱えたもの。

もこもことした仔犬の姿に、唇が綻ぶ。

仔犬の時から、オルテンセの愛犬は随分と足が大きかった。前脚を両手で包むと、ずっしりとした肉球のあたたかに驚かされたものだ。蘇る愛おしさと苦さとに、オルテンセはゆっくりと瞬いた。

涙は、流れない。痛みは眼底よりも、胸の奥こそを刺す。大切な名前を絞り出そうとした時、合図《ノック》の音が響いた。

「オルテンセ様、まだ起きていらっしゃいますか」

開かれた扉の向こうから、アレンが居間を覗き込む。気遣わしげな従者の手元で、蠟燭《ろうそく》の明かりが揺らめいた。

「ええ、まだ…。それより先程、馬の声が…」

長椅子から体を起こしたオルテンセに、アレンが肩を落とす。

「公爵から送られた使いの者でしたが…。まだ立て込んでいて、今夜は帰れないかもしれないと。ただ明日は予定通り祝賀会に出席するから、お待ちにならず早く休んでおくようにとの伝言でした」

「そうでしたか…」

朝早くに出かけたヴァンヘルムは、いまだに屋敷へは戻っていない。先程馬の気配を感じて期待したが、公爵自身が帰宅したわけではなかったようだ。

「エドモンド公のご用でお出かけとのことでしたが…」

エドモンド公は、ヴァンヘルムの叔父に当たる人物だ。先王の弟でもあり、何年か前に体調を崩すまでは宮廷にも大きな影響力を持っていた。今は滅多に人前に出ることがないと聞くが、王弟さえ無視できる人物ではないらしい。

「使いの者も、詳しくは聞かされていない様子でした。エドモンド公のご体調などに変わりはないそうで、その点は安心なんですが…」

不安気に唇を引き結び、従者が深い溜め息を絞る。

「取り敢えず、オルテンセ様は明日に備えて眠って下さい。なにかあれば、馬番が起こしてくれるでしょうから」

「僕は、もう少しだけここにいようと思います」

いいですか、と尋ねたオルテンセに、アレンが茶色の瞳を瞬かせた。

「それなら僕も一緒に…」

「いえ明日のこともありますし、君こそ先に休んで下さい。僕もそう遅くはならないつもりですから」

「でも…」

食い下がろうとしたアレンが、眉間を歪める。一緒に起きていたい気持ちはあるが、オルテンセの指摘も尤もだと思い直したのだろう。

「…では、申し訳ありませんが今夜は先に休ませてもらいます。なにかあったら、いつでも声をかけて下さいね」

「大丈夫です。ゆっくり、休んで下さい」

おやすみなさい、と頭を下げようとした従者が、後ろ髪を引かれる様子で短く唸った。

「どうかしましたか？」

「いえ…。ヴァンヘルム様、今すぐ帰ってこればいいのにと思って。オルテンセ様が淹れて下さったお茶、すごく美味しかったですから」

ここにはいない主を責めるように、アレンが唇を引き結ぶ。

昼間アレンと共に摘んだ香草や香辛料たちは、湯を注ぐと期待した以上に鮮やかな香りを立ててくれた。外出から戻った従者は、約束通りそれらを一緒に飲んでくれたのだ。

「ありがとうございます。明日ヴァンヘルム様が戻られたら、別の組み合わせも試してみましょう」

「本当ですか？　楽しみです…！」

ぱっと輝いたアレンの瞳は、蠟燭の明かりよりも眩く映る。おやすみなさい、と告げた従者が扉の向こうへと消えるのを、オルテンセは長椅子から見送った。

「明日…」

声に出して呟くと、夜の静けさを一層意識させられる。

王城での祝賀会が予定されている明日は、オルテンセにとっても忙しい一日になるだろう。だが茶を淹れられるなら、是非そうしたい。胸の内で繰り返し、オルテンセは椅子から立ち上がった。

時折、風が鎧戸《よろいど》を叩く音がする。昼間は穏やかだったが、日が落ちた今は風が強さを増したようだ。こんな夜に、ヴァンヘルムはどこにいるのか。

確かめる術もなく、オルテンセは床を踏んだ。

扉の向こうに、アレンの気配はすでにない。分かっていながら、オルテンセはそっと扉を開いた。

「馬番は起きていると言っていたけれど…」

廊下に並ぶ窓から、十六夜《いざよい》の月明かりが差し込んでいる。

使用人の数が少ないのは、厨房に限ったことではない。公爵の屋敷は、夜になると深い静寂に包まれた。主が不在の今夜は、尚更だろう。

短い逡巡の末に、オルテンセは廊下へと踏み出した。

長い廊下には、絹の絨毯が敷かれている。足音を殺すそれを踏んで、オルテンセは燭台を手に取ることなく上階へと階段を上った。

更に上階へと進めば、アレンの部屋がある。だが今夜目指すものは、そこではない。暗い通路を抜けた東端にある、オルテンセ自身の私室でもなかった。

月明かりに影を投げかけながら、静まり返った廊下を進む。足を止めたのは、黒い扉の前だ。そこには、派手な装飾はなにもない。だが艶やかに磨き上げられた扉は、館の主の部屋を飾るに相応しいものだった。

「…っ…」

握った把手《とって》から、ひやりとした感触が伝わる。

骨まで凍りそうなその冷たさに、背筋が冷えた。しかしここで、手を放すことはできない。息を詰めて把手を押し、オルテンセは扉の内側へと身を滑らせた。

「あ…」

主が、不在であるせいだろうか。鎧戸が立てられていない窓からは、廊下と同じく月明かりが注いでいる。

広い部屋だ。立派な居間には劣るが、オルテンセに与えられた私室に比べれば、一回り以上大きいだろうか。彫刻で飾られた暖炉と、背の高い棚たちが目に飛び込んだ。

ヴァンヘルムらしいと言えば、きっとそうなのだろう。続き間になった部屋の奥に、簡素な天蓋を持つ寝台が見えた。手前の間に置かれた机には、大きな地図や資料が広げられたままになっている。その上に無造作に転がるのは、革袋や遊戯用の駒たちだ。

ここ以外にも、公爵は階下に執務用の部屋を持っている。寝室を兼ねるここは、公爵の私室だ。初めて足を踏み入れる室内からは、ヴァンヘルムの生活の気配が色濃く感じられた。

「ここが…」

声に出さず呟いて、床を踏む。

月明かりがあるのは幸いだ。足音を殺して、オルテンセは暖炉へと歩み寄った。

暖炉の右手には、頑丈な棚が並んでいる。足元に据えられているのは、衣装を収めるための木箱だろうか。錠《じょう》前の有無を素早く確かめ、オルテンセは更に奥へと進もうとした。

その爪先が、不意に動きを止める。

「っ…」

心臓が、凍りついたかと思った。

ほんの一呼吸前まで、それは痛いくらい胸を叩いていたはずだ。だが今はざぁっと音を立てて、血の気が下がる心地がする。

「ヴァ…」

ヴァンヘルム様、と、上擦った声をもらさずにすんだのは幸いだ。

そもそも望んだところで、声にできたかは疑わしい。

気配が、した。

肩越しに振り返ったなら、そこになにが見えるのか。いや、なにがいる、のか。

思い描くまでもなく、首筋の産毛が逆立つ。どっと冷たい汗が噴き出るのを感じながら、オルテンセは瞬いた。

「ヴァンヘルム様…」

可能な限り平静に、視線を巡らせる。

わずかに見開くに留めた視線の先には、巨軀があった。

月明かりの下で、それは夜よりも暗い影を引きつれて立っている。

いつから、そこにいたのか。馬の嘶《いなな》きも、廊下を踏む足音も聞こえなかった。扉を開く気配さえ、オルテンセには感じられなかったのだ。

「お帰りでしたか。気づきませんでした」

薄く笑んでみせた声に、ふるえは混ざらない。驚きを示すことは許されても、動揺は命取りだ。

涼しげなオルテンセの声に応え、黒々とした影が床を踏んだ。

「言づけをしたはずだが、一人では眠れなかったか？」

低い声が、問う。そこには疲労の影も、怒気の欠片もない。

常と変わらない男の口吻が、なにを意味するのか。月明かりの下で目を凝らすが、灰色の双眸から
なにかを読み取ることは難しかった。

「眠るために、ここへお伺いしたのではありません」

落ち着いたオルテンセの応えは、少なからず意外なものだったのだろう。ちいさく首を傾げたヴァ
ンヘルムが、右の眉を引き上げた。

「では、どうした」

「ヴァンヘルム様のお帰りを、待ちたいと思いました」

唇が、笑みを含む。

それは、嘘ではない。

公爵の帰りを、待ち侘《わ》びていた。男に尋ねたいことがあったからだ。だがそれを、言葉にすること
はできない。ヴァンヘルムも、同じだろう。最も肝心な問いこそを互いに隠して、オルテンセは灰色
の双眸を見上げた。

「このように早いお帰りとは思わず、驚きましたが…。ご迷惑でしたか？」

「いや」

迷うことなく首を横に振った男が、オルテンセへと手を伸ばす。額へと落ちる髪を掻き上げられ、ぞわりと冷たい痺れが心臓を刺した。

「急いで戻った甲斐《かい》があった」

鋭利な牙を隠す唇から、白い歯がこぼれる。

笑った、のだ。初めてぎくりと、オルテンセの肩がふるえる。思わず後退《あとずさ》ろうとしたのは、駆け引きの結果などではない。がち、と奥歯を鳴らした痩軀を、逞しい腕が引き留めた。

「ヴァ…」

「いつでも部屋を尋ねてくれと言ったのは、私だ」

自らの言葉を辿った声音が、鼻先に迫る。口づけたそうに動いた唇に、冷たい汗が背中を流れた。

「お前が尋ねてくれて、嬉しい」

その声に、偽りはない。

だからこそ、恐ろしかった。

恐ろしいと感じる自分自身にも、動揺する。こうした場面でこそ、感情を制御しなければいけない。

無実の罪で捕縛された時も、斬首を言い渡された瞬間も、オルテンセは決して取り乱しはしなかった。

混乱こそが、自分を窮地に陥れる毒だと知っているからだ。

「それが、どんな理由に因るものだろうとな」

捜し物は、見つかったたか。

低く耳殻《じかく》へと注がれた声には、やはり皮肉は滲まない。

瘦軀を強い腕で引かれ、踏み止まることができず蹈鞴《たたら》を踏んだ。

「っ…」

視界が傾いで、距離を取ろうともがいた体が仰向けに崩れそうになる。力で勝てる相手ではないのだ。縺れるまま、追い詰められる形で背中から机へと乗り上げた。

「公…」

身を捻《よじ》り床へ降りようとしたが、膝の間に割り込まれると身動きが取れなくなる。両肘が天板を打って、遊戯盤の駒や小箱が音を立てて床へと落ちた。

「お許し、下さい…」

逃げ果《おお》せないのならば、覚悟を決める他ない。ふるえそうになる声を堪え、オルテンセは紫陽花色の双眸を歪ませた。

「愚かな行いとは思いましたが、一刻も早く…、王子に指輪をお返ししたいと…、そのために…」

王子からオルテンセへと贈られた指輪は、いまだこの屋敷にある。

祝賀会より先に、それを手放してしまいたい。その一心で、許されないことと知りつつ公爵の部屋を訪ねた。

だがそれは決して、ヴァンヘルムの利益を損なおうとした行いではない。むしろ公爵の立場こそを、考えた結果だ。

そう訴えようとしたオルテンセの唇へと、男が人差し指を縦に翳した。

「指輪などいくらでもくれてやる。だがお前が探していたのは、そんなものではないだろう？」

深く覆い被さる男の体軀が作る影は、不吉な夜そのものだ。月明かりを斜めに受けて、灰色の双眸が光を弾く。

漆黒《しっこく》のなかに、それは銀色の光沢を帯びて映った。恐ろしいほどうつくしいその色は、果たして人の身に宿せるものなのか。押し潰されそうな夜の底で、牙を隠す唇が笑った。

「甘やかされて育ったご令息そのものの顔をしながら、君は私のような獣を前にしても睫一本揺らさず本心を偽ることができるのだから、惚《ほ》れ惚《ぼ》れする」

「違…」

オルテンセの抗弁など、必要としないのだろう。無骨な親指が甘露の唇を、そして瞼を辿った。

「宮廷で跋扈《ばっこ》する貴族たちは勿論、私の部下だった者たちのなかにも、君ほどの胆力を備えた者は少ない。君ほどの、聡明さもな」

鬼神と懼れられる公爵も呆《あき》れるほどの、嘘つきだということだ。

実際のところ、それを否定する言葉をオルテンセは持たない。

どんな状況下であれ、無防備に本心を晒すことは己が身の助けにならなかった。この瞬間は無論、父の前でも、兄弟の前でも、それ以外の者の前でも同じことだ。

笑みを含んで、本心を隠す。手の内を秘匿《ひとく》できれば、それだけ優位に立つことができた。その上で、相手が見たいと願うものだけを見せるのだ。それがオルテンセ自身の真実からどれほどかけ離れていようとも、そうすることで生きながらえてきた。

「…お褒めに与《あずか》ったと考えて、よろしいのでしょうか」

こんな状況でも皮肉を返せる冷静さこそが、気に入っているとでも言いたいのか。にたりと、男臭い唇が笑った。

「勿論だ。その胆力も、聡明さも、うつくしさも、研《と》ぎ澄まされた剣に勝る」

だが、と言葉を継いだ男が、形を確かめるように白い頤を掌で包む。華奢な喉仏《のどぼとけ》ごと咽頭《いんとう》を手のなかに収められ、ぎくりと爪先が強張った。

「だが君にも唯一、欠けていたものがある」

守るものがない首筋へと、真っ直ぐな鼻筋が落ちる。体温にあたためられたオルテンセの肌の匂いを探すよう、ふす、と男が鼻を鳴らした。

「冷酷さだ」

血も涙もない、冷酷な毒婦。

それは誰もが知る、オルテンセの渾名だ。だがその自分をしても非情と呼ぶには遠いと、公爵は言うのか。

「公…」

「半分しか血の繋がらない妹を、そして兄だという男を見捨てられれば、君はこの部屋に足を運ばずにすんだ」

妹、そして兄。

平坦に告げられた響きに、抑えようもなく膝が跳ねる。起き上がろうともがいたが、喉の上に置かれた掌は微動だにしない。暴れた足を意に介さず、迷いのない男の手が腰紐《ひも》を探った。

「っあ…、あなた、エリースになにを…」

何故異母妹の、そして異母兄の名を公爵が口にしたのか。最悪の想像に、声が尖る。

ようやく感情を露出させたオルテンセを褒めるように、無骨な手が腿を撫でた。

「さすがだな。察しがいい」

笑みを深くした男が、絹の腰紐を解く。そのまま着衣をずり下げられ、痩躯が撥ねた。

「な、離…！　エリースは…、彼女は関係ありません」

昼間目にした、少女の姿が蘇る。

ヴァンヘルムが彼女の名を口にした意図は、明白だ。エリースは人目を避け、密かにオルテンセを訪ねた。だがその訪問の事実を、公爵は知っているのではないか。

オルテンセを揺さぶるための、当て推量とは違う。エリースの名を挙げたのは、おそらくは今ここに公爵がいるのと同じ理由だ。

あの時オルテンセは、一人で厨房に残されてなどいなかったのだろう。監視の目は、常にこの身に貼りついていたのだ。公爵の館に引き取られてから今日まで、オルテンセの動向は全て掌握《しょうあく》されていたに違いない。

「関係ない？　兄が姿を消したと、彼女は君に助けを求めに来たんだろう？」

確信に、目の前が暗くなる。

公爵が指摘する通りの言葉を、エリースはオルテンセの元へと運んだ。

トマスが戻らない。

涙を堪えてそうオルテンセに訴えた異母妹は、物乞いに等しい姿で屋敷の裏口を叩いた。供の一人も連れず、年若い令嬢が自らの足で王都を横切り、獣と懼れられる公爵の館を訪ねたのだ。どれほどの覚悟が、必要だったことか。

今でこそ侯爵家の令嬢として振る舞っているが、何年も下女同然に扱われてきた身だ。犬小屋で寝起きしてきたことを思えば、汚れた外套を纏って数里を歩くくらい、どうということはない。オルテンセの姿を見つけられるまで、一晩でも待つ覚悟があったと、妹は気丈にもそう笑って見せたのだ。

「エリース嬢はなんと言った？　トマスは、どこにいると」

問いを重ねた公爵の手が、剝き出しにされた膝を押し上げる。同じく靴を奪われた踵が机に触れて、その冷たさに背が撓った。

「…っあ」

「私の身辺を探ろうとして逆に捕らえられ、今は居場所も分からないとでも言われたか」

公爵が、口にした通りだ。

トマスはただ唐突に、姿を消したわけではない。

オルテンセが毒殺の嫌疑をかけられても、異母兄はそれを信じなかった。オルテンセの無実を証明しようと、懸命に手をつくしてくれていたらしい。オルテンセが減刑され、公爵の元に引き取られた後も同じだ。

誰が、アンジェリカ嬢に毒を盛ったのか。

この真相が明らかにならない限り、オルテンセの窮状に変わりはない。

オルテンセは王子の婚約者候補に返り咲く道を断たれ、父親からも見捨てられた。ハールーンの貴族がなにより重んじる名誉の全てを失い、牙を持つ王弟に輿入れするのを待つ身となったのだ。地下牢から出られたとはいえ、そうなってしまえば獣の餌として命を終える他に道はない。

斬首よりも、獣の牙がもたらす死は長引く苦痛を伴うだろう。もしかしたら甘露としての本能が、苦しみさえ快楽に変えるのかもしれない。そうだとしても、命を失うことに変わりはないのだ。

オルテンセを真に救う術は、一つだけ。元凶である犯人を、捜し出すことだ。

情に厚いトマスは、異母弟のためにその身を惜しまなかった。妹の従僕として、また犬の世話係として働く傍ら、アンジェリカ嬢に毒を盛った犯人を捜し続けてくれたのだ。そして昨日、姿を消した。

「ヴァンヘルム様、が…」

嚙み締めようとしたはずの唇から、声がこぼれる。

喘ぐ胸を整えることができず、オルテンセは深く息を啜り上げた。

「あなた、が…、アンジェリカ嬢に、毒を盛ったのですか？」

腹の探り合いが有効なのは、逃げ込める先がある場合だけだ。だがもう自分には、安全圏など存在しない。

率直すぎるオルテンセの問いが、気に入ったのか。笑った男が、ざりりと淡い陰毛を指先で搔き分けた。

「んぁ、っう…」

「そうだと言えば、君は信じるか？」

アンジェリカ嬢が命を落として、得をする者。あるいはオルテンセがその罪に問われることにより、利益を得る者は誰か。

ヴァンヘルムは、後者だ。

貴族たちの面前で、オルテンセは公爵の面子を傷つけた。それなのに噂を裏切る鷹揚さで、ヴァンヘルムはオルテンセを逃がした。オルテンセが王子の寵愛を盾にしたのだから、致し方ない。

だが王子の花嫁候補から転落したことにより、宮廷におけるオルテンセの威光は大きく翳った。そのオルテンセの手から、アンジェリカ嬢に対する毒殺の嫌疑は最後に残ったものも叩き落とした。命、までも。

オルテンセが往生際悪く助命を求めなければ、斬首によってその命は絶たれていた。

その場合も、公爵の復讐は完結する。恥も外聞《がいぶん》もなくオルテンセが公爵を頼った今は、尚更だ。

身のほどを知らず自分を袖にした甘露が、膝を折って擦り寄ってきたのだ。父親にも取り巻きだった貴族たちにも見捨てられ、惨めな餌として己の手元で生きながらえるしかないとしたら、これ以上に愉快な結末はないだろう。

「っ、あなたには、理由が、ある…」

オルテンセを、憎むだけの理由が。

喘いだオルテンセの脇腹へと唇を落とし、男がなんの斟酌もなくその性器へと指を絡めた。

「い、っあ…」

陰嚢《いんのう》ごと陰茎を掌に収められ、ぞわりとした痺れに肩が竦む。甘露とはいえ、オルテンセは男だ。大きな手で急所を握り込まれれば、恐怖が先立つ。そのはずなのに、先端の割れ目を確かめるようにくすぐられると腰が浮いた。

「んァ、っや…」

「君の兄だという男も、そう考えた。だから私につき纏い、結果姿を消した。君やエリース嬢は、そう信じているのだろう？」

それが、事実ではないのか。

ヴァンヘルムが指摘する通り、館を訪れたエリースは涙声で同じ憶測を訴えた。

異母兄は公爵こそが毒を用いた犯人だと確信し、実際その証拠を手に入れかけていた、と。自分が姿を消したら、それは公爵の仕業だ。そう口にして実際に消息を絶ったトマスの行方を、男は知っているのではないのか。

「執念深い獣らしい行いと言われれば、その通りだ。だが実際のところ、理由があるのは私だけか？」

のた打つ痩軀からシャツを捲り上げた男が、手のなかの性器を扱《しご》き上げる。つけ根をくすぐった指でそっと会陰を圧されると、尖った声がこぼれた。

「ひ…ぁ」

皮膚の薄いそこを、平素はほとんど意識することなどない。だがヴァンヘルムの指でさすられると、性器ごとぶるっと腰がふるえてしまう。

「たとえばアンジェリカ嬢。彼女は今回の騒ぎによって、大きな苦しみを味わった。だが君という対抗馬を、ほぼ完璧に追い落とすことができた」

「っ…」

息を詰めたオルテンセに構わず、器用な指が会陰を縦に掻く。いじられているのは、張り詰めた皮膚の上だ。それなのに腹の奥を直接捏ねられているような疼きに、脹ら脛に力が籠もる。伸しかかる巨軀を押し返そうともがくと、左の乳頭を上下の歯で挟まれた。

「あっ、や…」

「エドもそうだ。政治的な理由からアンジェリカ嬢を娶ると決まったが、君にもハーレイ侯爵にも恨まれるのは面倒だ。多少乱暴な手段だが、君を葬れば憂《うれ》いが消える」

探り出すまでもなく犬歯が乳頭を捕らえたのは、それがぷっくりと腫れてしまっているからだ。試すように歯で引かれると、つきんとした痺れが下腹に走る。

「ん…ぁ、う…」

どうして、そんな場所が。気持ちいいはずなどないのに、火花のような痺れはひどく甘い。同時にとん、と会陰を指で叩かれ、重い衝撃が性器の先端にまで響いた。

「ひァ、っん…、ぁ、そんな、必要…」

「あるはずがないと、言えるのか？　君の妹だってそうだ」

エリースの名に、尖った息がこぼれる。

彼女は無事なのか。問おうとしたオルテンセの左胸を、尖らせた舌先がぐりりと小突いた。

ころころと腫れた乳頭が舌に引っかかる感触に、恥ずかしくて息が乱れる。皺を寄せる乳輪の形までを舌で味わわれ、むず痒《がゆ》い刺激に下腹がへこんだ。

「舌、っあ…、退け…」

「君は幼い頃から妹を庇護してきたが、彼女は父親にとっては獣の餌程度の身でしかなかった。それが君の失脚によって、彼女はようやく正式な娘として迎え入れられた。利益を問題にするなら、彼女にも十分な理由があったことになる」

それに、と言葉を継いだ男が、慎ましく窄まる尻の穴をぴたんと叩いた。そんな場所、触れられたくない。そう思うのに、気紛れに指へと力を入れられると、欲しがるように尻の穴がひくついた。恥ずかしさに足をばたつかせると、男が低く笑う。

「んぁ…」

「エリース嬢の兄も同じだ。捕らえられた彼が、我が身かわいさに君を売らないという確証はあるのか？　自分を救うためにありもしない罪をでっち上げて、君をもう一度捕らえろと喚《わめ》くかもしれない」

男の声音が挑発を目的としたものであれば、一笑に付してやることができただろうか。だがそれはオルテンセの不明を責めるものでも、ましてや公爵自身の弁明でもない。あ、と呻いたオルテンセの臍下を、牙を隠す唇が吸った。

「放…、ぁ…」

「今更私に言われるまでもないことだろうがな。用心深い君が、そんなことを考えなかったわけがない」

誰が、この身を陥れたのか。

捕縛された日から今日まで、思い巡らさなかった日はない。

全てが事故で、そもそもアンジェリカ嬢が毒殺されかけたという事実さえないのではないか。あるいは毒が用いられたとしても、狙《ねら》いはオルテンセの失脚ではなかったかもしれない。

そう考えてみたことも、確かにある。だがそれはあまりにも、楽観的な仮説にすぎなかった。

アンジェリカ嬢は賢く、心やさしい女性だ。

トマスが姿を消した今回の件についても、動揺するエリースに気づき尽力を約束してくれたらしい。エリースもアンジェリカ嬢を信じ、彼女の力を借りて本当の毒殺犯を見つけ出す手立てをオルテンセに提案してくれた。

だが公爵が言う通り、オルテンセとアンジェリカが婚約者候補の座を巡って競り合う間柄であったのは事実だ。彼女の父親も婚約を望み、強く働きかけていたと聞く。

またオルテンセを疎ましく思ったエド王子が、一計を案じていたとしても驚きはない。彼は迅速に典医をアンジェリカに差し向け、服毒の経路にオルテンセが関わると断じた。典医の見立てが、王子の意向に即したものであったとしたら、どうか。

指輪を寄越したのは、一時の感情でオルテンセを追い詰めたものの、生き延びた彼を見て憐憫と愛着が蘇ったからかもしれない。半端な罪悪感からそんなものを贈る厚顔さも、エドらしいといえばエドらしかった。

エリースにもそしてその兄であるトマスにも、同様に動機は考えられる。神に仕える機会は遠ざかったが、今やエリースは父親の関心を惹く立場になった。冷遇されてきた妹の出世は、トマスにとっても悪い話ではないだろう。

毒を盛る機会の有無を別にすれば、手酷く袖にされたフィリップとその父親であるロジャー卿もまた、オルテンセを地獄に落としてやりたいと願う者の一人だ。挙げれば、切りがない。宮廷においてこの身の失脚を望まない者の方が、稀なのだ。

「私を疑いながらも、それでも君は私の手を選んだ」

汗ばむ肌に唇を落とし、ヴァンヘルムが尻の穴をやわらかに圧してくる。腰を引いて拒もうにも、とろけようとする甘露の体は重く自由にならない。自分から男の手に尻を擦りつけないだけ、ましだとでもいうのか。

こく、と喉を鳴らしたオルテンセを見下ろし、太い指が肉の輪をくぐった。

「ひ…、っん、あ…」

「私が一番信頼できたからじゃない。むしろその逆だ。最も疑う相手を頼ってまで、君は斬首を逃れようとした」

どうしてだ。

低く尋ね、男が狭い穴で右へ、そして左へと慎重に指を捻る。思いがけず深い場所にまで指が届いて、ぞわりとぬれた興奮が下腹を舐めた。

「ぁ、っ…、好んで、ぁ…、首を、斬られたがる者、など…」

「君は本当に嘘つきだな」

笑い声は、意外にもおおらかだ。

叱る動きで腹側の壁をぐりりと掻かれ、痩せた体が撥ねる。

両足が床から浮いた姿勢では、足を踏み締めて刺激を逃す術がない。逃げ場を探して腰を捻ると、もう一本太い指が穴へと割り込んだ。

「ひァ、あ…」

「君は恩義を理由に、他人同然の妹のためにその身に薬を用いれる男だ。自らの血を流すことも厭わず、必要とあれば一欠片の信用もない獣の懐に飛び込みさえする」

ぬぐ、と並んだ指を深く曲げられ、圧迫感に声が出た。苦しいのに、ぎゅうっと尻の穴が指を締めつけてしまう。もっと刺激が欲しくて、強請りでもするかのようだ。

「っんぁ…、愚か、だ、と…」

喘ぐ唇からもれる声は、もう息と大差ない。囁きに近いそれをもらさず拾い、男がゆっくりと手首ごと指を回した。

「ァ、っあ…」

「違うな。君は、自分を大切にする気がないという意味だ」

異母妹のための薬を手に入れた時、オルテンセは自らの肌でそれを試すことを迷わなかった。他に、選択肢がなかったからだ。

トマスも自分が試すと申し出たが、犬の世話係でもある異母兄は人前で服を脱ぐ機会も多い。面倒な騒ぎを避けるためにも、言い訳に長けた自分が試用するのが一番だろう。それは、自己犠牲から生じた判断ではない。信用に足る者がいれば、オルテンセも他の選択肢を選んだかもしれなかった。

「復讐のためか？」

簡潔な問いは、おそらくは戦場で檄を飛ばすものと大差ない。あるいは、切れ味の鋭い剣そのものか。

躊躇なく胸の内側へと踏み込む響きに、奥歯が嫌な音を立てた。

「自分を陥れた人間に一矢《いっし》報いるまでは生き延びたいと、そう願ったからか？」

「ッ…」

違う。

込み上げた叫びに、鼻腔の奥が鈍く痛んだ。

だが不意打ちのようなそれにさえ、涙は絡まない。むしろ冷たい痛みに、眼底が乾いた。

「…獣ごときに、腹の内を晒す気にはなれないか」

きつく奥歯を嚙んだオルテンセを見下ろし、男が身動《みじろ》ぐ。あ、と身構えた白い膝へと、公爵が音の鳴る口づけを落とした。

「ん、ぁ…」

「だが、それでいい。軽々に人を信じない疑り深さこそが、今日まで君を助けてきた」

顳顬へも唇を寄せた男が、なにかを手に取る。

地図と共に机へと投げ出されていた、革の袋だ。床に落ちることなく転がっていたそれを、公爵が逆さに返した。

「な…」

ごとりと音を立てて、革袋から固いものが落ちる。

月明かりを弾くそれは、硝子の小瓶か。

掌で握り込むには、やや大きいだろう。封蠟の痕が残る瓶を視界に捕らえ、オルテンセはぎくりと背筋を軋ませた。

「あ…、それ、は…」

目にしたのは、初めてだ。だがそれこそが自分が探していたものであることを、直感的に悟る。

何故こんな机の上に。王子から贈られた指輪と同じように、鍵をかけて保管されているとばかり思っていた。これはそうやって秘匿されて然《しか》るべき、品物のはずだ。

「真贋《しんがん》は確かめていない。だがアンジェリカ嬢に用いられた毒の瓶だと、聞いている」

その言葉は、果たしてどんな意味なのか。

ヴァンヘルム自身がこれをアンジェリカ嬢に用いたならば、憶測を交《まじ》えて話す必要はない。薬を飲ませるために、人の手を借りたという意味か。

なんであれ異母妹は、この瓶を公爵が所持していると確信していた。姿を消す前に、トマスがエリースに打ち明けていたからだ。

アンジェリカ嬢に毒を盛ったのは公爵であり、彼はいまだその毒瓶を隠し持っているのではないか、と。

尤も公爵がなんらかの毒の瓶を持っていたとしても、即座に罪に問えるわけではない。ヴァンヘルムが王の前で自供でもしない限り、王弟の立場にある男を断罪できるかは怪しいところだ。

だがそうだとしても、交渉の糸口にはなり得るのではないか。異母兄も、そしてエリースに助言を与えたアンジェリカ嬢もそこにこそ期待し、希望を繋いでいた。

「あなた…、の、持ち物、では…」

「君の問いには、真実で応えると約束しよう。だが、信じなくていい。俺も、俺以外の誰の言葉も信じるな」

淀みなく告げた男が、月明かりを弾く小瓶を一瞥した。

「この瓶は私の持ち物か？　否。私が君の異母兄を捕らえたか？　是《ぜ》。君の異母妹を捕らえているか？　否。彼女を今も監視しているか？　是。君の行動をこれまで監視していたか。…是」

記された文字を、読み上げるにも等しい。逸らすことなくオルテンセを覗き込み、男が深く埋めた指をそっと曲げた。

「っん、ァ…」

「アンジェリカ嬢に毒を盛ったか？　否」

断言した声音が、膝の内側を舐める。ぬぶ、と音を立てて引き出された指に、内腿がふるえた。獣の指で掻き回された穴は、恥ずかしく潤んでいる。穴を拡げるようにもう一度指を押し込まれ、ふるえた踵が男の腰を撲った。

「ぁ…、どうし、て…、これ、を…」

ヴァンヘルムの言葉が真実か否かは、分からない。

だが真偽はどうであれ、何故この瓶をオルテンセに示したのか。

公爵がアンジェリカ嬢の一件に無関係ならば、オルテンセに瓶を見せる利点はない。疑いが深まることはあっても、関与を否定できる材料にはならないのだ。

「君を、愛しているからだ」

真っ直ぐに響いた声には、嘲笑も揶揄もない。

当然のように言葉にして、男が腿の内側をれろりと舐めた。

「……な……」

「言っただろう？　君を初めて見たのは、王城だった。聞くに堪えない悪口が飛び交うなかで、君は臆することなく背筋を伸ばして立っていた」

思い当たることは、山ほどある。

宮廷において、悪意はいつだってオルテンセの間近にあった。

王子の有力な婚約者候補であったオルテンセには、誰もが笑顔で近づいてくる。美貌を、血筋を、教養を褒めそやしながら、皆陰では口汚く罵るのだ。

そうされるだけの理由は十分にあった。取り巻きだったロバートたちが指弾した通りだ。エド王子の寵愛を勝ち取り、それを維持するため、自分は必要とされる手段の全てを講じてきた。熱心な求婚者を斬り捨て、父の政敵を遠ざけ、他の花嫁候補たちを蹴落としてきた。父親が望んだ結果であれ、オルテンセが踏み締めてきたのは怨嗟《えんさ》で焼かれた道だ。ヴァンヘルムが宮廷で目にした自分は、さぞ返り血で赤く染まっていたことだろう。

「君に、興味を持った」

王城で笑うオルテンセの姿を、思い出しているのか。眼を細めた男が、愉快そうに肩を揺らした。

「甘露といえば、隠され守られて生きる者ばかりかと思っていたが、君はあろうことか獣である私に交渉を持ちかけてきた」

無謀さ以上に、オルテンセの厚顔さにこそ王弟は驚いたことだろう。苦さに奥歯を噛むと、宥めるように会陰を親指でさすり上げられた。

「っァ、ぁ…悪食、が、すぎ…」

「頭の回転が速く、口が減らない点にも興味を惹かれた」

そこまでくると、悪食以前の話ではないのか。

満足に動かない足をばたつかせたオルテンセに、公爵が声を上げて笑った。

「肝の据わったその甘露は、私を微塵も信用していないくせに、私の懐に飛び込む覚悟を決めた。獣の口に、手どころか頭を突っ込める者は私の部下にだってそうはいない。挙げ句、彼は傭兵に混じって踊り、手を汁まみれにして桃を囓り、私が最もうつくしいと思うものを褒めてくれた」

「あ…れ、は…」

あの中庭から臨《のぞ》む世界は、本当にうつくしかった。

絢爛さは、微塵もない。子供たちがくれた蟠桃には、土の汚れがついていた。それでもあんなに甘い桃を、オルテンセは他に食べたことがない。あんなにも楽しい祝宴に出席したことも、あんなふうに息を切らして踊ったことも初めてだ。

楽しかった。

宮廷でどんな出し物を前にしても、そう感じたことなどない。きっとあの場所を、ヴァンヘルムがうつくしいと思う理由と同じだ。

どれほど美々しく飾られようとも、王城はオルテンセにとって心安まる場所ではなかった。思いがけない場所から嫉妬の矢が飛ぶこともあれば、背中から悪意に刺されることもある。刃の上で踊ることには慣れていたが、それを楽しむ気持ちは持ち合わせてなどいないのだ。

だがヴァンヘルムが連れ出してくれた祝宴は、本当に楽しかった。

誰かのためでも、なにかの目的のためでもなく、ただただ夢中になって踊ったことなど他にあっただろうか。公爵と共に楽士たちを打ち負かし、割れんばかりの拍手と歓声を浴びたのはつい数日前のことだ。誇らしさで紅潮《こうちょう》したオルテンセを見下ろし、ヴァンヘルムもまた声を上げて笑っていた。

「もっと、見たいと思った」

色んな君の顔を。

無骨な男の手が、そっとオルテンセの顎を辿る。漣《さざなみ》のようなふるえが込み上げて、張り詰めた睫が揺れた。

「公…爵…」

「私は呪われているか？　是。君を、食べたいと思うか？　…これも、是だ」

その真偽は、オルテンセにさえ分かる。否定できる理由は、なにもないのだ。

「っ、ぁ…」

首筋へと寄せられた男の鼻梁《びりょう》をひんやりとしたものに感じるのは、それだけオルテンセの体温が高いからか。ぐり、と鼻面を擦りつけられ、心臓の裏側が冷たく痺れた。

「愚かなものだ」

公爵自身へと向けられたのだろう罵りは、苦い。自嘲を含んだそれに、瞼がふるえた。

「っ、ぁ違…」

愚かさを責められるべきは、自分だ。牙を持って生まれたことも、それ故に男がオルテンセを欲しがらざるを得ないことも、ヴァンヘルム自身の本質には関わりがない。

だが、オルテンセは違った。

オルテンセがここにいるのは、自身が決断した結果に他ならない。自らの行いによって憎しみを浴び、斬首という禍から抜け出るために、公爵を利用したのだ。

「君を手元に繋ぎ止めておくとは、そうした現実を晒すということだ。私の本性は、薄汚い獣か？是。いくら取り繕っても、いずれは露見する。その時、君はどんな顔をするのだろうな」

「ヴァンヘルム…様…」

声を上げようとしたオルテンセの内側から、ずる、と太い指が退く。敏感な場所を捏ね回した指が抜け、ほっと息がこぼれたのはわずかな間だ。代わりに擦りつけられた肉の熱さに、首筋を新しい汗がぬらした。

「待っ、あ…」

ヴァンヘルム自身の手によって摑み出された陰茎が、ぬちょ、と音を立てて穴に密着する。見下ろしてくる灰色の双眸が、月明かりのなかで銀色の光を弾いた。

「それを見る勇気が、私にあるのか…」

唇へと吹きかけられた息に、低い声が混じる。上手く聞き取れなかったその言葉を、尋ね返すことはできない。

「公……」

体重を乗せて押し入られると、目の前が赤く濁る。火のような息に咽頭を舐められ、オルテンセは悲鳴じみた声を上げた。


「大丈夫ですか、オルテンセ様」

背後から伸びた腕に、はっとする。踏み台へと載せた足元がふらついて、オルテンセは強く把手を摑んだ。

「すみません。まだ新しい靴に、慣れなくて」

手を貸してくれたアレンに礼を言い、馬車へと乗り込む。

うつくしい午後だ。青く晴れた空には、薄い雲がやわらかにたなびいている。日が落ちれば冷えるだろうが、今は上着が必要ないほどあたたかい。着飾り、王城での祝賀会に繰り出すには絶好の日和だろう。

だが今日オルテンセが馬車に乗り込んだのは、城に向かうためではない。そのことを不満に思う気持ちは、微塵もなかった。

「…こんな結末《エンディング》なんて、あんまりです」

革張りの座席へと腰を下ろしたオルテンセを見上げ、アレンが唇を嚙む。今日、彼は同乗しないのだ。扉の前に置かれた踏み台に登り、従者が肩をふるわせた。

「ヴァンヘルム様のご寛大さに感謝申し上げていると、お伝え下さい」

むしろ、寛大すぎるほどだ。

オルテンセが目を覚ましたのは、すっかり日が昇った後のことだった。明け方近くまで、公爵の私室で繋がっていたのだ。いつ眠りに落ちたのか、どうやってヴァンヘルムの部屋から運び出されたのか、記憶は所々抜け落ちている。

重い体を引き摺るように目覚めた時、そこに公爵の姿はなかった。

驚いたのは、自分が一人で取り残されていた事実にではない。生きて目が覚めたこと。そして小指一本、この肉体が欠けていなかったことにこそ、動揺にも似た驚きを覚えた。

貴重品を持ち出す目的で、王弟である男の部屋へと忍び込んだのだ。それだけで、十分死に値する。その上自分は、アンジェリカ嬢に対するヴァンヘルムの犯行を問い質したのだ。

公爵が罪に手を染めていれば、それを隠匿するために。そうでなければ屈辱を晴らすために、どちらにしてもオルテンセを生かしておく理由はない。それにも拘わらず、この身は生きて朝を迎えた。

だがそれもここまでだ。

トマスの、そして異母妹への寛大な処遇は嘆願したいが、自分自身はどんな罰でも受け入れよう。覚悟を決めて身繕いを始めたオルテンセの元へ、しかしヴァンヘルムは訪れなかった。

「ご自身で、直接公爵様にお話しされなくていいんですか？」

くしゃりと、アレンが顔を歪ませる。静かに首を横に振り、オルテンセは窓越しに館を見上げた。

「公爵様がお会いにならないとお決めになったのなら、それに従います」

言づけを運んだのは、アレンだ。

ヴァンヘルムからの婚約破棄の申し出は、意外と言えば意外だった。

花嫁という建前すら取り払い、名前もない餌として喰らわれるということか。すぐにそう理解したが、続けられた言葉は違っていた。

「公爵様は、そりゃあ困ったお方です。でもどんな場面でも、怖いくらい冷静な判断を下される方だって、ずっとそう思ってきました。それを尊敬申し上げてきましたが、でも、今回だけは駄目です。こんな、オルテンセ様の身柄をエドモンド公にお預けするだなんて」

オルテンセとの婚約を、なかったものとする。だがオルテンセを、実家である侯爵家に戻すことはしない。代わりにエドモンド公の元へ預けると、ヴァンヘルムはそう伝えてきたのだ。

「命があるだけでも信じがたいことなのに、王の叔父上に当たるお方のご厄介になれるなど、光栄この上ないことです」

戦略家としても名を馳せたエドモンド公は、先の王の弟に当たる人物だ。今でこそ年齢を理由に自らの領地に引っ込んでいるが、現王とヴァンヘルムの教育係を務めたこともあるエドモンド公は、今も宮廷に影響力を残していた。エドモンド公の預かりになるということは、ハールーンでも特に権威のある貴族の庇護下に置かれるということだ。

「ヴァンヘルム様は、ご自身がエドモンド公から引き継ぐ予定の土地だけでなく、爵位までもオルテンセ様にお与えになる旨《むね》の書類もご用意されましたが…」

一体、どんな無茶な交渉の結果なのか。アレンが唸るのも、無理はない。

由緒ある領地の所有者であるエドモンド公には、それを相続すべき実子がいなかった。隣国の姫君だった細君《さいくん》を亡くした後は、再婚を頑《かたく》なに断ってきたと聞く。先王を交えた取り決めにより、エドモンド公の土地とそれに付随する爵位はヴァンヘルムの手に渡ることになっていた。これを公爵は自身を飛び越え、オルテンセに譲ると言い出したのだ。

そんなことが可能なのか。当然、真っ当に考えれば無茶な話だ。だが何人もの法律家とヴィクトール王までを交え、手が打たれたらしい。オルテンセは姓を始めとしたいくつかのものを捨てることになるが、一代に限り広大な土地と財産を相続できることが約束された。

「勿論公爵様のご準備は完璧ですし、内容も悪くありません。祝賀会に合わせてオルテンセ様の減刑が取り消され、改めて冤罪であったとの判決が下るというお話は、本当に喜ばしいことです」

誰が、アンジェリカ嬢に毒を盛ったのか。

その真相は、いまだ明らかにされていない。ヴァンヘルムは、自身を潔白だと言った。ことの真偽を、オルテンセには確かめる術がない。だが公爵はどのような形でかヴィクトール王を説得し、オルテンセが無実であったと世に知らしめることまでを約束した。

「その上でオルテンセ様の身柄がエドモンド公のお預かりとなれば、この国は勿論、海を越えた先のどこでだって、オルテンセ様に無礼を働ける者はいなくなるでしょう」

アレンの、言う通りだ。

これ以上の厚遇など、思い描きようがない。

罪を減じられるのと、罪そのものがなかったとされるのとでは天と地ほどの違いがある。名誉を重んじるハールーンでは、尚のことだ。冤罪だったと王の名で宣言されれば、オルテンセに後ろ指を指せる者はいなくなるだろう。取り巻きだった者たちは勿論、父親であるハーレイ侯爵でさえ今後はオルテンセを悪し様に評するなどできなくなる。

オルテンセは、エドモンド公の土地と名前の相続人となるのだ。

それは、一つの国を得るに等しい。

オルテンセの実家である侯爵家も、十分に美々しい家柄だ。だがエドモンド公のそれに比べてしまえば大きく劣る。肩書きだけでなく、知略で知られたエドモンド公の財産はハールーンの貴族のなかでも屈指と目された。その全てを、公爵はオルテンセのために惜しむことなく手放すというのだ。

「…でも、オルテンセ様はそれで本当にいいんですか？」

深い息と共に絞り出された従者の声が、ふるえる。いや、もうアレンはオルテンセの従者ではない。ヴァンヘルムとの婚約が解消された今、自分は公爵家となんの関わりも持たないのだ。

「名誉も地位も回復して…、戻ろうと思えば、オルテンセ様は宮廷にだってお戻りになれます。でも…、本当にそれでいいんですか…？」

オルテンセが望めば、宮廷は何食わぬ顔でエドモンド公の新たな後継者を迎え入れるだろう。その時のオルテンセは、獣の餌たる花嫁でもなければ、強欲な父親の駒でもない。ことと次第によれば、再び王子の婚約者候補に返り咲く道すら拓けるかもしれなかった。

お前こそが最愛にして最良の息子だと、長兄たちを押し退けて褒めそやす父親の姿が目に浮かぶ。

ヴァンヘルムが自分に与えてくれたものは、ハールーンの貴族であれば誰しもが熱望するものだ。他人を蹴落としてでも手に入れたいと願いこそすれ、無価値だと投げ出す者はいないだろう。

「これこそが、ヴァンヘルム様のご意志であれば」

オルテンセには拒む気持ちも、その力もない。

声をふるわせることもなく告げたオルテンセに、アレンが息を啜る。

「強情すぎでしょう、お二人とも。僕は絶対に嫌です。こんな結末…」

すん、と鼻を鳴らしたアレンが、懐からちいさな袋を取り出す。

明るい場所で目にするのは、初めてだ。だがそれが昨夜ヴァンヘルムの私室で見た、小瓶を収めたあの革袋であることはすぐに分かった。

「それは…」

「公爵様からの、預かり物です。ご安心下さい。薬瓶は入っていません。代わりに、オルテンセ様がこの屋敷で使っていらした宝石類と、エド王子からの指輪が入っているそうです」

差し出された革袋は、ずっしりと重い。

「受け取れません、そんなもの」

「ご不要なら、ご自分で直接ヴァンヘルム様にお返し下さい」

それが難しいことは、無論アレンにもよく分かっているはずだ。だが、譲る気持ちはないのだろう。

袖口で目元を擦ったアレンが、改めて深く頭を下げた。

「お元気で、オルテンセ様」

「…君も、アレン」

泣き顔ではなく、最後ににっこりと笑って見せてくれたのはアレンのやさしさだろう。重い革袋を手にしたオルテンセを確かめ、アレンが踏み台から降りた。

あの祝いの日に中庭で見かけた男の一人が、御者を務めるらしい。彼に声をかけたアレンが、磨き上げられた馬車の扉を閉ざした。

馬が嘶く。その声を聞きながら、オルテンセは二度と足を踏み入れることがないだろう館を見上げた。


辿るべき道は、すでに決していることか。

生まれた瞬間に。あるいは些細な決断の結果として。

オルテンセの場合は、王が判決を下したあの瞬間に決定づけられたのかもしれない。だからこうして再び、冷たい階段を降りているのだ。

知らず、唇に薄い笑みが浮かぶ。酷薄《こくはく》なそれを噛み殺すことなく、オルテンセは磨り減った王城の階段を踏んだ。

地下へと続くそれは、細い螺旋《らせん》を刻んでいる。ちいさな窓しか持たない階段は狭く、ようやく両手を伸ばせるほどの幅しかない。階段を降りた先に延びる通路を、オルテンセは迷うことなく右手に進んだ。

「…誰、だ？」

無人と思われた暗がりの一つから、掠れた声が尋ねる。

日暮れを待つ日差しが、高い位置に穿《うが》たれた窓から注いでいた。満足な明るさとは、とても言えない。それでも蹲《うずくま》る人影を確かめることはできた。

「オルテンセ…？」

床に撒かれた藁の上で、背の高い男が身動ぐ。どこか、怪我をしているのか。眩しいものを見上げるように、異母兄が顔を歪めた。

「トマス…」

ふるえる声が、オルテンセの唇からこぼれる。その響きに、青い目がはっきりと輝いた。

「オルテンセ…！　なんで、こんな所に…」

目深に被った頭巾を外すまでもなく、異母兄には来訪者が誰か分かったのだろう。体を引き起こしたトマスが、ふらつきながらもオルテンセへと駆け寄った。たが、手を取り合うことは叶わない。互いの間には、鉄で作られた格子戸が立ちはだかるのだ。

「公爵様の家の者から、ここだと聞いた。エリースもお前が捕らえられているとしたら、公爵様の屋敷か、ここだろうと…」

王族であるヴァンヘルムが、誰かを拘束するとしたらどこを選ぶか。

エリースが真っ先に挙げたのは、公爵自身の館だった。だが実際アレンが告げた場所は、違う。トマスは王城の地下牢に留められているが心配はいらないと、従者だった青年は教えてくれた。

「ここまでは、アンジェリカ様が手助けを…？」

身の危険を感じていたトマスは、拘束された場合の対処についても準備を怠らなかった。もし自分が罪人として王城に投獄されることがあれば、アンジェリカ嬢を通じて接触を試みてほしい。聡明な異母兄は、そこまで妹に言づけていたのだろう。

「アンジェリカ様も君の無事を祈っているだろうが、僕は直接連絡を取れる立場にない。君がここにいると聞いて、一人で来た」

「一人で？　こんな場所にか？」

トマスが驚く通り、オルテンセは一人でここまで来た。

無事に辿り着けたのは、幸運だったとしか言いようがない。

オルテンセを乗せた馬車は公爵の言いつけ通り、エドモンド公の居城を目指して駆け続けていた。オルテンセをそれなりに知るアレンが同乗していなかったのは、幸いだっただろう。華やかな王都の大路を通りすぎた頃、気分が優れないと声をかけると、御者は素直に信じてくれた。馬の速度を落とし、長い休憩を取ってくれたのだ。

医者を呼んでくれと懇願したオルテンセのために、護衛の一人が馬車を離れた。そして気を揉む御者の目を盗み、オルテンセは体一つで馬車から抜け出したのだ。

御者も護衛も、外敵には十分警戒していただろう。だが深窓《しんそう》の令息たるオルテンセが、男たちを騙してまで姿を消すなど、考えていなかったのではないか。自らを信用してくれた男たちを出し抜いて、オルテンセは王城へと取って返したのだ。

「一体、どうやって…。牢番たちはどうした」

「いくらか握らせて、鍵を借りた」

ここは懲罰《ちょうばつ》ではなく、隔離のための房であるらしい。牢番の数も少ない上に、今日は広間で大規模な祝宴が開かれている。酒瓶と王子から贈られた指輪を差し出すと、牢番はなにも言わず鍵を持たせてくれた。

「さすがオルテンセ様。無鉄砲にもほどがある。薬瓶は…、エリースから聞いただろう？　薬瓶は見つかったのか？」

笑うと、切れた唇が痛むのか。顔を歪めながらも、異母兄が急くように尋ねた。いくらか力が戻ったトマスの声に、オルテンセが迷うことなく首肯する。

「ああ。公爵様が、持っておいでだった」

それはトマスにとって、待ち侘びた応えだったはずだ。鉄格子越しに、澄んだ薄水色の目が輝いた。

「やったな…！　これでアンジェリカ様から王子に、全ては公爵の仕業だったと伝えてもらえれば、お前の冤罪は晴れる。そうしたら俺もここから出て…」

高揚したトマスの声が、半ばで途切れた。唇を引き結ぶオルテンセを、不思議に思ったのだろう。情に厚い異母兄が、心配気に眉間を歪めた。

「どうしたオルテンセ。そんな顔をするな、きっと大丈夫だ。公爵がどう言い訳をしようと、俺も証言する。そうすれば…」

訴えたトマスの手に、オルテンセがそっと自分の手を重ねる。そんなふうに異母兄に触れたのは、初めてかもしれない。重労働に従事してきたトマスの手は、硬く荒れていた。

「話すのか？　真実を、全部」

「勿論だ」

力強く頷いた異母兄の目は、やはり青く澄んでいる。逸らすことなく、オルテンセはそれを見上げた。

「だったら、教えてくれ。…何故アンジェリカ嬢に、毒を盛った？」

それは、真偽を問うものではない。

理由こそを尋ねたオルテンセに、異母兄がぎょっと目を剝いた。

「な…。オルテンセ、お前なにを言い出すんだ」

オルテンセがそんなことを口にするとは、夢にも思っていなかったのだろう。見開かれたトマスの双眸が、薄暗がりでぬれた光を弾いた。

「僕を陥れるためだったのは、分かる。だが、だったら何故僕を…、僕だけを直接狙わなかった。アンジェリカ様は君を助けこそすれ、傷つけなどしなかっただろう？」

アンジェリカは、他人を思いやることができる女性だ。

今この瞬間も、きっとトマスを疑う気持ちなど微塵も抱いていないだろう。いや、疑念そのものはあるのかもしれない。だが王による捜査の際にも、彼女は頑なに誰の名前も挙げることはしなかった。オルテンセが有罪とされた後もそれを支持せず、毒殺そのものを否定し続けている。

毒が混入していたとしたら、それはあくまでも事故だったのではないか。あるいは、特別な事情があってのことに違いない。そう考えるだけでなく、アンジェリカは勇敢にもエリースにまで手を差し伸べた。

人の好さを嘲笑う者も、いるだろう。だがその勇気は、自分には到底真似できるものではない。聖女と呼ばれるに相応しい彼女を巻き込む理由が、どこにあったのか。尋ねたオルテンセに、トマスが双眸を見開いた。

「一体なにを言ってるんだ！　…公爵、か？　公爵になにか吹き込まれたんだな！」

拳を打ちつける代わりに、異母兄が強く格子を摑む。

「なんて言われたんだ!?　あの人喰いに…！　俺が毒を使って、お前のライバルを蹴落とそうとしたって？　その彼女を殺し損ねた挙げ句、大切なお前を絞首台に送りかけたとでも言ったのか？」

「違う。公爵は君こそが犯人だとは口にしなかった」

「だったら…」

だったら、何故。

どんな理由から、自分にそんな濡《ぬ》れ衣《ぎぬ》を着せるのか。

そう訴えたトマスが、くしゃりと顔を歪めた。

「…ずっと、考えてきたことだ。公爵がアンジェリカ嬢に薬を盛るには、人を使う必要がある。そうでなければ、他に機会があったのは、君だ。アンジェリカ嬢に近づくことができ、薬を買うあてがあり、犬の世話を口実にすれば、薬を隠す場所も確保できた。…覚えているだろう？　エリースの病を偽装するために使ったあの薬を、誰が僕に勧めたか」

異母妹の病を偽装するために用いた、あの薬。あれがどんな効果をもたらし、どこで手に入れることができるのか。それを巧妙にオルテンセの耳へと吹き込んだのは、他の誰でもない。目の前の、異母兄だった。

「莫迦《ばか》なことを言うな！　俺がお前を陥れる？　そんなことをしてなんの得があるんだ！」

トマスの訴えは、尤もだ。

異母兄であるトマスに、オルテンセを陥れて得られる利益は少ない。オルテンセがいたからこそ、トマスとエリースは二人揃って侯爵家で長じることができた。そうでなければ、二人はもっとずっと以前に離ればなれになっていただろう。トマスが世話係として妹の側にいられるのも、オルテンセの口添えがあったからだ。

「俺とエリースが今まであの家で生きてこられたのは、お前がいたからだ。そのお前を裏切る理由なんか、俺にはない」

エリースは失脚したオルテンセに代わって、父親の関心を得た。だが、異母兄は違う。もし今後エリースが他家に嫁ぐとなれば、トマス一人が侯爵家に残されることになるだろう。その時彼が後ろ盾として頼れるのも、やはりオルテンセ以外にはいない。

「確かに君に得はない。でも、そうだとしても、僕を苦しめたかったんだろう？」

「な…」

暗がりのなかで、トマスの口が大きく開かれる。

その顔に浮かぶのは、驚愕《きょうがく》だ。だが自分の言葉が誤りだとは、微塵も思わなかった。

「僕を生かし、利用しつくす打算より、君のなかでは憎しみが勝った。…違うか？」

違う、わけはない。

確信が冷たい骨のように、声音を貫く。

「どうして…、そんなことを…」

「理由はきっと、百とある」

数え上げれば、それこそきりがない。トマスに限らず、誰かが自分を憎む理由など、一つ一つ挙げるなどとてもできないのだ。

「いい加減にしろ…！　機会なら、俺以外にだってあったはずだッ！　なんで俺だと決めつけ…」

「君は、ジェイを殺した」

ジェイ。

その名を口にしたのは、久し振りのことだ。囁きに近い声は、やはりひんやりと冷えている。咽頭がふるえそうになったが、涙の気配は空しくも遠かった。

「…ジェイ、って…。そんな…、あいつは…」

異母兄の声こそが、大きくふるえる。

トマスにとって、それは思ってもみなかった名前に違いない。瞬くことも忘れた双眸が、暗がりのなかでぎょろぎょろと輝いた。

「そいつは、お前の…」

「そう、犬だ」

比喩は、何一つ含まれない。

犬。

黒い被毛を纏った、大きな、大きな犬。

歳《とし》を取り、狩りをすることは少なくなったが、常にオルテンセの傍らにあり、献身《けんしん》を注いでくれたただ一頭の犬の名だ。

「違う…！　俺じゃない。あいつを逃がしてやれなかったのは、謝る。だが…」

「ジェイは僕を捕らえに来た連中に、偶然殺されたわけじゃない。騒ぎに乗じて君が殺したんだろう？」

あの、夜。

王の命を受けた男たちが、オルテンセを捕らえるために屋敷へと乗り込んだ、あの夜。

ハーレイ侯爵を始め、家の者は誰一人オルテンセの拘束に抵抗しようとはしなかった。だからといって、男たちの怒りが収まるわけもない。無力な令嬢に毒を盛った、卑劣漢《ひれつかん》。そんなオルテンセを引き立てにきた男たちは、ロバートを含め皆殺気立って廊下を進んだ。父自慢の美術品のいくつかが叩き割られ、悲鳴と怒号が響く。その混乱のなか、同じように撲ち殺された者がいた。

オルテンセの、たった一頭の愛犬。

トマスが世話をしていた、実兄たちの猟犬とは異なる。仔犬の時からオルテンセが手元に置いて育ててきた、番犬だ。

屋敷へと踏み込んできた男たちの気配を察知し、老犬は吠えながら廊下に走り出た。階段の踊り場から聞こえたその鳴き声が、いつ止まったのか。

オルテンセを逃がそうと、トマスが部屋に飛び込んで来た時にはすでに聞こえなくなっていた。誰よりも早く駆け込んできたトマスは、踊り場で老犬とすれ違っていたはずだ。

そしてロバートに拘束され引き立てられる最中に、オルテンセはそれを見た。

瀕死の体を引き摺って、男たちへと飛びかかろうとした黒い犬を。

ひどく、殴られたのか。ぐるぐると唸る黒い犬は、口と頭から夥《おびただ》しい血を流していた。来るな、と叫ぶ声が音にならない。男たちの何人かが、死力を振り絞って進む犬を蹴り上げた。

どっと笑い声が弾けて、断末魔に近い鳴き声が上がる。倒れた犬を踏みつけ、誰かが荷物のように後ろ脚を摑んだ。あの時すでに、愛犬は事切れていたのか。確かめる術もないまま引き摺られるオルテンセの傍らで、男たちが黒い巨体を階段から投げ落とした。

「王の使いたちが、邪魔をするジェイを面白半分に殺したのかと思った。だがそうじゃなかった」

番犬は主人を守りもせず、すでに死にかけていた。役に立たない老いぼれめ。

そう言って笑ったロバートの言葉は、嘘ではないだろう。彼がそんな嘘を吐く理由は、どこにもないのだ。

「君の、その傷」

「これは…」

汚れてしまってはいるが、トマスの右腕にはいまだ布が巻かれている。あの夜、オルテンセは部屋へと入ってきた異母兄が血を流す姿を見た。だがそれが刃物傷であったのか否かまでは、確かめていない。そんな余裕は、なかったからだ。

「ジェイに嚙まれたんだろう？　あの子が大人しく殴られて死ぬとは思えない」

「違う！　これはあいつの噛み痕じゃない。大体どうして俺がかわいいあいつを……」

「僕がジェイを、大切にしていたからだろう？」

大事な、大事な相棒。

物心がついた頃から、オルテンセの世界は全てが利害によって形作られていた。

父を怒らせればパンを取り上げられ、見返りがなければ笑み一つ浮かべる必要もない。大人たちは甘露であるオルテンセを好奇の目で値踏みし、その価値に相応しいと思うものを差し出した。

なにかを得るためには、対価を求められる。そして支払ったもの以上に多くのものを、得ることはできない。

だが、黒い犬は違った。

もこもこした漆黒の毛玉は、オルテンセがただ側にいるだけで嬉しがった。食べ物を与えれば飛び跳ね、それがなくてもオルテンセを裏切ったりはしない。与えたもの以上の喜びを返してくれる、唯一の存在。

無償の、愛情だ。

そんなものがあることを、オルテンセは初めて知った。

「僕を苦しめるために、君は僕が一番大切にしていたものを奪った」

狙いは、間違っていない。

父の愛息としての地位も、王子の婚約者候補の立場も、貴族としての面子も、あの時オルテンセは全てを失った。そのどれもがハールーンの貴族たちが熱望し、死に物狂いで守ろうとするものだ。オルテンセ自身、それらのためにどれほどの犠牲を支払ってきたことか。

だが毟り取られたものを、惜しむ気持ちはまるで湧かなかった。自分が誰かから奪ったように、この手にも長くは留まらなかった。それだけのことだ。もう一度取り返したいとも、思わなかった。

ただ一つを、除いては。

何故ジェイを、助けてやれなかったのか。

何故、やさしい彼が死ななければいけなかったのか。

頭を占めるのは、それだけだ。

悲しみが、悔恨《かいこん》が、心臓から噴き出す血のように後から後からあふれてくる。底の見えない苦痛のなかで、自らを責める言葉はつきることがない。

それにも拘わらず、涙は一滴たりともこぼれなかった。

唯一の相棒のためにさえ、自分は泣けなかったのだ。

「僕が犬を…、たかが犬をどれほど大事にしてきたか、それを知るのは、僕のそばにいた君とエリースだけだ。道具を使っても、彼女に大きなあいつを撲ち殺せるとは思えない」

真実、自分がなにを愛おしく、大切に思っているか。

そんな個人的な感情を、オルテンセは他人に話したことがない。胸の内を正直に吐露するのは、手の内を晒すのと同じだ。たとえ相手がエド王子であっても、オルテンセは無防備に自分の内側を明け渡すことをしなかった。

それでも同じ屋敷に暮らす者たちは、オルテンセが黒い犬を飼っていると知っている。父や実兄たちは、オルテンセの動向になど興味はなかっただろう。だがトマスとエリースは、オルテンセがいかに黒い犬を大切にしているか、それを目の当たりにしてきたはずだ。

「俺にだってできない！　考えてみてくれ。俺がここにいるのは、お前の無実を証明しようとした結果だ。お前を憎んでいるなら、こんな所に入るリスクを冒すわけがない」

「君が動向を探っていた相手は、公爵様じゃない。僕だろう？」

公爵の罪を証明するために、その身辺を探っている。トマスは、そう妹に語っていた。だがそれは、真実ではなかったはずだ。

「な…」

「君は、僕を憎みすぎた」

いや、とオルテンセが自分自身の言葉に首を横に振る。

「僕は君に、憎まれすぎた」

自嘲は、異母兄に対する皮肉でもある。笑みを含んだ唇のまま、オルテンセは紫陽花色の双眸を瞬かせた。

「エリースから、君が捕まったらしいと聞いて驚いた。君は莫迦じゃない。どれだけ真面目なお人好しだろうと、あの公爵に捕まる危険を察知しながら、この僕のために火中《かちゅう》の栗を拾う理由はない。そうするのは、他に目的があるからだ」

「なにを言って…」

「エリースは、兄である君のために危険を冒して僕を訪ねた。アンジェリカ嬢は、君たちに手を貸すと約束はしたが、競技場の前で会って以来、僕に直接接触はしてこなかった」

釈放されたオルテンセの元に、エド王子は豪華な指輪を贈って寄越した。だが今日に至るまで、彼が直接オルテンセに会おうと試みた形跡《けいせき》はない。フィリップやロジャー卿、その他の貴族たちも似たようなものだ。

誰が、何故自分を罠に嵌めたのか。

可能性は、いくつだってあった。

だがそのなかでも、実行に移せたのは誰であったのか。他人の手を借りて成し遂げるためには、財力と、信用のおける共犯者が必要になる。

異母兄には、財力はないが機会があった。だが果たして彼が、自身にも懐いていた黒い犬を殺すだろうか。

疑問はあったが、同時に別の確信もあった。

人を喰う獣と懼れる公爵の尾を踏んでまで、冷酷で嘘つきなオルテンセを救おうというもの好きなどいない。だが、逆ならばいるだろう。

この身を憎み抜く者になら、危険を冒す価値があるはずだ。

「獣と懼れられる公爵に捕まれば、どうなるか。それを分かっていても、君は一時的に身を隠すことも、王都を離れることもしなかった」

囁きに近い声が、冷たい石の床に落ちる。見開かれた異母兄の目が、一度だけはっきりと瞬いた。

「僕を苦しめるため、あのやさしいアンジェリカ嬢に毒を与え、自分に懐く犬まで殺したんだ。思いがけず生き延びてしまった僕が破滅する様子を、今度こそ間近で見たい。その誘惑に、勝てなかったんだろう？」

牙を持つ獣の花嫁となる以上、オルテンセの死は避けがたい。

だがこれほどまでにオルテンセを憎み抜く者ならば、先送りにされた死とそれに付随する苦しみを、今度こそ自らの目で見届けたいと望むはずだ。ヴァンヘルムに気取られそうになっても、簡単に諦めることはできなかったのだろう。

あるいは今度こそ、自らの手で確実にオルテンセを殺そうとしたか。

いずれにしても、悪意を持つ誰かが斬首を免れた自分に接触してくることは、十分に予期できた。だからこそ公爵の館に引き籠もることなく、オルテンセは外に出る機会を逃さずにきたのだ。

「…自分を的にして、周りを試す覚悟だったたってわけか。さすがオルテンセ様らしいな」

笑おうと、したのか。力なく声を揺らした異母兄が、格子戸から指を解いた。

「…お前の言い分は、よく分かった。…もういい。なにを言っても俺を信じる気がないなら、これ以上話すことはない。帰ってくれ」

「ここに残って、どうする」

毒の薬瓶と公爵とを結びつけることができたら、地下牢からの生還も叶う。

トマスは、それを頼みにしてきたのだろう。だがオルテンセの協力を仰げないならば、目論《もくろ》みは外れる。アンジェリカ嬢の助けを借りられたとしても、トマスがここを出ることは容易ではないはずだ。

「たとえ死ぬことになったとしても、お前のために審問の場で、本当のことを話す」

「僕のため？」

「そうだ。アンジェリカ嬢に毒を盛ったのも、親切面してお前を餌にしようとしているのも、全部同じ男だってことをな」

話はこれで終わりだと言いたいのか。軋るように吐き捨てたトマスが、格子戸を離れる。背を向けようとした異母兄にも分かるよう、オルテンセは自らの懐を探った。

「オルテンセ…」

取り出したものがなにかは、トマスの目にも明らかだったのだろう。ずっしりと重いそれは、牢番から預かった古い鍵だ。

「これ以上、関係ない誰かを巻き込むのはやめてくれ」

鍵穴へ、手のなかの鍵を差し込む。

ゆっくりと回すと、がちゃりと固い音を立てて錠が外れた。

「関係ないわけがあるか。公爵は薬瓶を持っていたんだろう？　あの人食いこそ、お前の苦しみを一番間近で見られる立場じゃないか。それなのに、どうしてあいつじゃないと言えるんだ」

トマスの訴えは、当然のものだ。だが頷くことは、できなかった。

「僕を信じ、約束してくれた」

こんな陳腐な言葉が、他にあるだろうか。

宮廷で耳にしたものなら、オルテンセこそが一笑に付しただろう。そんな言葉に、騙される莫迦はいない。だが、オルテンセは信じた。それが全てだった。

「約束？」

眉根を寄せた異母兄に、頷く。

「公爵は、僕には真実を話すと約束して下さった」

「…なにを言ってるんだ、オルテンセ」

驚きよりも、トマスの目が奇怪なものを見る形に歪む。その双眸に自らを映し、オルテンセは扉を開いた。

「公爵は、アンジェリカ嬢に毒を盛ってはいない。君を拘束し、僕を食べたいと考えてはおいでだが、薬瓶は彼の持ち物じゃあなかった」

返ってきたのは、沈黙だ。

不意打ちでも喰らったように、異母兄がオルテンセを見る。二度三度、それがぎこちなく瞬いた。

「…信じたのか、それを」

嘘だろう。そう言いたげにこぼされた問いに、もう一度頷く。

誰も信じることなく、自分自身を守れ。ヴァンヘルムは、そうも言った。

だがオルテンセは、公爵を信じた。

疑う理由をいくつ挙げても、男の言葉を嘘だと退けることができなかったからだ。

そうしたく、ないだけかもしれない。

そもそも薬瓶を探すため、公爵の部屋に入ったのも同じ理由からだ。

トマスが姿を消したのは彼に拘束されたからではなく、危機を察知して逃げただけではないか。そしてヴァンヘルム自身、薬瓶など持っていないのではないか。

異母兄が、そしてヴァンヘルムがこの奸計《かんけい》とは無関係だという裏づけが欲しくて、自分は公爵の部屋へと忍び込んだ。

愚かだと、分かっている。公爵が、言った通りだ。

自分が本当に賢く冷徹な人間であれば、異母兄妹を諦め、ヴァンヘルムを疑い、エドモンド公の元に運ばれることも、この地下牢に降りることもなく姿を消せていただろう。

そうできなかったのは、ヴァンヘルムを信じる気持ちを殺せなかったからだ。

「罪を犯した以上、それを償う必要がある。できる限り寛大な裁きが下るよう、僕からも公爵だけでなく、王にも働きかけることを約束する。だから…」

だからこれ以上、誰も傷つけるな。

そう続けようとしたオルテンセの視線の先で、異母兄が肩をふるわせた。

「トマス…」

両手に顔を埋めたトマスの指の隙間から、呻きがもれる。

泣いて、いるのか。

聡明な異母兄が、己が運命の行き先を悟れないわけはない。そっと伸ばしたオルテンセの手を、荒れた手が掴んだ。

「っあ…」

「俺、を…」

絞り出されたトマスの声は、嗚咽《おえつ》に等しい。

だがそのふるえは、涙に因るものではなかった。

笑って、いる。堪えきれないといった様子で、トマスが体を揺らした。

「トマス…」

顔を歪めたオルテンセが、滑稽《こっけい》だったのか。体を折ったトマスが、げらげらと声を上げて笑った。

「傑作《けっさく》だな…！」

唇を歪めた異母兄が、吐き捨てる。

歪に吊り上がった口角の形は、見慣れた異母兄の顔貌とはまるで違った。いや、よく知っていると考えていたことが、間違いだったのか。白い歯を剝き出しにし、トマスが腹を抱えて笑った。

「誰のことも信じなかったお前が…、血が繋がってようが、あんだけ長い時間一緒にいようが、使用人が産んだ俺のことなんか少しも信じなかったお前が、爵位があるってだけで人喰いの獣を信じようってか！」

怒声が、真正面からオルテンセを撲つ。ぎりぎりと食い込む指の強さを間近に感じ、オルテンセは大きく首を横に振った。

「爵位は関係ない。ヴァンヘルム様は僕を信じて…」

「黙れッ！」

叫び、トマスが摑んだ腕ごと痩軀を突き飛ばす。踏み止まれずふらついた体が、肩から石の壁にぶつかった。

「ッ……」

「こんな所までのこのこやって来たと思ったら、犬だご令嬢だ、下らねえ話ばっかり聞かせやがって」

悪意が声を得たとしたら、きっとこんな響きだろう。尤もそれは、オルテンセにとって初めて浴びせられるものではない。怒りに歪んだ碧眼が、オルテンセを睨めつけた。

「お前を嫌ってたかだって？　当たり前だろう。ずっと、大ッ嫌いだった」

弱い光のなかで、トマスの双眸が鮮やかな青色に輝く。それは色こそ違えど、互いの実父であるハーレイ侯爵によく似ていた。

「いつだって、俺を見下しやがって！」

怒鳴ったトマスの腕が、もう一度オルテンセを突く。背後は固い壁だ。ごつ、と鈍い音を立てて背中がぶつかり、外套越しに石の冷たさが肌を焼いた。

「ッ…、見下してなんか…」

「自覚もなかったんだろ？　俺がどんなにお前につくしてやっても、お前は感謝もしねえ。お前が恩義を感じてたのは、妹だけだもんな」

妹の名前にすら、トマスが忌々しそうに顔を歪める。

「なにを言ってるんだ」

「あの時、お前の犬を助けたのはエリースだったからな。だからお前は約束通り、あいつを援助し続けてきた。俺は、ただのおまけだ」

十年以上前の、夏の日のことだ。

まだ仔犬だったジェイは庭に出て、兄たちの犬が暮らす犬舎へと迷い込もうとしていた。

そもそもジェイは、毛色が醜いからと長兄が棄てた仔犬だ。犬舎の周りをうろつくジェイに気づいた兄の取り巻きが、石を投げつけた。

ひゃんひゃんと鳴いて逃げる犬が、おかしかったのか。長兄がふざけて、矢を射かけた。必死に家畜小屋へと逃げ込んだ仔犬を見つけたのが、エリースだ。彼女は勇敢にも、黒い仔犬を長兄たちの目から隠した。

弓を手に怒鳴り散らす長兄とその取り巻きを前にしても、エリースは沈黙を守ったという。トマスの手助けもあり、黒い仔犬はその後無事オルテンセの手に戻った。

エリースは、そしてトマスは、オルテンセの恩人だ。

それまで二人の存在に気づいてはいたが、きちんと口を利いたのはあの時が初めてだった。以来エリースとその兄を、オルテンセは特別な恩人として遇してきたつもりだ。

「俺は侯爵の息子として、お前の従僕…お前に信頼される、お前の相棒になりたかった。あんな使用人の女が産んだ、とろい小娘の世話係じゃなくてな！」

吐き捨てたトマスが、燃える目でオルテンセを睨めつける。

暗がりでさえ仄白《ほのじろ》く輝くオルテンセの肌の色を、目に焼きつけようと言うのか。まじまじと視線を注ぐまま、異母兄が暴く動きで腕を伸ばした。

「それなのにお前が心底信用してたのは、あの犬だけだ」

煤《すす》で汚れたトマスの手が、傷のないオルテンセの頬にぞろりと触れる。

「俺はずっと、お前にとって犬以下だった」

「比べたことなんかない」

その言葉に、嘘はない。異母兄を犬に劣るなどと思ったことは、一度もないのだ。

「はっ！　俺はちゃんと知ってたぜ？　俺を選んどきゃよかったのに…。折角だからその大事な犬と一緒に送ってやろうとしたら、まさかおめおめ生きながらえやがるとはな」

肩を揺らして笑ったトマスが、オルテンセの首筋へと鼻面を埋める。異母兄の体を押し返そうにも、壁に挟まれてしまえば逃げ場はない。大きく肺を膨らませたトマスが、顎を上げて頭上を示した。

「今夜は上階《うえ》で貴族どもの祝賀行事があるんだろ？　もう今のお前には関係がねえが…」

トマスが言う通り、今頃頭上の王城では王の在位を祝う祝宴が始まっているはずだ。

華やかな音楽も喧噪も、この湿った地下牢までは届かない。同じ王城内であるにも拘わらず、広間とここでは文字通り雲と泥ほどの違いがあるのだ。

「どんな気分だ？　誇り高い貴族様がこんな生き恥を晒すなんて。ハーレイ侯爵様も、さぞがっかりしただろう」

高潔なハールーンの貴族らしく、判決を下されたなら堂々とそれを受け入れるべきだ。

かつて取り巻きだった男も、過日同じ言葉でオルテンセを責め立てた。

父親も当然、そう思っていることだろう。恥ずべき罪に問われたとしても、オルテンセが潔く死んでさえみせればまだ体裁は保たれたはずだ。それがまさか、宮廷内の禁忌といえる王弟の力を借りてまで、無様にも生き延びるとは。

お前が死んでさえくれていれば。果たして何人の者が、斬首を免れたオルテンセにそう唾を吐いたか。思い描くと、肩が揺れた。

「君の、言う通りだ」

笑みを刻んだオルテンセの唇に、外套を剝ぎ取ろうとしていた異母兄が手を止める。

「…あ？」

「君の言う通り、潔く死んでおくべきだったんだろう。そうするつもりも、あった…」

無実を訴えたのは、それが本当のことだったからだ。

だが斬首の判決が揺るがないと知った時、オルテンセの心は不思議と凪《な》いでいた。

父親の野心のためとはいえ、今日までどれほどの者たちを踏みつけてきたか。もう顔も思い出せない相手だけでなく、身近な者からさえ死を願われるだけの理由が、自分にはあるのだ。

報い。いや、順番が巡ってきただけかもしれない。判決が下された以上、無様に取り乱すことなく、死を受け入れよう。

そう考えた時、オルテンセの心の一部は確かに死んだ。

いや、ずっと死に続けてきたのか。そして同時に、息を吹き返すものもあったのだ。

「人喰いに尻尾を振ってまで生き延びておいて、よく言うぜ」

「君が、ジェイを殺したからだ」

囁きに近いそれは、自分でもぞっとするほど甘く、そして冷たく響いた。

「…なんだと？」

ぎらりと双眸を光らせたトマスが、オルテンセの顎を鷲摑む。硬い指に力を込められ、白い喉が反った。

「何故彼が死ななければならなかったのか…、誰がなんのために起こした騒ぎのせいで、ジェイが死ぬことになったのか…、それを知りたいと思った」

斬首が、退けがたい結末であるのならば。

死の影が、すでにこの身を覆っているのなら。

ほんの、短い時間でもいい。この世界でたった一頭、オルテンセに全幅《ぜんぷく》の信頼を寄せ、全身全霊で愛してくれたあの黒い犬のために、生きよう。父親に叱責され、誰に石を投げられても構うものか。

その決意だけを胸に、オルテンセは王弟を呼んでくれるよう、牢番に願い出たのだ。

「…なにが言いたい」

「トマス、君は賢い。何年もかけて策略を巡らせる頭脳も、それを実行に移す力もあった。正妻の子だってだけでぬくぬく育てられた僕たちより、自分の方が余程ハーレイ侯爵の地位に相応しい。そう腹を立てるのも無理はない」

だが、と言葉を継いで、オルテンセは紫陽花色の瞳に異母兄を映した。

「だが君が過信するほど、君は完璧じゃなかった。あの時、犬さえ殺さなければよかったのに。そうすれば、僕は父の愛息らしく首を刎ねられていた。今回だって僕を苦しめることに固執せず、公爵から逃げる決断さえできていれば、君は計画を完遂できたのに」

計画を台なしにしたのは、他の誰でもない。トマス自身だ。

加減なく斬って捨てれば、異母兄の眦がきりきりと吊り上がった。

「言わせておけば…！」

力任せに振るわれた拳が、外套越しにオルテンセの腹を撲つ。

火花のような痛みが、全身で弾けた。続けて肋《あばら》を撲たれ、どん、と壁にぶち当たった体が大きく傾く。

「…っう…」

崩れ落ちそうになった痩軀を、乱暴な腕が摑んで引き上げた。苦痛に歪んだオルテンセの頰を、トマスがべろりと犬のように舐める。

「こんな時も、お前はいい匂いがするんだな…」

ぞわりと込み上げた吐き気に、オルテンセは痛みのなかで身を捻った。

「放…」

「犬小屋の匂いとは、雲泥の差だ」

そこは、トマスが育った場所だ。犬のために建てられた小屋の一角で、幼い兄妹は暮らしていた。出会った頃、彼らの肌と髪にはどんな匂いが染みていたか。それはオルテンセも、よく覚えている。

「こんないい匂いをさせながら、あの人喰いと交尾したんだろ？　犬みてえに」

笑ったトマスが、かじ、とオルテンセの耳を囓る。距離を取ろうにも、鍛えられたトマスの体軀は重い。気色の悪さに首筋が痺れて、オルテンセは力任せに異母兄の顔を押し返した。

「っ放…」

「貴族様だ、甘露様だって言うが、一皮剝けば結局俺たちと同じ、犬以下の…」

淫売だとでも、続けようとしたのか。下腹を手探りした異母兄の声が、半ばで断ち切られる。

驚きに見開かれた青い双眸が、鼻先がぶつかるほどの近さで瞬いた。

「な…」

信じられないものを見る目で、トマスが自分の脇腹を、そしてオルテンセを見る。

白いオルテンセの手のなかで、冷たい刃が光を弾いた。

「お前…」

肉を裂く感触が、まざまざと手に伝わる。

握り締めたのは、鋭利な刃を持つ短刀だ。外套の内側に隠し持っていたそれを、オルテンセは迷うことなく異母兄へと突き立てた。

「ッ…！　こ、の…！」

茫然とトマスが立ちつくしていたのは、わずかな間だ。我に返った男の口から、咆吼が迸《ほとばし》る。

怒りに任せて振り回された腕が、横薙《な》ぎにオルテンセの顳顬を撲った。

「つが…」

踏み止まることができず、今度こそ音を立てて痩軀が床に落ちる。ごつりと鈍い音が全身に響き、焼かれるような痛みが散った。

「舐めた真似しやがって…！　どこまで俺を拒めば…」

「ぁ…、死ぬ…、覚悟なんだろう…？」

口のなかに嫌な味が広がって、痛みで息が継げない。肩が、背中が、頭が、腹が、がんがんと痛む。

それでも呻きを噛み殺し、オルテンセは立ち上がろうともがいた。

「あ…？」

血の流れる脇腹を、トマスが左手で確かめる。

手探りで突き出した刃は、異母兄の脇腹を裂きはしたが致命傷には遠かったのか。それでも見る間にシャツを染めた鮮血に、トマスが大きな舌打ちを鳴らした。

「ここに捕らえられた以上…、僕が協力しても、しなくても…、外に出られないとなれば、君は、死ぬ覚悟だったんだろう…？　僕、一人だけならまだしも…、公爵も…、場合によってはエリースも、みんな巻き添えにして」

捕らえられた異母兄が我が身かわいさに、君を売ることは決してないと、あるいはありもしない罪をでっち上げ、君をもう一度捕らえろと喚いたりはしないと、そう断言できるのか。昨夜、侯爵はそうオルテンセに尋ねた。

きっとそれは、ただの仮説や憶測ではなかったのだろう。

オルテンセのために公爵の罪を告白すると、異母兄が口にしたのと同じだ。

周到なトマスが、計画が破綻《はたん》し、自身が罪に問われる場面を想定していないはずがない。

そうなった時、トマスはどう出るか。

自分の罪をありのまま告白する気など、毛頭ないだろう。

むしろオルテンセの罪を、そしてヴァンヘルムの関与を、あるはずのないエリースの企てすら、申し立てる気ではないのか。実際に捕まったトマスは、それを公爵にほのめかしていたのかもしれない。

オルテンセに執着を燃やし、世界を呪いつくす男が、一人静かに舞台を降りるはずがないのだ。

「だったらなんだ。ここで俺を殺して口を塞ごうってのか？　そんなことをしたら口封じを疑われて、今度こそお前も縛り首だぜ」

オルテンセが握り締めた短刀を見下ろし、トマスが歯を見せて笑った。甘露ごときに刃物を向けられたところで、怯む理由はないのだろう。

「そうだとしても、これ以上君に誰かを傷つけさせるわけにはいかない」

「刺し違える覚悟か。悪くはないが、そいつは無理な話だぜ？」

吠えたトマスが、腕を突き出す。

握った短刀ごと体重を乗せてぶつかるが、撲たれた体には十分な力が入らない。そうでなくても、荒事の経験はトマスが勝るのだ。乱暴に摑みかかられ、視界が傾く。

「ッぐ…」

床に落ちまいと組みつくと、左の脇腹に拳がめり込んだ。

痛みで目が眩んだが、刃を取り落とすことだけはできない。手が切れる危険を厭わず短刀を突き立てると、怒声が爆ぜた。

「この、死に損ないがッ」

異母兄の膝が、斟酌なく鳩尾を蹴り上げる。呻いたオルテンセの喉を、頑丈な手が摑んだ。

「げ…、ぁ」

縺れるまま、二つの体が床に転がる。白い首に手をかけた異母兄が、立ち上がろうともがく痩軀に馬乗りになった。

「っ、ァ退…」

「軟弱な貴族のご令息にしちゃあ、お前はよく頑張ったぜオルテンセ。それに免じてお前や人喰い…、あのくそ公爵様が、アンジェリカ嬢どころか王子の毒殺を企んでた…、なんて自白するのはやめてやるよ」

笑うように揺れるトマスの息が、唇の真上を撫でる。

短刀が、抉ったものか。深く裂けた異母兄の左肩から、どくどくと赤い血があふれて落ちる。べっとりと血にぬれた手が咽頭に食い込んで、オルテンセは両足をばたつかせた。

「が、っト…」

苦しみにのたうつ美貌を、真下に見下ろすのがたまらないのか。恍惚の形に唇を歪ませ、トマスがオルテンセの頬をべろりと舐めた。

「代わりに、俺はお前を殺してここを出て行く。安心しろ、寂しい思いはさせない。すぐにあの人喰いも、罠に嵌めて始末してやるよ」

お前のために。

ぐ、と指に力を込められ、窒息《ちっそく》の苦しみに顔が熱くなる。鼓動《こどう》が顳顬を叩いて、オルテンセは短刀を求め懸命に床を掻いた。

「っ…が…」

「もっと早く、こうしておくんだった」

視界が、赤く濁る。そこに映るのは、もうトマスの顔ではない。黒い犬の面影でさえなかった。

直接礼が言えたら、どんなによかったか。

無論そんなことは、彼には必要とされていなかっただろうけれど。

胸を過った想像に、鈍い痛みが眼底を刺す。自分の呻きを遠くに聞いた時、なにかが降った。

「ッ、ぎ…」

悲鳴は、オルテンセの口からもれたものではない。

ぼたぼたっ、と、注いだのは、重い滴だ。血、か。あたたかなそれもまた、オルテンセが流したものではなかった。

「ぁ…」

暗がりが、歪む。

石の壁に囲まれた世界が、冷たく翳る錯覚があった。光が十分に届かない地下であるか否かは、関係がない。

それは、開け放された格子戸を背に立っていた。

「…ヴァ…」

目に映る男の、名前を呼ぼうとしたはずだ。それなのに、息すら継げない。

喘いだオルテンセの頭上で、異母兄もまた身動いだ。ヴァンヘルムの足元から伸びる暗い影のなかで、顔を上げようとしたのだろう。だが戸口を振り仰ごうにも、トマスは自分の体が満足に動かないことに気づいたはずだ。

「あ……」

動揺が、異母兄の声に混ざる。オルテンセの喉に食い込ませていた指から力が失せても、状況が理解できなかったに違いない。自分の後頭部から噴き出す夥しい血を、トマスが茫然とその手で受けた。

「……っ、な…、オ…」

混乱のなかで、トマスが眼球の動きだけでオルテンセを見る。助けを、あるいは答えを求めたのか。青い目を見開いたトマスの右腕は、いまや辛うじて肩にぶら下がっているにすぎなかった。

「ぁ…、うぁ…」

立ち上がろうとしたトマスの頭上を、黒々とした影が覆う。

オルテンセが悲鳴を上げずにすんだのは、込み上げた咳がそれを阻んだからだ。死というものに形があるとすれば、それはきっと目の前の男の姿をしているだろう。

神に等しい牙を持つ、呪われた獣。

洗練され、落ち着き払った公爵の横顔など、もうどこにもない。

ヴァンヘルムの口元に覗く不吉な牙が、てらりとぬれた色を弾いた。

「残念だが、私はオルテンセほど慈悲深くない」

低い声音の真偽を、疑う者がいるだろうか。

ヴァンヘルムの右腕が、手にした剣を振り上げる。磨き上げられた白刃は、異母兄の肩胛骨《けんこうこつ》を砕き、後頭部までを裂いたものだ。ここが狭い獄中であることなど、ヴァンヘルムにはまるで問題にならないのだろう。血で汚れたそれを、頑丈な腕が軽々と真横に払った。

「待……」

続くはずだったトマスの懇願が、断ち切られる。

代わりに肉を叩きつけるぬれた音が、べちゃりと響いた。

「ぐぎゃァァ」

ごぎ、と続いたそれは、骨を断つ音か。絶叫が尾を引いて、耳を劈《つんざ》く。

それはもう、人間の肉体が立てる音とは思えない。

総毛立つ金切り声を前にしても、男は眉一筋動かしはしなかった。そこには、悦びもない。言葉通り一片の憐憫を覗かせることもなく、ヴァンヘルムが異母兄の胴を白刃で払った。

「が……」

叫びが上がるのは、トマスがまだ絶命していないからか。どっと倒れた異母兄の体から、鼓動に合わせて血が噴き出す。

死こそが慈悲だなどとは、思わない。だがこの瞬間、異母兄はなにを求めるのか。

濃密な血の匂いが、鼻腔を塞いだ。窒息がもたらす暗闇に、世界が押し潰される。

絶叫が続く血溜まりで、オルテンセは獣の眼が瞬くのを見た。


深く息を吐くと、ちいさな咳が混ざった。

咽頭に食い込む違和感に、オルテンセが声には出さず呻く。

「お手伝いできることはありませんか、オルテンセ様」

気遣わしげな声が、水音に掻き消される。流れ出る水の真下に立ち、オルテンセは青褪めた瞼を押し上げた。

「大丈夫、です。もう少しだけ…」

声を返そうとして、それが上手く出ないことに焦《じ》れる。

茜《あかね》色の残光が、王城の威容を赤く染めていた。

城内に出入りしたことなど、これまで何度だってある。だがこんな場所に立ち、庭園を振り返ったのは初めてだ。

「ですが…」

アレンが心配するのも、無理はない。両足を水に浸し、オルテンセは吐水口からあふれる水を額に受けていた。

大きな盤の上にちいさな盤を重ねた、背の高い噴水だ。ちいさな盤は花の彫刻で飾られ、大きな盤からあふれ出た水が頭上の高さから足元へと注いでいる。大盤の下に立つと、冷えた水が切りもなく額を打った。

「あんまりお体を冷やしては…」

馬車に乗り込む前に、ほんの少し手足を濯《すす》ぐだけのつもりだった。だが思いの外長いこと、自分はここに立っているのだろう。そろそろ、行かなければ。そう思うのに、足が動かない。

どれだけ水に打たれても、全てを洗い流すことはできないのだ。

思い出すまいとしても、ちりりと首筋の産毛が逆立つ。

あの地下牢で、なにが起きたのか。生々しい血の匂いを嗅いでから、まだ半刻とすぎてはいなかった。

「やはり、お部屋をお借りできないか聞いて…」

「ありがとう。本当に、大丈夫ですから」

薄暗い地下牢で、オルテンセは意識を失った。

血でべったりと汚れた痩軀を抱え、地上へと連れ出してくれたのはヴァンヘルムだ。泣きそうな顔をしたアレンが、それに続いていたのを覚えている。

意識が戻り教えられたところによると、アレンは公爵に命じられ、屋敷からずっとオルテンセの動向を追っていたらしい。

正直なところ、その予感はあった。背後には十分注意を払っていたつもりだが、アレンを完全に巻くことはできなかったのだ。

「君には、本当に迷惑をかけてしまって…」

すまない、と声にしたオルテンセに、噴水の傍らに立つアレンが大きく首を横に振る。

「なにをおっしゃるんですか！　僕が、もっと早くオルテンセ様を見つけられていたら…」

警戒を怠らなかったオルテンセを、アレンは一時王城近くで見失ったらしい。すぐさま主へと報告を入れ、行き先を察した公爵が地下牢へと駆けつけてくれたのだ。

「君は、いつでも僕を助けてくれた。散々、君の手を焼かせてきたのに」

今日に限らず、アレンはオルテンセの身辺に目を光らせるようヴァンヘルムから命じられていたはずだ。間者《かんじゃ》というより、お目付役か。いずれにせよ、公爵の屋敷内で大人しくすごす気のなかった自分は、アレンにとって困った婚約者だっただろう。

「助けるだなんて、僕、十分なことはなにも…」

言い募ろうとしたアレンが、はっと息を詰める。その視線の先に、なにがあるのか。気づいた瞬間、オルテンセもまた動きを止めた。

「公…」

ぶるりと、背筋がふるえる。

夕暮れに沈もうとする庭園に、黒々とした影があった。

城内に通じる回廊を、横切ってきたのか。礼服の上着を脱いだヴァンヘルムが、噴水へと続く飛び石を踏むのが見えた。

「僕、馬車を回してきます…！」

我に返ったアレンが、公爵とすれ違う形で芝を蹴る。

駆け出した従者を、公爵は引き留めようとしたらしい。だがそれより先に、オルテンセの肌の色が眼に入ったのだろう。噴水の縁へと進んだ男が、眉間を歪ませた。

「動けるか？」

はい、と応えたつもりだが声が出ない。咄嗟に喉へと手をやると、ヴァンヘルムが迷うことなく噴水の縁を跨ぎ越えた。

「な…、公爵…」

礼服がぬれるのも構わず、男が臑《すね》の半ば辺りまである水を踏み分ける。慌てて止めようとしたオルテンセを、灰色の双眸が見下ろした。

「拭くものを…、いや、火を借りるか」

冷たい水に打たれ続けていたオルテンセの肌は、それと分かるほど血の気を失っている。乾いた男の手に腕を摑まれ、思わずぎくりと痩軀が竦んだ。

「っぁ…」

痛みの、せいではない。

水の匂いを押し退けて、腥い血の匂いが鼻腔を焼く心地がした。

異母兄が流した血を、浴びたのだ。自分を憎み抜いた男の血であると同時に、十年以上の月日を近い場所ですごした相手でもある。そしてその血を流させたのは、今目の前に立つ男だった。

「…馬車に乗れ。体に障る」

苦い声と共に、ヴァンヘルムの手が離れる。

立ちつくすオルテンセにそれ以上触れることなく、男がぬれた体を噴水の外へと促した。

「……嫌、です」

凍えきった唇からこぼれた声に、公爵の眉間が歪む。黒いヴァンヘルムの袖口にも、暗い血の染みが滲むのが見えた。

「安心しなさい。君とアレンを乗せるだけだ。私は、もう少しここに残る」

明かりが点り始めた城内に、騒然とした空気はない。

獄中で一人、男が死んだだけだ。真っ赤に染まったオルテンセの姿を見た者がいれば、話題になったかもしれない。だが今夜、人々の目は王の祝賀会に向いている。地下で起こり、地下で終えられた出来事に関心を持つ者などいるはずもない。

ヴィクトール王はヴァンヘルムからの報せを受け、一時広間を離れたようだ。だがさほど時間を必要とすることもなく、兄弟の間で手が打たれたらしい。この庭園が静まり返っているのと同じように、全ては何事もなかったかのように処理されていくのだろう。

「嫌、です」

繰り返したオルテンセに、公爵の眉間の皺が深くなる。だが苛立ちを覗かせることもなく、男が噴水から出るよう視線で示した。

「アレンを呼んで来させる。君は…」

「エドモンド公のお屋敷には、参りません」

噴水を出ようとしたヴァンヘルムの腕こそを、オルテンセが摑む。

そんな形で引き留められるとは、思ってもみなかったのだろう。驚きを示した灰色の眼が、自分へと触れた白い手を見下ろした。

「オル…」

「心より、お詫び申し上げます」

謝罪ごときで、足りるものでないことはよく分かっている。だが直接公爵に伝えられる機会があるとすれば、今が最後かもしれない。水滴が絡む睫を持ち上げ、オルテンセは灰色の双眸を仰ぎ見た。

「君が謝るべきことなど、なにも…」

「いいえ、僕は犬が…、僕の犬が、どうして死ななければいけなかったのか、その理由を知りたいと、願いました。僕自身死ぬ身なら、せめて献身を捧げてくれた彼のために、理由が知りたいと」

言葉にすれば、それはあまりにも陳腐な願いだ。

ヴァンヘルムがなにか口を開くより先に、オルテンセは傷が浮く首を横に振った。

「おっしゃりたいことは、勿論分かります。こんな愚かな理由で公爵様を煩わせ…、ご厚意を利用するなど、あってはならないことです」

何故、呪われた牙を持つ獣を頼ってまで、生き延びたいと願ったのか。昨夜、公爵はそうオルテンセに尋ねた。これが答えだと知れば、呆れるどころではすまないだろう。

利用。

まさに言葉の通りだ。自分は犬のために、公爵の地位にある男を利用した。それは決して、許されることではない。

「…度しがたいな」

苦い声が、軋るように水面へと落ちる。唇から覗いた牙の形に、ぞわりと首筋に鳥肌が立った。

「お許し下さいとは、申し上げません。許して、頂けることでないのも、分かっています」

「お前を利用してきた連中は、犬ほどの誠実さも持ち合わせていなかったということだ」

吐き捨てられ、肩がふるえる。

翻って、それはオルテンセ自身がその程度の価値しかない人間だったということだ。唇を噛んだオルテンセの手へと、骨張った指が伸びる。

自分は、男の腕を摑んだままでいたらしい。慌てて解こうとしたその指を、大きな手が握り取った。

「ヴァ…」

「お前を軽々に扱った連中を、許すつもりはない。だがそいつらのなかにあって、お前の犬が、お前に生きる理由を与えるほど誠実であってくれたのなら、俺は彼に心から感謝する」

犬は、所詮犬だ。

魂《たましい》を持たない家畜として、道具と等しく扱われる。この国の貴族たちがいかに猟犬の飼育に力を入れているとはいえ、公爵の地位にある者が犬に謝意を示すなどあり得ないことだ。

だが自分を見下ろす灰色の眼には、揶揄の笑みも皮肉の影も見当たらなかった。

「っ…、あ……」

ありがとうございます、と絞り出した声が、ふるえる。全てが、やさしい嘘であったとしても構わない。今この時、献身の塊であったあの黒い犬を、ヴァンヘルムが労《いたわ》ってくれただけで十分だった。

「…ヴァンヘルム様は、最初からお気づきだったでしょう？」

掠れた声で切り出したオルテンセに、男が瞬く。

「なににだ」

「僕が…、決して泣かないよう、躾《しつ》けられてきたことに」

涙なら与えると、そう約束したオルテンセの不誠実さに、ヴァンヘルムが気づかなかったはずはない。嘘つきな自分は真実を隠すどころか、最初から公爵を裏切り続けてきたのだ。

「つくづく、ハーレイ侯爵は糞野郎だな」

奥歯が凍るような舌打ちと共に、低い罵りが男の唇から落ちる。それは、オルテンセに聞かせるためのものではなかったのだろう。だが、ぼそりと吐き捨てられた粗雑さこそがヴァンヘルムという男の本質なのだと、今はもう理解できた。

「ジェイが…、僕の犬が死んだ時も、僕は一滴の涙も流せませんでした」

泣くまいと思う気持ちは、微塵もなかった。黒い愛犬が、涙を流すに値しない存在だなどといわけでもない。むしろ、逆だ。あの健気な犬がつくすに値するほど、自分はあたたかな血が通った人間ではなかったということだ。

今だって、そうだろう。この瞬間に至ってさえ、頬をぬらすのは頭から浴びた水ばかりだった。

「僕こそ、犬と比べるのも烏滸《おこ》がましい嘘つきです。無実だと言ったところで、誰にも信じてもらえなかったのは当然だ」

あの時斬首に処せられていたとしたら、それはやはりオルテンセ自身の罪によるものだ。父親の駒であったか否かなど、関係がない。自分の意志で生き伸びることを選んだ後も、結局嘘つきな自分はヴァンヘルムを騙し続けたのだ。

「あなただけが、僕を信じてくれた。それなのにそのあなたを、僕は騙し続けた。都合よくあなたを利用しようとしただけでなく、あなたの部屋に忍び込み、ご用意下さった馬車からも逃げた…」

挙げ句、こうして剣を振るって助けられるに至ったのだ。公爵が、楽しんで血を浴びたわけはない。

どれ一つ取っても、この首が飛ぶには十分な理由だった。

「あなたがお怒りになるのは、当然のことです」

だから、と言葉を継いで、オルテンセは冷えきった自分の首元に右手で触れた。

鈍く痛むそこには、爪による掻き傷が走っている。時間が経てば、きっと異母兄の手の痕が痣となって浮いてくるだろう。

「だからトマスに首を絞められた時、ほっとする気持ちもあったんです」

「…なんだと？」

唸り声に混ざった怒気は、本物だ。

獣が牙を剝くように、公爵の口元が歪む。ぞわりと首筋が痺れるのを覚えながら、オルテンセは真っ直ぐにそれを見上げた。

「万が一にも毒を用いられていたら、あなたとのお約束が果たせなくなる」

あの瞬間、胸を過ったのはそれだけだ。

大好きな黒い犬の面影でも、異母兄に対する怒りでもない。今自分を見下ろすこの銀灰色の双眸こそが、脳裏を占めていた。

「約束？」

訝るヴァンヘルムの額に、水の飛沫がちいさく跳ねる。ぬれてしまいそうな前髪を、オルテンセは伸ばした指でそっと払った。

「斬首を免れるため、あなたを頼らせて頂こうと決めたもう一つの理由が、それです。…どんな結末になろうとも、甘露の肉体が残る限り、牢から出して頂く対価を…お約束を果たすことができるのではないか、と考えました」

餌となることを条件に、オルテンセはヴァンヘルムに助けを求めた。

だが結局のところ、それは死という結末をわずかに先送りしたにすぎない。その反面、オルテンセが花嫁になるより先に命を落とすことがあっても、肉体が残る限り公爵との約束を果たすことはできた。著《いちじる》しく肉体が破損、あるいは毒に侵されていない限り、公爵の餌としての役目は担《にな》えるのだ。

「傲慢な考えなのは、分かっています。この体一つではとても補いきれないものを、僕は頂戴しました。だから僕を食べたいと、そうおっしゃって頂けて、嬉しかったんです」

ヴァンヘルムに、差し出せるものがある。

それはオルテンセにとって、喜びだ。

驚くほど多くのものを、公爵は自分に与えてくれた。本来なら、ヴァンヘルムはこうしてこの場に立っている必要すらないのだ。

自分を利用し、挙げ句裏切り、恩情によってエドモンド公の元へと送り出してやればそこからも逃げ出す。そんな恩知らずな甘露などどこで朽《く》ち果てようと、知ったことか。亡骸《なきがら》になって戻るというなら、受け取ってやらなくもない。そう突き放して当然であるはずなのに、ヴァンヘルムは誰よりも先に地下牢へと駆けつけてくれた。

「身に余るお話ではありますが、エドモンド公の元へは参りません。ヴァンヘルム様が、もしまだ僕を食べたいとお考え下さるなら、お願いですからそうして下さい」

牙を持つ獣の気配は、甘露に特別な恍惚をもたらす。餌であり贄である甘露にとって、陶酔は恐怖をやわらげるための本能だ。

だが今オルテンセの内側に、そうした高揚は一欠片もない。それでも迷いのない双眸で、オルテンセは公爵の巨軀を仰ぎ見た。

「それだけか」

低い声音が、水音に掻き消されることなく届く。

白い手足を氷のように冷やす水よりも、それは重く冷たく響いた。

「言いたいことは、それだけか？」

重ねて問われ、頷く。

「はい…。花嫁にして頂く必要もありません。ただ、ヴァンヘルム様とのお約束が果たせれば…」

公爵によって斬首より救われたからこそ、誰が愛する黒い犬を手にかけたかを知ることができた。もし愛犬に再会できたなら、思い切り抱き締め、そして不徳を詫びたい。彼を手にかけたのは異母兄だったが、黒い犬はこの身に流れる血の巻き添えになったのだ。そうと分かっても、あのやさしい黒い犬は怒ることなく、鼻を鳴らし顔を舐めてくれるだろうか。彼に事実を報告できるのは、全て公爵の助けがあったからだ。

「確かに私は、君を食べたいと言った」

低く告げた男の手が、オルテンセの顎を引き上げ、頭部を摑む。涙をそうするように頰を拭われ、精悍な唇が鼻先へと迫った。

「実際、今だって食べたい」

言葉を裏づけるように、牙を持つ口ががばりと開く。残酷な牙の形を隠すことなく、公爵がオルテンセの鼻梁へと歯を当てた。

「あ…」

微かな痛みが、皮膚を刺す。灰色の眼が、ぎらりと光った。

「ヴァ…」

「いつだって、気が狂いそうなほど美味そうな匂いをさせやがって。嚙み砕いて、全部腹んなかに収めてやりたい。正直、ずっとそう思っている。だが、そんなことよりも、もっと重要なことを俺は君に言ったはずだ」

鼻梁に食い込む歯をそのままに、低い声が吐き捨てる。粗雑な言葉にも皮膚を脅かす痛みにも、踝《くるぶし》からふるえが込み上げた。

「重要、って…」

自分はなにかを、聞きもらしていたのか。

ヴァンヘルムがこの身を食べたいと、正直に教えてくれたことに気を取られすぎていたかもしれない。喘いだオルテンセの鼻梁へ、男が尚もがぶりと歯を立てた。

「愛している」

撲たれるも、同然だ。

顔を上げた男が、真上からそう告げた。

「な…」

「聞こえなかったか？」

目を見開いたきり動けずにいるオルテンセを、許す気はないのだろう。牙の形を露わにした公爵が、紫陽花色の瞳を覗き込んだ。

「俺は君を、愛している」

混乱の坩堝と化した戦場でさえ、この声を聞き逃すことはないはずだ。鼓膜《こまく》を揺るがした一喝に、オルテンセはどうすることもできず瞬いた。

「…あ…」

確かに昨夜、ヴァンヘルムは同じ言葉を口にしてくれた。言葉の意味もその真摯さも、よく覚えている。だがそんなものも、オルテンセの罪の前ではどれほどの意味を残すのか。ヴァンヘルムのやさしさを知ることはできても、楽観して受け止めるなどとてもできないのだ。

「分かったなら、俺に尋ねてみろ」

鼻がぶつかる距離で命じられ、水でぬれた睫が上下する。

「尋ね、る…？　なにを…」

「君を食べたいか？　是。では、君を食べたくないか？」

食べたいと、言ってくれたのではないのか。怪訝《けげん》さに眉根が歪むが、口を噤《つぐ》むことは許されない。

乾いてしまった唇を、オルテンセは薄い舌先で湿らせた。

「公爵、様は、僕を…、食べたくない、ですか？」

訝る気持ちが、そのまま声になる。オルテンセの問いに、頭を摑む男の両手へと力が籠もった。

「当たり前だ！　絶対に食べたくなどないッ」

爆ぜた怒声に、睫がふるえる。

なんて声だ。食べたいと、そう口にした響きとはまるで違う。無論食べたいという言葉も、本心であるはずだ。だが浴びせられた咆吼は、そんなものの比ではなかった。

「ヴァ…」

「いいかよく聞け。絶対に、だ。絶対に君を食べたくなどない。理由を、もう一度言ってやる必要があるか？」

否、と応えようとしたはずだ。

だががっちりと頭を摑まれていては、首を横に振ることもできない。ここが王城の庭園であることなど、男にとってはどうだっていいのだろう。牙を剝きだしにした公爵が、獣そのものの声で吠えた。

「君を愛しているからだ。指一本、失わせてたまるか」

相手が、俺自身であってもだ。

そう慟哭した男の眼の奥で、銀灰色の炎が揺らめく。

「っ…」

獣めいた唸りに鼻先を舐められ、奥歯がちいさな音を立てた。分かったか、と念押しされても動けない。瞬くことも忘れ立ちつくすオルテンセを、灰色の眼が覗き込んだ。

「……なんだ」

自分は余程、切迫した目をしていたのだろう。ぎらつく双眸で睨めつけられ、上擦った声がこぼれた。

「……ヴァンヘルム様、と、ヴァンヘルム様が…」

脳裏に浮かんだ事柄を、そのまま言葉にするなど愚か者の所業だ。よく知っているはずなのに、胸の内が声になった。

「俺が？」

「…ハールーンで…、この世で一番手強い公爵様から、鬼神と謳われるヴァンヘルム様ご自身が僕をお守り下さるのかと、思うと…」

「嬉しくて泣きそうか？」

真顔で尋ねた男に、オルテンセが目を剝く。

「おおお、恐ろしすぎるでしょう…！」

ヴァンヘルムほどの男がオルテンセを食べると決めれば、それを翻意させることは不可能だろう。

誰が阻もうと、目的を遂げるに違いない。

しかし立ちはだかるのが、ヴァンヘルム自身となればどうか。両者がぶつかり合うなど、壮絶すぎる想像だ。率直に青褪めたオルテンセに、公爵が右の眉を引き上げた。

「安心しろ。絶対に負けはしない」

「きっと、どちらのヴァンヘルム様も同じことをおっしゃるはずです」

迷うことなく請け合った王弟を、疑う気持ちはない。だからこそ、恐ろしいのではないのか。

冷たい汗を浮かべた白い額に、飛沫でぬれたヴァンヘルムの額が重なった。

「知ったことか。君を食う気はない。俺が、勝つ」

結論は、どこまでも呆気ない。

傲慢がすぎるのではないか。言い募ろうとして、しかし言葉は上手く音にならなかった。

「…オルテンセ？」

揺れてしまった肩を、気遣かったのだろう。低く唸られ、堪えようとしたがどうにもならない。掻き傷が浮く喉の奥で、息が爆ぜた。

「オル…」

床をぬらす夥しい血の直中に立ってさえ、眉一筋動かさなかった男だ。そのヴァンヘルムが、驚きに眉をひそめるのが分かる。それが尚おかしくて、オルテンセは薄い肩を揺らした。

「お前…」

唇からこぼれたのは、笑い声だ。

だって仕方がないだろう。己の口を塞ぐことを諦め、オルテンセは体を折って噴き出した。

「そん、な…、だって、ヴァンヘルム様…」

なんて豪胆さだ。

だが、致し方ない。挑む相手は、あのヴァンヘルムなのだ。誰よりも強靭《きょうじん》な牙と怜悧な頭脳を持つ男に対峙するには、神を殺すほどの肝が必要なのだろう。

「…笑いすぎだぞ」

むすりと咎められると、不敬と知りながらも一層大きく体が揺れた。おかしくないわけがない。公爵にこんな苦い顔をさせているのが自分なのだと思うと、止めようもなく笑いが込み上げた。

「いい加減に…」

文字通り腹を抱えるオルテンセに、呆れたのか。もう一度、がぶりと鼻梁に嚙みつこうとした男の息が、揺れた。

「ヴァ…」

オルテンセの鼻先に吹きかけられたのは、やはり笑い声だ。

自分自身の言葉を、さすがに公爵も理不尽だと思い直したのか。あるいはただ、笑うオルテンセこそがおかしかったのか。低い笑い声がくつくつとあふれて、二本の腕が痩軀を捕らえた。

「っあ…」

容赦のない力で胸元深くへ搔き抱かれると、少し苦しい。だがその腕の強さにさえ笑いがこぼれて、オルテンセは硬い胸板へと額を押し当てた。

熱い痛みが、鼻腔の奥を刺す。

なにを前にしても、オルテンセの涙腺を脅かすことのなかった痛みだ。

血を、そして心を凍らせて、この痛みを感じる自分こそを殺してきたのか。逆らうことなく声を上げると、熱い滴が頰をぬらした。

「エドモンド公の、お屋敷に、は…」

参りませんと、続けようとした言葉が声にならない。後から後からあふれる滴に、溺れてしまいそうだ。公爵の腕に力が籠もり、ぎ、と骨が軋む音を聞いた気がしたが、構わなかった。

「誰がやるか…！」

咆吼と笑い声とが、混じり合う。精悍な唇が額へと落ち、そしてぬれた瞼を吸った。

「私の、花嫁になってくれ」

懇願に、新しい笑みがこぼれる。花のように綻んだそれへと、牙を持つ男が口づけた。


振動が伝わって、馬車が止まったことを知る。

薄い唇を嚙み締めようにも、あ、と掠れた声がこぼれた。

「ちゃんと、押さえていなさい」

耳元で命じられ、ぶるっと肩がふるえる。馬車の扉が開かれると、澄んだ夜の空気が流れこんだ。

「ん…、ぁ…」

頬を撫でるその冷たささえ、刺激になる。外套に包まれた痩軀を持ち上げられて、オルテンセは細い呻きをもらした。

「暴れるなよ」

そんなこと、怖くてとてもできない。

両足が浮き上がると、落下の恐怖に身が竦んだ。尤も、男の腕にはなんの危なげもない。易々とオルテンセを腕に抱えた公爵が、馬車を降りた。

「あ…」

もう二度と足を踏み入れることはないと考えていた、公爵の屋敷だ。その入り口を、抱えられたまま くぐり抜ける。

戻って来たのだ。

声が嗄れるまで噴水の下で笑い合い、ヴァンヘルムに抱えられるように馬車へと詰め込まれた。アレンは、御者の隣に座ったらしい。らしい、というのは、馬車が動き始めるより先に、彼の様子を確かめる余裕を失ってしまったからだ。

座席に腰を下ろす間もなく、公爵の口で唇を塞がれる。それまでも散々口づけていた唇は、互いの唾液でぬれていた。

「…っ、ん…」

絨毯が敷かれた屋敷の廊下を、公爵が広い歩幅で進む。そのたびに密着した体から振動が伝わって、オルテンセはぎゅうっと両手の指に力を入れた。

そうでなくても、体に巻きつけられているのはヴァンヘルムの外套だ。顔を寄せた胸板からも男の匂いがして、足の裏までもがぞわぞわと痺れた。

「偉いな」

褒めた男が、部屋の扉を開く。

昨夜も訪れた、公爵の私室だ。今は整えられた机が月明かりに浮かんで見え、ぶるっと膝がふるえてしまう。

あの上で、昨夜なにをしたのか。それを思い出さずにはいられないと分かっていて、ヴァンヘルムはこの部屋を選んだのだろう。噛みついてやりたい衝動が湧いたが、無論そんなことはできない。奥まで進んだ男に寝台へと下ろされ、爪先が悶えた。

「んぁ…」

「見せてみろ」

命じられて、またふるえる。

短く息を継ぐオルテンセを見下ろし、男がその痩軀から外套を剝ぎ取った。

「っ、ぅ…」

熱を持った肌には、絹の寝具さえ冷たく感じる。横臥《おうが》の形で寝台に崩れ、オルテンセは剝き出しの膝を摺り合わせた。

外套で包まれていた痩軀は、それ以外の衣類をほぼなにも身に着けていない。目の前の男の手によって、馬車のなかで毟り取られたからだ。

ヴァンヘルム自身は上着を脱いだきり、シャツの首元をくつろげてさえいない。だがさすがに暑さに耐えかねたように、男が自らの首元からタイを毟った。

「ちゃんと、こぼさずに来られたじゃないか」

白い膝を摑んだ男が、無造作に股座を覗き込んでくる。眼を細められると、恥ずかしさと興奮に爪先が丸まった。

こんなふうに褒められるのは、屈辱だ。そう思うのに、同時にどうしようもない嬉しさが込み上げる。

これが甘露の本能ならば、本当に厄介だ。牙を持つ者がもたらすものなら、苦痛さえも悦びに変わってしまう。そうでなければ、相手が王弟とはいえこんな恥ずべき要求を受け入れたりしない。

んあ、と顎を引いて、オルテンセは右手の指に力を込めた。

裸の下腹へと、左右の手が伸びている。それは充血したオルテンセ自身の性器を、きつく握り締めていた。

「我慢ができて、君は偉いな」

本当はこんなふうに、刺激を逸らすため自分の性器を握りたくなどないのだ。だがヴァンヘルムに命じられると、拒み続けることはできなかった。

私たちは、もう少し行儀のよさを身に着けるべきだ。

馬車のなかで、目の前の男はそう囁いた。オルテンセを裸に剝き、陰毛に指を絡めながらなにを言っているのか。抗議したが、結局はヴァンヘルムの思う通りになった。

今夜こそ馬車のなかではなく、互いに寝台まで我慢をしよう。

そう鹿爪らしく告げた男の言葉に従い、馬車では散々自制を強いられたのだ。尤も真実の意味で行儀よく、座席に腰かけていたわけではない。ぬれた衣類を剝ぎ取られ、恥ずかしい場所を執拗に舐められ、吸われた。そうされながらも、残酷に射精を阻まれたのだ。

「…ぁ、黙…」

もう、黙ってほしい。立場も忘れて、叫んでしまいたくなる。だが煩悶《はんもん》するオルテンセにも、興奮するのだろう。まじまじと股座に視線を注いだ男が、強張る内腿を両手でさすった。

「強く握りすぎて、萎《な》えているかと心配したが、上手に握れていたんだな」

真顔で批評されると、恥ずかしさに耳まで熱くなる。

公爵が言う通り、射精を先延ばしにされた体は疲れ切っていた。自分の手で握り締めている間に、興奮が落ち着いてはくれないか。そもそもあんなことがあった夜だ。興奮などとてもできないのではないか。そう思ったが、ぎゅうっと握った手のなかで性器は萎えることなく勃起を維持していた。

「かわいそうに。真っ赤になっているな」

「ぁ…、駄目…」

内容はこれ以上なく下卑《げび》ているのに、ヴァンヘルムの声は低く平静だ。その響きが性器にかかって、びく、と爪先が丸まってしまう。

ぎゅっと足の指を握り込むと、筋肉の緊張が下腹を刺激した。気持ちのよさが溜まって、性器の先端がひくついてしまう。じっとその様子を眺める男が、息だけで笑った。

「指が動いているぞ」

指摘通り、腺液《せんえき》で滑る指に力を加えることで、性器を刺激してしまう。でも本当はもっと、分かりやすく扱いてしまいたい。射精の誘惑に息が乱れて、泣き声のような呻きがこぼれた。

「あ…、もう、無…」

「音を上げるのか？　負けず嫌いの君らしくもない」

不思議そうに首を傾けた公爵が、体を屈める。潤んだ亀頭をれろ、と舐められ、不意打ちの刺激に息が詰まった。

「ひァ…」

射精に近い衝撃に、背中が軋む。実際、射精してしまったかと思った。だが締めつけた指のなかで、充血した陰茎は腺液をこぼして反り返っている。笑った男の唇が、追い打ちをかけるようにちゅうっ、と亀頭にキスをした。

「っあ、ひ…」

「ベッドまで我慢ができたからといって、行儀よくできるとは限らないものだな」

それはオルテンセに向けたものか、あるいは自嘲か。赤い舌で自らの唇を舐め拭った男が、膝でその巨軀を支え直した。

「あ…」

もっと深く、咥えてくれるのか。はしたない期待とは裏腹に、精悍な唇はそれ以上降りてこない。充血しきった先端がじんじんと痺れて、オルテンセは舌をふるえさせた。

「公…」

呼びかけようとして、気づく。

見下ろしてくる、ヴァンヘルムの双眸の色はどうだ。

いつだって冷静なその眼の奥で、今は銀色の焔《ほのお》が揺れている。窓から差し込む月明かりを斜めに受けて、それは禍々しいほどに眩く映った。

興奮の、色だ。理解した途端、ぞわりと首筋の産毛が逆立つ。手のなかの性器からとろりと腺液がこぼれて、オルテンセは顎が上がった。

「ん、ぁ…」

公爵には、殊更オルテンセを苦しめようという意図はないのだろう。だが追い詰める手を、ゆるめる気もないだけだ。

それもまた、捕食者である男の本能なのか。自分の爪と牙の下で甘露が悶える様は、なによりも甘いのだろう。獲物の歯応えを確かめるように、ヴァンヘルムの手が汗ばむ腿を摑んだ。

「っ、あ…」

大きな手で膝を割られるより先に、オルテンセ自身が仰向けに寝台へと背中を預ける。そうしながら左の膝を引き上げると、股座の奥にまで公爵の視線が届いた。

「…オ…」

命じるまでもなく、まさかオルテンセからそんな体位を取るとは思わなかったのだろう。甘露の本能に突き動かされ、初めて馬車のなかで性交した夜でさえそうだった。興奮に呑まれるままヴァンヘルムを欲しがりはしたが、それだけだ。冷淡な高嶺の花と言われ続けたオルテンセが、どんな状況であれ自分から勃起した性器を見せつけるなどあり得ない。

公爵が驚くのも、無理はない。ぎら、とその色を濃くした双眸を見上げ、オルテンセは右の爪先で男の膝へと触れた。

「指、を…」

瘦せて白いオルテンセの手は、いまだ自らの陰茎に絡んでいる。ぬるっとした腺液の感触を確かめるように、オルテンセは充血した亀頭を親指の腹で拭った。

「指を、退けて…、ほしい、ですか…？」

退けてもいいか、とは尋ねない。

懇願すれば、ヴァンヘルムは喜ぶだろう。公爵を喜ばせることが、嫌なわけではない。だが散々焦らされた我が身を振り返ると、いささか業腹《ごうはら》なだけだ。

牙を持つ王弟に対し、甘露が抱くべき対抗心とはとても言えない。分かっていたが、オルテンセはヴァンヘルムに触れた爪先へと力を入れた。

「君って奴は…」

灰色の双眸が、見慣れない形に見開かれる。

怒鳴られる、のか。いや、それだけではすまないかもしれない。

身構えたオルテンセの視線の先で、公爵が右手で目元を覆う。そのまま天を仰いだ男に、オルテンセこそが焦れた声を上げた。

「っ、あ…、公…」

「退けてくれ」

低い声が、きっぱりと告げる。迷うことなく声にした男が、膝でオルテンセへと這《は》い進んだ。

「手を、退けてくれ」

開いた膝の間に体を割り入れられると、もうどうしたって股座を隠すことはできなくなる。そうしながら低く請われ、ぞわりとした興奮が下腹を舐めた。

「あ、ぅ…」

嫌だとは、今更言えない。それは、オルテンセ自身の望みでもある。薄い胸を喘がせ、オルテンセは覚悟を決めると自らの性器からそっと指を解いた。

「んん、う…」

支えを失い、ぬれそぼった性器がぷるんと揺れてしまう。いくらかは、力を失ったかもしれない。それでもまだ十分に勃起した性器を、男がまじまじと見下ろした。

「美味そうだな」

呟きは、比喩ではない。べろり、と赤い舌で公爵自身の唇を舐められ、首筋の産毛が逆立った。

「…ぁ、んァ…」

怖い。

ヴァンヘルムを恐れる気持ちは、当然ある。

あの地下牢で噎せ返るほどの血の匂いを嗅いでから、まだ一晩だって経ってはいない。異母兄の肉体を目の前の男がどれほど冷酷に裂いたか、忘れることはできないだろう。

だが公爵の牙を嫌悪する気持ちは、微塵もなかった。それこそが甘露の業だと言われてしまえば、それまでだ。

絶対にオルテンセを食べたくはないと、公爵は言った。男の言葉を、疑いはしない。だがもしヴァンヘルムがこの身を望む日がくるならば、それを拒む意思もまるでなかった。

「ヴァンヘルム、様…」

食べて、と、声にしようとしたのかもしれない。だがそれよりも先に、男の手がオルテンセの膝裏を押し上げた。

「…っ、な…」

胸元近くへと膝を引き上げられると、寝具から腰が浮いてしまう。腰の下に厚い腿を押し当てられれば、尚更だ。恥ずかしい形に尻が上を向き、あまりの格好に爪先がばたついた。

「待…、公、爵…！」

「舐めていいか？」

許可を求める声が、陰茎の裏筋にかかる。形のよい鼻梁を陰嚢の間近に寄せられ、悲鳴に近い声がもれた。

「ァ…」

「君を全部、舐めてもいいか？」

そんな響きで強請られて、拒める者などいるのか。苦しいくらい息が上がって、オルテンセはふるえながら頷いていた。

「ぁ…、舐め…」

こぼれたのは、懇願と大差ない。声にした途端、べろりと熱い舌が密着した。

「ひゃ…、ァ…」

焼けるような熱さに、性器が撥ねる。

だが舌が絡んだのは、肉の色を晒してひくつく亀頭ではない。張り詰めた陰嚢の奥で息づく、尻の穴だ。

「っあ、あ…」

混乱に、びくびくっと陰茎が揺れてしまう。ぎゅっと窄まろうとした尻の穴を、尖らせた舌先が抉った。

「やァ、そこ…」

筋肉でできた舌は、やわらかであると同時に強靭だ。ぐりり、と力を入れて抉られると、熱い舌が肉の輪にもぐってしまう。にゅる、と入ってくる感触に、下腹がへこんだ。

「ぁ、や…、抜…」

「随分拡がるようになったな」

感心した声で教えた男が、悶える尻に手をかける。もうなんの了解を求めることもなく、太い指が舌と共にずぶりともぐった。

「っあ！　深…」

それも、一本ではない。腿を押さえつけていた左手の指もまた、窄まろうとする穴へと入ってくる。ぐち、と深くまで進んだ指をそれぞれ左右に引かれ、真上から覗き込まれた。

自分の尻の穴が、どんな形に歪んでしまっているのか。それをどれほどの近さから、公爵に注視されているのか。尻を持ち上げられた姿勢では、その全てがオルテンセ自身の視界に飛び込んでくる。

「ァっ、駄、目っ…、開…」

両手を伸ばして男の頭を押し返したいのに、怖くてできない。ぬっと舌を突き出してみせた公爵が、てらつくそれを拡げた穴へと差し込んだ。

「っぃ、あ、あ…」

ぞわぞわっと、鳥肌が立つ。

駄目だ、そんなこと。心臓が壊れそうに胸を叩くが、やめてもらえない。上目にオルテンセを捕らえた男が、にゅぷ、と音を立てて尻の穴へと舌を入れた。

「ァ、あっ、あー…、ひ…」

ずっぷりと埋まった舌が、奥を搔く。指で引っ張られ、ぴんと張り詰めた皮膚を舌の先で引っかけられるとたまらない。それだけでも射精してしまいそうなのに、視覚からの情報にも打ちのめされた。あの公爵が、口元を汚しながらなんて場所を舐めているのか。

突きつけられた現実に、脳味噌が煮える。腰骨ごと背筋がふるえて、投げ出されたままの性器からたらたらと腺液がこぼれた。

「っは、んァ…、公…」

ぐちゅ、とぬれきった音を立てる尻の穴もまた、馬車でヴァンヘルムによって入念にいじられた場所だ。ぐっしょりとぬれそぼる腸壁を、二本の指が深くまで捏ねた。

「ここか?」

ぐぅっと、と太い指で腹側を圧迫され、爪先が強張った。

まるで裏側から、直接性器を刺激されるかのようだ。実際はもっと腹の奥までもが、ぞくぞくと重く疼く。そんな場所に、どんな器官があるのか。だが初めてヴァンヘルムと交接した夜から、そこはずっと甘い疼きを溜め続けている。

公爵に押し潰されることを、期待しているみたいだ。太い指で転がすように捏ねられると、じゅわりと気持ちのよさがあふれ出る。舌の先までもが甘く痺れて、オルテンセは爪先を悶えさせた。

「んあ、や、ァ…」

気持ちよくて、苦しい。

さっきから、もうずっとそうだ。ひどい格好で公爵に穴を舐められ続けているのに、熱は一向に去ってくれない。それどころかぱんぱんに膨らんで、弾けてしまいそうだ。

「ヴァンヘルム、様…」

揺らした踵が、どん、と男の胴を撲つ。穏当な仕種とは、とても言えない。だがそれだけでは足りなくて、オルテンセはふるえる腕を伸ばした。

「っあ…、ん、も…」

白い指に絡んだヴァンヘルムの黒髪を、夢中で摑む。

苦しい。そう訴える声は、子供と同じだ。無防備なそれに、公爵が乱れた前髪ごと顔を上げる。

「すまん。夢中になりすぎたな」

不敬だと吠えられ、振り払われても文句は言えない。だが笑いながら詫びた唇が、オルテンセの手首をれろりと舐めた。ぢゅうっ、といかにも美味そうに会陰にまで吸いつかれ、目の奥で火花が散る。

「あ、ぅ…」

もう一度踵を振り回そうとしたオルテンセの尻へと、硬い肉が当たった。

自らの股座を探った男が、重たげな肉を右手で摑む。取り出された陰茎の形が目に飛び込んで、あ、と上擦った声がもれた。

「んぅ…、あ…」

太い血管を浮き立たせたそれは、平らな腹に着きそうなほど硬く反り返っている。こんな大きなもの、絶対に入るわけがない。初めて繋がった日にも、そう思った。その気持ちは今も同じなのに、どっと口腔になまあたたかい唾液が溜まる。

「公…」

「口が開いて、涎が垂れてしまってるな」

それは唇を指すものか、あるいは指でいじり回された尻の穴を揶揄すものか。

実際どちらも、物欲しげに弛んでいるのだろう。肉の縁を捲るように、男が散々舐め回した尻の穴へと親指を引っかけた。ふっくらと腫れたそこは、まるで男の指を拒めない。あんなふうに拡げられた上、何度も舌を出し入れされたのだ。痺れきった尻の穴がひくつくのを自覚して、とろ、と唇の端から涎がこぼれた。

「分かるか？　吸いついてくる」

「っ…、ぁ、黙…」

低く教えた男が、指で拡げた場所に重い亀頭を押しつけた。

月明かりにてらつくそれは、ぱんぱんに膨れている。むっちりと密着した肉の感触に悶える間もなく、太い肉が沈み込んだ。

「あ…、っんぁ…」

あれだけ入念に拡げられたはずなのに、それでも肉の輪を割る体積に声が出る。大きい、のだ。その上、十分な長さがある。ごり、と腹の内側を抉られて、目の前で火花が散った。

「ひ、っは、ぁ…」

身構えようにも、息が詰まる。強張るオルテンセの脇腹をさすり、意識を逸らせようとしたのか。ぬれた公爵の手が肋に触れて、びくっと薄い肩が竦んだ。

「ッ…」

思いがけず走った痛みの鋭さに、奥歯が鳴る。ぎゅうっと反射的に尻の穴が窄まって、陰茎を締めつけるのが分かった。

「んんァ… は、っく…」

「…っ、大丈夫か?」

気遣われるべきは、ヴァンヘルム自身ではないのか。唐突に陰茎の半ばを圧迫されれば、いかにヴァンヘルムといえども痛まないわけはない。低く呻いた男が、それでもオルテンセを覗き込んだ。

「オルテンセ」

大丈夫か、と重ねて問う声には、冷静さすら混じる。

こんな熱のなかだ。たとえ甘露が血を流していたとしても、それに興奮しこそすれ正気に返る獣などいまい。だが慎重に脇腹を確かめられ、オルテンセははっはっと喘ぐまま首を横に振った。

「っん…、あ、平…気…」

「そんなわけがあるか」

焼けつくような痛みを伝えたのは、言うまでもなく異母兄に殴られた場所だ。そうでなくとも、オルテンセの体には打ち身が多い。今は赤い斑になっているこれも、明日にははっきりと青黒い痣に変わるだろう。肋だけでなく、首や肩にはより醜い痕が長く留まるはずだ。

オルテンセが怪我を負っていることを、公爵が失念していたとは思わない。むしろオルテンセ自身以上に、ヴァンヘルムはこの体を気にかけてくれていたはずだ。だが注意が疎かになるほど、没頭していたのだろう。ぎ、と牙を剝いた男が、低く唸った。

「くそ…」

それは拳を見舞った異母兄にではなく、ヴァンヘルム自身へ向けたものだったのか。奥歯を軋ませた男へと、オルテンセはもう一度ふるえる腕を伸ばした。

「オ…」

髪を摑む代わりに、食い締められた公爵の頤へと触れる。露わになった牙の形を恐れることなく、オルテンセは精悍な頰に手を沿わせた。

「平気、です…」

繰り返した唇に、ヴァンヘルムの双眸で銀色の炎が揺れる。

「…君は許すのか、自分を傷つけた相手を」

唸りは、動物のそれに近い。牙の鋭利さを親指で辿りたい誘惑に抗いながら、オルテンセは首を横に振った。

「まさ、か…」

まさか自分に、そんな寛大さはない。

異母兄に限って言うなら、彼が募らせた憎しみの一端を想像することはできた。

父親には労働力として利用され、半分血が繋がった兄弟の生活を仰ぎ見ながら家畜と共に暮らす。父親によく似たトマスは、その後継者に相応しい人物だったかもしれない。だが彼には父親に認められる機会などなく、唯一繋がりを持ったオルテンセには犬ほども愛されなかった。

トマスを、嫌ったことはない。信頼に足らない人物だと、遠ざけたこともなかった。むしろオルテンセを取り巻く人間のなかで、彼は最も近い距離にいた一人と言える。

それでもトマスが不満を持った通り、オルテンセは心の全てを誰かに明け渡したりはしなかった。他でもない、その冷血さはオルテンセ自身の問題だろう。

トマスの不幸はハーレイ侯爵を父親とし、欲しがる価値もない異母弟の心を望んだことだ。その点には、正直幾許《いくばく》かの同情を覚える。

だがだからといって、彼のしたことを許す気はない。オルテンセの死を願うだけならまだしも、トマスは関係のない者を巻き込み全ての破滅を願った。なによりあの健気な黒い犬を手にかけた異母兄を、悼《いた》む気持ちはまるでないのだ。

「あなた、が…、いつも…」

掌で触れたヴァンヘルムの肌は、ひどく熱い。覗き込んでくる灰色の双眸を、オルテンセは逸らすことなく見返した。

「あなたの、方が…、痛そうな、顔をしている…から…。そんな顔、する、必要…」

そんな顔を、する必要はない。

今だってそうだ。

オルテンセの傷を気遣うヴァンヘルムこそが、その眼に苦痛を宿している。

いつだったか、アレンがハールーンの貴族たちは公爵を心のない獣だと考えていると、そうこぼしたことがあった。眉一筋動かすことなく、人を死に至らしめる公爵は確かに凶猛《きょうもう》な獣かもしれない。

だが獣に心がないと考えるのは、誤りだ。

むしろその献身は、人間の及ぶところではない。

甘露であるオルテンセなど、食われるために生まれたただの餌だ。そう見做して食らいつく方が、楽だろう。事実父親であるハーレイ侯爵や周りの者たちは、そうやってオルテンセを消費してきた。

だが、ヴァンヘルムは違う。

飢餓の本能の前では、どれほど強靭な意志でさえ時に無力だ。それにも拘わらず、呪われた牙を持つ男こそが、オルテンセの苦痛に目を向けてくれた。

初めて出会った時から、ずっとだ。永遠の飢餓に苛まれながら、ヴァンヘルムだけはオルテンセ自身よりこの身を大切にしてくれた。

「私のことはどうだっていい。君は自分を…」

疎かにしすぎるとでも、続けるつもりだったのか。膝で体重を支え直した公爵が、腰を引こうとする。それを許さず、オルテンセは男の腰へと踵を落とした。

「ッ、オル…」

痣になるほど、強い打撃ではない。

だが文字通り、それはヴァンヘルムにとって不意打ちだったはずだ。繋がったオルテンセ自身にまで、重い振動が伝わる。ぎゅ、と陰茎を呑む穴が締まって、薄い唇から呻きがもれた。

「な…」

危ないと、咎めようとしたのだろう。牙を剝いた男へと、オルテンセはもう一度踵をぶつけた。

「オルテンセ…!」

「…ぁ、あなたが僕より、僕を、大事に、してくれる、から…」

だから僕は、大丈夫です。

そう請け合ってみせる自分は、この世の誰よりも図々しく、傲慢だ。だが、確信は揺るがない。

公爵はヴァンヘルム自身からさえ、この身を守ると言ってくれたのだ。それに比べれば、オルテンセ自身からオルテンセを守ることなど容易だろう。

「無茶なことを…」

食い締めた牙の隙間で、ヴァンヘルムが呻いた。だが生憎、説教を聞きたいわけではないのだ。もう一度踵を落とす代わりに、オルテンセは二本の足を男の腰へと巻きつけた。

「…ッ」

頭上で瞬く灰色の眼が、ぎょっと見開かれる。それは、今夜二度目に見る顔だ。

笑いたくなったが、同時に背筋を脅かした痺れに声がもれる。

ヴァンヘルムの双眸に宿った色は、これまで目にしたどんな輝きよりも鮮烈《せんれつ》だ。

瞬きもしない眼の奥で、灰色の瞳孔がわずかに収斂する。そこで揺れる銀色の影は、この世のなによりうつくしく、そして恐ろしかった。

「君、は…ッ」

嚙みつかれる、のか。

構わず左右の足に力を込めると、太い陰茎がぬぶ、と進んだ。苦しいが、はしたないなどと言ってはいられない。伸ばした右腕で公爵の首に齧りつけば、獰猛な唸りが近くなった。

「…っ、ぁ…、悪食公爵の、お気には、召し…ません、でした、か？」

首を傾げて見せられれば、完璧だっただろう。だが、ずるる、ともぐった陰茎の圧迫感に、顎を上げて悶えるしかできない。

王弟は宮廷に咲くどんな甘い花よりも、棘《とげ》と毒を持つ自分にこそ興味を抱いた。今更これしきで、怯みはすまい。己が身を顧《かえり》みず挑発すれば、銀灰色の双眸がぎらりと剣呑な光を帯びた。

「…思った以上に、歯応えがあるな」

低く絞られた声音に、ぎ、と奥歯を嚙む音が混ざる。これ以上なく深く刻まれた鼻面の皺を見上げ、笑みをこぼせたのもそこまでだ。大きく身を乗り出した獣の影に、頭から呑み込まれる。

「っ、ヴァ…」

「だが、歯が立たないとまでは思わない」

頑丈な手で腿を摑み直され、心臓の裏側がぞわりと冷えた。奥歯が鳴りそうなそれにさえ、興奮を煽られる。逃げることなく黒髪を摑むと、ぐり、と真上から腰を落とされた。

「っん、く、ぁ…」

もう十分拡げられていると思っていたのに、進んでくるペニスはそれ以上に大きい。ぐぽ、と空気を潰す音を立て、萎える気配のない肉が深くへ沈んだ。

「ひァ…、は…」

怖いぐらいずっぷりと、奥にまで届いてしまう。

ごつん、と行き止まりと思える場所を亀頭が叩いて、目の奥で火花が爆ぜた。

「あっ、あー…、ひ、ぁ…」

肉をぶつけられた場所よりも、ずっと深い部分までがじんじんと痺れる。呼吸を整える余裕すら与えられず、二度、三度と奥を叩かれて膝が弛んだ。

腰に絡むオルテンセの足など、問題にならないのだろう。ぬぷぷ、と音を立てて陰茎を引き出され、その丈以上の長さを一息に押し込まれた。

たっぷりと指で刺激されていた場所は、痛いくらい過敏になっている。重い肉でごりごりと抉られると、痺れるような性感が尿道を焼いた。

「っあァ、う…」

あたたかなものが、堰を切ったようにあふれる。

だがそれは、射精というには勢いがない。とろとろとこぼれたものが、臍を汚して腹へと垂れた。

「…ひ、ぁ…、公…」

鳥肌を伴う気持ちのよさが、ぞわぞわと皮膚の下を走る。大きく肺を膨らませて休みたいのに、尻の穴を出入りするペニスは動きを止めてくれない。ぐぷ、と不意打ちのように腰を捻られ、目の奥で何度目かの光が散った。

「まずは、一回か」

低くこぼした男が、ひくつくオルテンセの性器を手探りする。

じんと痺れたままの先端を縦に拭われ、高い声が出た。

「っ、ひァ」

悶える白い尻を揺さぶり、公爵が指に絡んだ滴を確かめる。長く舌をぬっと突き出してみせる仕種に、行儀のよさなど微塵もない。いかにも美味そうに舌を使われ、陰茎を呑む穴がきゅうっと締まった。

「…ぁ、公…」

「覚悟しろ」

入念に指を舐めた男が、深く屈む。

唇へと吹きかけられたヴァンヘルムの息も、獣のように乱れて熱い。口づけをほしがって顎を上げた痩軀を、ごつ、と重い性器が撲った。

「ッあ、あ…」

「君が泣いても、手加減しろと言い出す私はどこにもいないぞ」

そんなもの、ほしくはない。

オルテンセが泣こうが喚こうが、ヴァンヘルムは涙どころかこの身の全てを自由にすればいいのだ。

むしろ差し出せるものがあることを、嬉しく思う。

「っあ、ヴァ…」

この身を斬首から救った公爵には、オルテンセを好きにできる権利があった。それは正当な見返りだ。だが喉から手が出るほど食べたいはずの甘露を、男は今日一度、惜しむことなく手放そうとした。

全ては、オルテンセのためだ。

そこには、駆け引きなどなにもない。

「オルテンセ」

低い振動が唇を舐めて、鼻腔の奥に鈍い痛みが走る。

なにを差し出したところで、公爵がくれたものには及ばないだろう。だがヴァンヘルムがそうしてくれたように、自分もこの手から捧げたい。

差し出す価値があるのか、受け取ってもらえるかは分からなかった。だがそれこそが、オルテンセの望みだ。自分を信じ、唯一見返りを求めることのなかった男の足元に、この身の全てかそれ以上のものを投げ出したかった。

「ぁ…」

火のような息を吐く唇が、オルテンセの唇を掠める。

それもまた奪うものではなく、守る動きなのか。臆することなく、オルテンセは首を伸ばすと公爵の下唇を歯で捕らえた。

「オル…」

痛みのせいではなく、ヴァンヘルムの声が揺れる。

それがおかしくて笑うと、短い罵りが口腔を舐めた。低い響きが誰に向けられたものかは、分からない。

牙を剥いた男の口が、笑う唇に嚙みつく。抗うことなく、オルテンセはぬれた舌を差し出した。


ぴりりとした肉桂の、いい香りがする。

柑橘《かんきつ》の爽《さわ》やかさが混ざるそれを、オルテンセは深く吸い込んだ。

「リストを作らないといけませんね」

思いつきを声にして、手にした器《カップ》へと唇を寄せる。黄金で縁取られた陶器《とうき》は、驚くほど薄い。それが唇に触れる感触までを楽しんで、オルテンセはあたたかな茶を一口含んだ。

「こいつの、調合のためのリストか？」

同じく香草茶で満たされた器を手に、ヴァンヘルムが尋ねる。

執務室の窓から差し込む午後の陽光が、男の横顔を照らしていた。明るい場所で目にしても、公爵の容貌に疲弊の影は見つけられない。だがここ数日、男がひどく忙しくすごしていることをオルテンセは十分理解していた。

「いえ、これの配合はもうまとめてあります。そうではなく、婚礼に招待する方々のリストを準備し始めようと思って」

婚礼、という言葉に、ヴァンヘルムが双眸を瞬かせる。

いつもは見上げるばかりの灰色の眼が、今は見下ろす位置にあった。公爵が腰かけているのは、執務用の革張りの椅子だ。では、オルテンセが座るのはどこか。机の前で休息を取るその男の腿に、オルテンセは尻を据えていた。

昼日中から、王弟の地位にある男を椅子代わりにするとは何事か。うっかりどこかの貴族にでも見られたら、王都中の噂になりかねない。だが当の公爵たっての願いであるのだから、致し方ないだろう。

「婚礼というのは…」

「勿論、公爵様と僕のです」

他に、なにがあるのか。事もなげに応えたオルテンセに、公爵の双眸が見開かれる。表情の変化はわずかだが、男が心底驚いていることはよく分かった。

「……挙げてくれるのか？」

「是非。とはいえ、今すぐというのは難しいでしょうが」

王都における婚礼の話題といえば、つい先頃までエド王子に関するものが喧《かまびす》しく取り沙汰《ざた》されてきた。曰く王の在位十年を祝う祝賀会において、アンジェリカ嬢との婚約が正式に発表されるのではないか。ほぼ決定事項として語られていたそれは、しかし実現しなかった。

八日ほど前のことだ。

予定通り、祝賀会自体は華やかに執り行われた。だが同じ王城の地下牢では、なにが起きていたのか。それを知る者は、今日に至っても限られている。

王子の婚約者候補だったアンジェリカ嬢は、その数少ない一人となった。

地下牢で命を落としたトマスが、自らの奸計にアンジェリカ嬢を利用しようとしていたからだ。自分が公爵に捕らえられても、その無実を信じて尽力してくれるように。言葉巧みに懇願されたアンジェリカ嬢は、トマスから公爵やオルテンセに対する疑惑を吹き込まれていた。

悪くすれば、アンジェリカ嬢がトマスの共犯者である可能性もある。その理由から、ヴィクトール王と王弟は祝賀会の最中にも拘わらずアンジェリカ嬢に事情を質したのだ。

結果として、アンジェリカ嬢は無関係だと判断された。

オルテンセも、毒を口にした彼女がトマスの企みに加担していたとは思わない。事実アンジェリカ嬢はトマスに同情こそすれ、王弟やオルテンセが自分を傷つけたとの主張には懐疑的だったようだ。ヴィクトール王の問いにも素直に応え、自分がどんな話を聞かされていたか、他に関わる者がいるか、知り得ることの全てをもらすことなく語ったらしい。その上で、婚約の発表に関しては一時保留とすることが決められた。

「むしろエドの婚礼の予定が消えたんだ。今すぐ好きな日程で我々の式を挙げるべきじゃないのか。今日にでも」

早速、午後の予定を確かめようというのか。机へと手を伸ばしたヴァンヘルムを、そっとオルテンセが押し留めた。

「さすがにそれは早すぎでしょう。それに、王子の婚礼の予定は消えたわけではありません」

「聡明なアンジェリカ嬢が、面倒の多いこの王都へ戻ってくるとは思えないが」

率直すぎる公爵の言葉を、否定するのは難しい。

祝賀会の夜に事情を聞かされたアンジェリカ嬢は、その後再び広間へは戻らなかった。信頼し、気にかけてきた青年が自分に毒を盛っていたのだ。その上生き残った彼女に何食わぬ顔で近づいて、無実のオルテンセや王弟を破滅させる手駒に利用しようとさえした。やさしい彼女が、その事実にどれほど傷ついたことか。

婚約の発表が見送られた理由は、表向きにはアンジェリカ嬢の体調の悪化とされている。事実あの夜以来彼女は屋敷に籠もりきり、近く静養《せいよう》のため実家に戻ると噂されていた。

「エリースの話では、アンジェリカ様は思いの外お元気そうなご様子だったようで、その点では少し安心いたしましたが…」

ヴィクトール王の取り計らいにより、王都を離れるに先だってアンジェリカ嬢はエリースとの面会を果たしたらしい。エリースは平伏して謝罪したが、アンジェリカ嬢は意外にも憑き物が落ちたようにさっぱりとした顔をしていたそうだ。

トマスを信じる気持ちより、信じたいと願う気持ちの方が大きかったのかもしれない。そう口にしたアンジェリカ嬢は、エリースの心労こそを気遣ったという。

「実際のところ、多情なエドとの婚約を保留にでき助かったと考えているのでは？　エリース嬢こそ、随分憔悴した様子だったが」

舌打ちしたそうな様子で、公爵がオルテンセの肩口へと鼻面を寄せる。

香草茶の匂いより、婚約者の肌の匂いこそが気になるのか。ふん、と鼻を鳴らした公爵を咎めることなく、オルテンセはもう一口茶を啜った。

確かにトマスの顛末《てんまつ》を知らされて以降、エリースは水も喉を通らない有り様だったと聞く。

正直なところ、アンジェリカではなく実妹のエリースこそはトマスの罪に気づいていたのではないか。二人が共犯関係にあったのなら、トマスの犯行はより容易になる。罪を犯す機会があった者、という視点だけでいけば可能性は残るのだ。だがそうした疑念は、幸いにもエリースの身辺を監視していた公爵の部下たちによって否定された。エリースは公爵の屋敷へオルテンセを訪ねた後も、逃亡を準備することも実兄の罪の痕跡を消す動きもしなかった。

トマスにとっては本当に、彼女は侯爵家で生き残る道具の一つにすぎなかったのかもしれない。使用人が産んだ娘など、運命を委ねる共犯者には相応しくないと思ったのか。いずれにせよ、アンジェリカ嬢同様にエリースもまた、兄の罪に打ちのめされていた。

「ヴァンヘルム様とヴィクトール王のお取り計らいにより、侯爵家を出られることをエリースは大変喜んでおりました」

ありがとうございます、と改めて礼を述べたオルテンセの襟足に、公爵が気紛れな指を伸ばした。

「神に失望し還俗《げんぞく》を望む時には、またいつでも力になると伝えておくといい」

「またそのようなことを…」

信仰心の欠片もない言葉だが、しかしヴァンヘルムらしいと言えばそれまでだ。

かねてからの望み通り、エリースは近く王家が関わりを持つ修道院へ移されることが決まっていた。もうこれ以上誰かの思惑に人生を左右されることなく、祈りの日々に身を捧げたい。それがエリースの望みであるなら、困難な道であっても全力で支えてやりたかった。

「エリース嬢の参列を望むなら、やはり挙式は早い方がいいだろう。今日が無理なら明日はどうだ」

「アレンが百人いても、明日までに婚礼の準備は無理でしょう。僕もできることならエリースには参列してもらいたいですが、まだ招待客のリストさえできていないんですから」

きっぱりと告げたオルテンセに、公爵が右の眉を引き上げる。

「リストが必要なほど、多くの客を招くのか？」

「盛大に、とおっしゃったのはヴァンヘルム様でしょう？」

その言葉に、心当たりは十分にあったらしい。だが益々怪訝な様子で、ヴァンヘルムが眉間の皺を深くした。

「確かにそうは言ったが、君はそれでいいのか？」

初めてこの屋敷にオルテンセを連れ帰った翌日、公爵は挙式について提案してくれた。餌である花嫁と、盛大な婚礼を挙げたがる獣などいるのか。面食らったが、ヴァンヘルムは本気だった。

「正直に申し上げれば、甘露の僕を娶るのに式など不要かと思いましたが…」

特段、それは自分を卑下しての言葉ではない。我が身を交渉の道具に用い、政争の駒として生きてきた時間が長すぎるせいか。抒情《じょじょう》的な価値観に乏しいオルテンセの物言いは、時としてヴァンヘルムを苛立たせるらしい。じろりと恐ろしい銀灰色の眼で睨めつけられ、オルテンセは笑いながら首を横に振った。

「分かっています。自分を疎かにしているわけではありません。むしろ気がついた、という話です」

物言いたげな公爵を宥め、オルテンセが男の腿の上で身動ぐ。密着した尻の感触を確かめるためか、男の手がすかさずオルテンセの腰裏を支えた。

「なににだ」

「覚えておいでしょう？　僕の渾名を」

尋ねたオルテンセに、公爵が迷うことなく首肯する。

「誰よりも謙虚《けんきょ》で気高い精神を備えた、清らかな紫陽花。公爵を虜《とりこ》にする、官能の甘露」

淀みなく告げた男が、白い襟足へと首を伸ばした。ちゅ、と音を立てて口づけられ、オルテンセが目を瞠る。

「誰です、それ」

「私は君をそう呼んでいる」

「掠ってもいないじゃないですか。…氷の毒花。冷血な甘露。それに、政敵を震撼させる悪役令息」

不名誉だが、まさにそれこそが宮廷におけるオルテンセの渾名だ。

「アレンにも助言されたんです。ハールーンの貴族たちにとって他人の醜聞は蜜ですが、民は意外に幸福な話題を愛してくれると」

「アレンが？」

膝に載せた婚約者の口から、従者の名が出たことが気に入らないのか。分かりやすく眉間を歪めた公爵を見下ろし、オルテンセは手にしていた器を机へと置いた。

「絶対に結婚エンドを薦《すす》める、それ以外はあり得ないと熱弁を揮ってくれました。スチールがどうのとも言っていましたが…」

興奮しすぎていたせいか、従者の助言には所々理解が難しい部分もあった。それでも民が幸福な催しを好むことは、よく分かったつもりだ。

「確かに貴族たちが熱中する双六《すごろく》でも、婚礼は葬儀や戴冠式《たいかんしき》に並ぶ一大イベントですから。助言に従い、悪役令息の名に恥じない式を挙げるのも悪くないと、そう考えました」

「双六での婚礼といえば、他のプレイヤーから祝い金を巻き上げ、結婚相手の持参金で肥《こ》えるためのものだと思ったが」

公爵はこう見えて、貴族たちの遊びにも精通しているらしい。実際双六における婚礼は、そうした悪辣な行事として大いに盛り上がった。

「ええ、ですからハールーンの貴族たちがこぞって祝い金を支払いに来たくなる、そんな式を挙げたいと思います」

果たして、それはどんな難題か。

王弟とは言え、呪われた牙を持つ公爵と甘露の婚礼だ。招待されれば無視はできないが、貴族たちが競って参列したがるものではないだろう。素直に首を捻ったヴァンヘルムに、オルテンセは笑みを深くした。

「祝福の牙を持つ王弟殿下の婚礼に、是非とも参列させて頂きたい。それこそが高位の貴族の証だと、皆が出席を熱望するような式にいたしましょう」

獣の王弟の婚礼に出席してやる、のではない。

誉《ほまれ》ある公爵の婚儀に、是非参列を許されたい。そう貴族たちに言わしめる式を挙げるのだと、オルテンセは言うのだ。

「…それはまた、随分野心的だな」

「お覚悟下さい。こんなものはほんの手始めです。彼らにはヴァンヘルム様への敬意というものを身に着けてもらわなければ。今回の婚礼は、民にとっても公爵様をよく知るきっかけになるはずです」

ヴァンヘルムが癒えることのない飢餓をその身に飼うのは、変えようのない事実だ。呪われた牙を持ち、血を懼れることのない公爵。

だがそれは、ヴァンヘルムの一面にすぎない。公爵がいかに誠実で領地の運営にも心を砕く男であるかは、その近くにいればすぐに分かる。今日だってそうだ。懸念した通り、公爵はオルテンセを斬首から救うために多方面にいくつもの借りを作ってくれていた。祝賀会以降は、ヴィクトール王の誘いを断りづらい立場にもあるらしい。そうなって尚、日々の政務を疎かにすることのない男は、ここ最近は周囲が気を揉むほどに忙しそうだ。

どんな時も重責《じゅうせき》を投げ出すことのない公爵は、尊敬に値する。そうした姿を知れば、誰も彼を心のない獣などと貶《おとし》めることはできなくなるだろう。

「理解、か」

繰り返してみせるものの、そんなものに公爵の関心がないのは明らかだ。これまで男が辿ってきた道のりを思えば、致し方ないことだろう。

冷酷な捕食者として、公爵は日々誰かの血肉を貪っていても不思議はないのだ。オルテンセが指の一本として欠けることなく、こうして生きていられるのはヴァンヘルムに鋼の自制心があるからに他ならない。

だがそうやって自己を律し、飽食に傾倒《けいとう》することなく生きるヴァンヘルムさえも人々は懼れた。他者に理解されることへの期待など、公爵にまるでなかったとしても当然だろう。

「あなたは餌にしか見えないはずの僕を、一人の人間として扱ってくれた。他の誰も、それこそ僕自身さえ、そうしてこなかったのに。その上あなたは僕の冤罪を晴らし、大切な愛犬のあだまで討ってくれた」

祝賀会において、ヴィクトール王は息子であるエドの婚約に代わり、一つの発表を行った。

一度は斬首を申し渡した侯爵の息子が無実であったことを、正式に認めたのだ。これにより、晴れてオルテンセはその潔白が証明された。

「それだけじゃありません。あなたはエリースを捨て置くこともできたのに、僕の気持ちを汲んで神に仕えるという彼女の希望を叶えて下さった。そして僕の大切な犬のために、霊廟《れいびょう》まで建てて下さろうとしている」

驚くべきことだ。

魂を持たないとされる犬のために公爵が霊廟を建てるなど、どれほどの愛犬家だろうとあり得ない。

だが地下牢から血にぬれて戻った翌日には、ヴァンヘルムは黒い犬の名を刻んだ祠《ほこら》を庭に建てることを決めてくれた。

「随分と褒めてくれるのだな」

「僕は本気です。あなたがどれほど寛大でやさしいか、あなたの敵以外はもっとよく知るべきです」

軽口に紛れさせる気など、まるでない。銀灰色の眼を覗き込み、オルテンセはそっと精悍な頰に右手を伸ばした。

先程香草茶を調合したオルテンセの指には、まだ微かに肉桂の香りが残っているのだろう。婚約者自身の肌の匂いを探すように、公爵がちいさく鼻を鳴らした。

「私の敵は、私より余程頼もしい君の存在を知ってふるえ上がるべきだな」

掌へとこぼれた唸りは、冗談には聞こえない。笑い、オルテンセは男の額に唇を落とした。

「戦わずして相手が逃げ出してくれるのなら、それが一番なのですが」

冷酷な毒花であろうと、悪辣な遊戯盤の駒だろうと、なんだっていいのだ。ヴァンヘルムに受け取ってもらえるものがあるならば、周囲にどう見られようとそんなことは問題にならなかった。

「正直なところ、私が関心を持つのは君からの評価だけだ」

君に、いい夫だと思われたい。

当然と言わんばかりに繰り返されたそれは、この館に初めて連れ帰られた日にも言われた言葉だ。

「それでは、欲がなさすぎです」

「謙虚だったか？　確かにあの村の者たちだけでなく、王都は無論ハールーンの民全て、それどころか近隣の国々やこれまで散々君を利用してきた貴族たち、ついでに愚かなエドにも、私の伴侶がいかに聡明で気高く愛らしくベッドでは官能的かを広く知らしめ自慢したい、という願いはささやかなものだと自負しているが」

「……謙虚どころか、それではひどい強欲かと」

素直すぎる言葉が口からこぼれてしまったが、公爵には異論があるようだ。腿と腿の間に手を滑らせた男が、不満そうに鼻面へと皺を寄せた。

「どこがだ。本当は海の向こうにまで轟いて当然だと考えているぞ。…ともかく、理由がなんであれ君が式に乗り気になってくれたのは喜ばしい。精々盛大な式にして、君のお父上にも参列頂かねばな」

揃えた腿の内側を縦に辿られ、オルテンセはちいさく身動いだ。

「父上、ですか」

ハーレイ侯爵は以前、公爵とオルテンセの婚儀への出席を断ってきていた。だが冤罪が晴れ、王子とアンジェリカ嬢の婚約が保留となった今、宮廷におけるオルテンセの評価は祝賀会前とは大きく異なり始めている。今後計画通りにヴァンヘルムとの婚儀の準備が進めば、むしろ父親の方から王弟とその花嫁に擦り寄ってくるに違いない。

「豚野郎…いや、舅《しゅうと》殿に灸《きゅう》を据える君の雄姿《ゆうし》を、是非とも桟敷席《さじき》で見物したい」

にたりと、公爵が笑う。

婚礼の目的は、ヴァンヘルムにこそ華やかな耳目《じもく》を集めるためだと説明しているのに、その笑みはどうだ。鋭利な牙を隠す気もない口元を、オルテンセは紫陽花色の双眸で睨めつけた。

「相変わらず、公爵様は悪食がすぎます」

そうは言うが、公爵が言う通りいずれ父親との清算は避けては通れないだろう。

王弟の花嫁となったオルテンセを、これまでと同様に自分の駒にできると考えられては困るのだ。

「莫迦を言え。私以上の美食家がいるものか。…だが万が一にも君が私の加勢を必要とするなら、好みを捨てて舅殿を一口囓るくらいは吝かではない」

口調だけは鷹揚に約束した男が、立ち上がる。

なんの、前触れもない。その腿に腰を下ろしていたオルテンセにとっては、文字通りの不意打ちだ。

「っあ、公…！」

思わず声を上げた痩軀を、逞しい腕が抱き抱える。取り落とすことは無論、公爵は足元をふらつかせもしない。危なげなくオルテンセを抱き上げた男が、その背中を執務机へと下ろした。

「ちょ…、なにをやって…」

慌てて机から降りようとしたオルテンセの下腹を、大きな掌がぞろりと撫でる。たった今し方まで見下ろす位置にあった灰色の双眸が、真上から自分を覗き込んだ。

「想像したら、君が折角淹れてくれた香草茶の味が台なしになった。最高に美味いもので、口直しをさせてくれ」

父親を囓る想像を促したのは、オルテンセではない。言いがかりと言えなくもないが、言葉通り不味そうに引き結ばれた唇の形はどうか。

「口直しもなにも…」

率直すぎるその形に、不覚にも肺の奥で息が爆ぜた。

舐めるなり囓るなり、好きにすればいい。本当は、オルテンセの了解を得る必要さえないのだ。

だがやさしい獣は、決してこの身を疎かにすることはない。

「お腹を壊しても知りませんよ」

笑い、両腕を伸ばして引き寄せる。

牙を持つ唇へと、オルテンセはやわらかに嚙みついた。

あとがき

この度は『悪食公爵《あくじきこうしゃく》は悪役令息《あくやくれいそく》の愛を食べたい』をお手に取って下さいまして、ありがとうございました。

苦労人な悪役令息君と、それを美味《おい》しく頂《いただ》こうと狙う美食家《びしょく》公爵のお話です。受君のことが食欲的にも美味しそうに見えてしまい、色んな意味で涎《よだれ》を垂らしすぎている公爵様ですが、受君は性的な意味でしか美味しく頂かれていませんのでご安心してお読み頂けますと嬉《うれ》しいです。

今回も大変美人（！）な表紙に挿絵、そして美味しそう（!?）な四コマまで描いて下さった香坂《こうさか》さん、本当にありがとうございました！　食欲旺盛《おうせい》な公爵様でなによりです。心身共にタフそうな悪役令息君ですが、公爵の食欲の前ではやや不安が。空腹は最高のスパイス…と言うだけあって、三日の断食《だんじき》によって食欲増進されると更に困りそう。二人で末永く楽しい食卓（意味深）を囲めるよう、受君には呉々《くれぐれ》も体を大切にしてほしいです（笑）。

今回、いつにも増して過酷《かこく》なスケジュールのなか、無理を押してお力をお貸し下さったなお様。なお様なくしては今回も完成に至れませんでした。そしてやはり脅威《きょうい》の我慢強さと粘《ねば》り強さでご尽力下さった編集者M様。毎回M様のご指摘の鋭《するど》さには学ばせて頂くことばかりで、感謝の気持ちで一杯です。本当にありがとうございました…！

最後になりましたが、この本をお手に取って下さいました皆様に心からお礼申し上げます。どうせ首を斬《き》られるなら、敵の返り血を浴びてから死のう（ガン決まり）、と素で思うタイプの受君が好物なので、今回悪評に満ち満ちた悪役令息君を書かせて頂くことができてとても楽しかったです。

今後は公爵のために、宮廷の内外で政敵を千切《ちぎ》っては投げてゆくだろう悪役令息君。受君のそんなスパイシー（笑）な部分も大好物な公爵なので、またそんな二人の新婚生活など書かせて頂ける機会を頂戴《ちょうだい》できましたらこれ以上嬉しいことはありません。是非《ぜひ》応援してやって下さい。

ご感想などお聞かせ頂けましたら、飛び上がって喜びます。

またどこかでお目にかかれる機会がありますように。最後までおつき合い下さいましてありがとうございました。

篠崎《しのざき》一夜《ひとよ》

香坂 透
Illustration by Tohru Kousaka
The Duke of Evil Food wants to eat the love of his villainous son.

悪食公爵は××が食べたい 1

数日後
——…
…なんだか
味が薄くなったような…
誰のせいでしょうね…!?
そうか すまなかった 私としたことが
ご理解いただけてよかった…
至高の食事は最高の状態でいただくべきだった
え
牡蠣を食べると精液が増え桃を食べると味がよくなるそうだ
さあもっと食べてくれ
もう三日も熟成させているからさぞ美味しい精液ができているだろうなあ♡
本当に本当に明日が楽しみだ本当に…
ま…毎日搾り取られるよりマシ……
なの…か…?

悪食公爵は××が食べたい 2

END

リンクスロマンスノベル

悪食公爵は悪役令息の愛を食べたい

2024年2月29日 第1刷発行

著者　篠崎《しのざき》一夜《ひとよ》
イラスト　香坂《こうさか》透《とおる》
発行人　石原正康
発行元　株式会社 幻冬舎コミックス
〒151-0051 東京都渋谷区千駄ヶ谷4-9-7
電話03(5411)6431(編集)
発売元　株式会社 幻冬舎
〒151-0051 東京都渋谷区千駄ヶ谷4-9-7
電話03(5411)6222(営業)
振替 00120-8-767643
デザイン　清水香苗(CoCo.Design)
印刷・製本所　株式会社光邦

検印廃止
／ISBN978-4-344-85379-9 C0093／Printed in Japan
幻冬舎コミックスホームページ https://www.gentosha-comics.net